FeiXiaRiXianDing

FEIXIARI · XIANDING

非夏日限定

MINGGUIZAIJIU

MINGGUIZAIJIU
AUTHOR

明桂载酒

[著]

CHU
WEI

JIANG
SHU

XIANG
LING
YUN

WEN
ZHENG
HAN

四川文艺出版社

目录

MINGGUIZAJIU CONTENTS

AUTHOR

JIANGSHU AND NIKUNIU

FeiXiaRiXianDing

CHUWEI JIANGSHU
XIANGLINGYUN WENZHENGHAN

限时心动 ✕ [非夏日] 限定·

FeiXiaRiXianDing
MingGuiZaiJiu AUTHOR

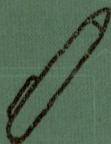

江恕也扭过头来，盯着沈拂。

沈拂快被右边的视线盯穿了脸，不合时宜地想起一个很普通的下午，下课铃叮当，沉迷赛车的少年被惊醒，从椅子上摔了下来，全班笑开，他爬起来，俊脸上一道灰尘印，恼羞成怒地瞪了一眼，班上立刻噤声。

当时沈拂在前排忍笑。

限时心动

✕

[非夏日] 限定

FEIXIARI · XIANDING

MINGGUIZAIJIU AUTHOR

沈拂下了车。海风一吹，沈拂长发飘动，江恕不自然地从车子上摸出根橡皮筋给她，沈拂有点诧异地看了他一眼。

见沈拂看过来，江恕立刻手插裤兜，装作漫不经心的样子。

限时心动

Fei
XiaRi
Xian
Ding

MingGuiZaiJiu
AUTHOR

FEIXIARI
XIANDING

FeiXiaRi XianDing

第 1 章

心动碰撞

♥

限时心动 ✕ [非夏日] 匠心 FEIXIARI · XIANDING　　MINGGUIZAIJIU AUTHOR

三月，樱花盛开。

沈拂拖着行李箱，在几幢法式复古别墅前下了车。

四周花木繁茂，美不胜收，她一下车立刻嗅到沁人心脾的花香。别墅附近的泳池、草坪和所有的林荫小路上都不计成本地点缀着星光般的路灯，营造出一种浪漫、奢华的氛围。

看来节目组为了那几个大咖，没少下血本。

沈拂极少在城市里呼吸到这样新鲜的空气，没忍住，于是放慢脚步，慢悠悠地按照节目组的指示牌，朝别墅区的第二幢走去。

弹幕里已经抱怨开了：

怎么是她第一个出来？？？温铮寒呢？左玫呢？？我花钱进直播间是来看他俩久别重逢合体的，不是来看这个十八线"花瓶"抢戏的。

之前的恋爱综艺里第一个出场的女艺人几乎都有重要戏份……我守直播守这么久，以为这人即便不是左玫，也是许迢迢……居然是沈拂第一个出现，服了。

《限时心动》是时下投资最大的一档综艺，花重金邀请了国际电影节常客影帝温铮寒和息影多年的影后左玫。

一档节目要想火，只有红人哪成？制作组又邀请了出道三年却有十二部烂片的沈拂来作为陪衬，给观众制造看点。这不，明知道这会儿苦等在直播前的观众大部分都是那几个艺人的粉丝，却偏偏让沈拂第一个出现。

火气一下子就集中在了沈拂身上。

弹幕观众一个比一个损，其他嘉宾还没出来，就出来了沈拂一个，自然是对她评头论足。

沈拂的经纪公司虽然小，但对沈拂很是上心。今天的亮相造型提前做了很久的准备。

沈拂的身材很好，玲珑有致，皮肤如羊脂膏，只是穿一条简单的裹身长裙，就能美得让人离不开眼。

可其他女嘉宾全都是前辈，地位比沈拂高出几座珠穆朗玛峰。那招摇打扮还不被骂死？

于是经纪人梁晓春小心行事，替沈拂选了一件黑色针织衫和一条休闲阔腿裤，针织衫下摆处系成结，露出些许白皙细腰，漂亮却又低调。发型上也没有选择最适合沈拂的长卷发，而是让她戴了顶鸭舌帽，半张脸都遮在了帽檐下。可以说是非常谨慎、不出错的打扮。

弹幕中也零星有几句夸的：不得不说，沈拂名声不好，但五官精致没的挑，这么普通的造型都能被她穿出几分味道。

但还是被淹没在一大片挑刺儿的弹幕中。

梁晓春也在看直播，气得要死："弹幕这群人是不是闲得没事干？打扮了他们要骂有心机，不打扮他们更要骂丑。"

助理尴尬地道："听说褚为和许迢迢的粉丝都很关注这档节目。"

沈拂出道不久后和当时还没什么名气的练习生褚为谈过一段地下恋爱，时间不长，大约三个月。

当时要算起地位，还算沈拂提携褚为。然而被曝光后，褚为经纪公司却多方暗示是女方在恶意炒作，这导致褚为粉丝对沈拂观感很差。当时什么难听的话都说出口过，什么"代表作"《纠缠》——只知道缠着褚为；什么踩着乖乖仔褚为攀上位……梁晓春气得够呛，骂了沈拂一顿。

这也就算了，不过是些陈芝麻烂谷子的绯闻罢了，在这个行业里谁还没点旧闻缠身。最要命的是，这次综艺官宣的嘉宾里头，不仅有褚为，还有许迢迢。

褚为和许迢迢上半年刚合作了一部热门古偶剧[①]，CP粉正是多如牛毛、狂热"上头"的时候。沈拂这时候选择同上综艺，不就意味着将面对

---

① 网络用语，指古装偶像剧。

"1+1大于2"的"危险"？

节目开始之前梁晓春劝沈拂干脆放弃这次综艺邀请——上了综艺，哪怕什么都不干也会不得安生啊！

但沈拂也不知道怎么想的，都没有和她商量，直接把合同签了。问起来，沈拂就笑眯眯地说，因为节目组实在给的太多了。

沈拂当然不可能告诉梁晓春，别人上综艺求的是名和利，她求的是命。

"不省心的东西。"梁晓春一边骂，一边还是前前后后地操劳、准备。

越看越生气，梁晓春索性把电脑屏幕关了。

这边直播还在继续。

沈拂已经拖着行李箱走到了别墅台阶下面。台阶有十几级，肉眼可见的费力。她左右看了看，将行李箱放在原地，一个人径直上去了。

她不要行李了吗？

自己的事情自己做好吧，是等着工作人员帮忙搬，还是等着男嘉宾来搬？

沈拂进了楼里后，缓坡尽头出现了第二个嘉宾，终于转移了观众的注意力。

左玫来了！

啊啊啊啊啊好久没见了！姐姐好美、好绝。

温铮寒呢？怎么还没来？

左玫在十年前红透了半边天，后来结婚也就成半退隐状态了，当时她的息影见面会，老同学温铮寒还惊喜出现，送过祝福，网上喜爱这对的不计其数。去年左玫离婚复出的消息和将要与温铮寒同上恋爱综艺的消息一同传出，网上直接疯了一大堆粉丝。

温铮寒十年来从来不上任何综艺，现在为了左玫终于接了通告，还是恋爱综艺的通告，这不是真爱还是什么？放在心底十几年的"白月光"，如今兜兜转转，终于重逢，谁能不兴奋？

左玫也是一个人来的，拖着行李箱，穿一袭红裙，沿路对摄像机微笑，和直播前的观众、粉丝打招呼，言语亲切。

弹幕里又是一片夸。

她来到相同的台阶前，没有任何犹豫就直接拎着沉重的行李箱踩上台阶。

姐姐不愧是姐姐，还穿着高跟鞋……出道这么多年，一点都没有大牌的架子。

和前面某人形成鲜明对比。

中间夹杂着零星几句八卦：

话说某帖子传出来最近拍到温铮寒在剧组外等一个女艺人，有人说侧影像是沈拂，是真的假的？

又来了又来了，这档综艺之前温铮寒怕是连你们沈拂的名字都没听过，还做梦他接你们沈拂？

很快弹幕观众又被左玫的粉丝反驳了回去：某家粉丝请学会"独立行走"。

呜呜呜玫姐不要把脚扭了，工作人员怎么不来帮一下？

左玫微笑起来。在娱乐行业混迹十几年，即便看不见弹幕，她也知道现在弹幕里讨论的内容是什么。

每个行李箱上面都有名牌标签，刚才被扔在台阶下面的行李箱上贴着沈拂的牌子。

沈拂果然还是太嫩，不知道这种综艺节目里一点微小的行为和表情都会被放大，任观众评判、讨论。但随即想到前几日见面时，温铮寒的心不在焉，左玫嘴角的笑意又稍稍淡了下去。

有些东西，她可以放在那里数十年如一日，置之不理，但那并不意味着她允许别人碰。

左玫搬着箱子上了最后一级台阶，正要伸手开门，别墅的门忽然从里面被拉开。

沈拂走了出来。

左玫一怔。她从不打没有准备的仗，虽然来之前已经看过沈拂的一些影片，但面对面见到本人时，还是有一瞬间被惊艳到。

年轻，白皙，会发光。比当年的她更加引人注目。

难怪温铮寒对她有几分上心。

"沈小姐，幸会。"左玫掩饰住心里那点微妙的妒意，率先微笑着对沈拂伸出手。

更漂亮又怎么样？"白月光"之所以能成为"白月光"，是因为有十几年的时间停留在记忆里。

沈拂先看了眼台阶下面的箱子，确认箱子还在后，再看向左玫："您好。"

笑死，还先确认一下箱子在不在，她是认真的吗？难不成玫姐会拿走她箱子不成？

前面就是没事找事了吧，确认一下箱子不是下意识的行为吗？

看见人家玫姐自己拎箱子上来，她还等着工作人员帮忙拎，不会觉得尴尬吗？

沈拂对左玫道："好像只来了我们两个人，我刚才看过了，三楼是——"

左玫笑着打断她的话："还是让我自己进去探索吧，之后要在这里待上三十天，不自己探索的话会少了很多乐趣，对吧？"

沈拂看了她一眼，只好闭上了嘴巴。

说实话，玫姐好像防备心很强。

防备心能不强点吗？谁认识你啊，一上来就套近乎。

沈拂转身下了台阶。

弹幕里又是一片嘲笑的言论。

笑死，现在才想起来拎行李了，刚才干吗去了？

等等，她推着行李箱去哪儿？

直播观众纳闷儿地看着沈拂推着行李箱离台阶越来越远，反而绕到了别墅后面去。

这里整片区域到处都是摄像机，密密麻麻无死角，观众也能很清晰地跟着沈拂的视角，看到别墅后的观光电梯。

所以她刚才把行李箱扔在下面，是去探索地形了？也是，这么豪华的地段肯定不可能没电梯。

呵呵，强行解释，非得找电梯？不就十几级台阶吗？这么会儿工夫，搬也搬上去了，至于吗？

沈拂推着行李箱，进了电梯，按下了三楼的按钮。

她怎么去三楼？

她刚才好像想说三楼才是合宿的楼层。

而左玫这边，推开面前的别墅大门，嘴角的笑容缓缓凝固了。

别墅一楼空空如也，除了一些酒窖架子，就是在她面前的看不到尽头又需要搬运沉重行李箱上去的台阶。

其实仔细看看会发现，只有三楼窗户挂了窗帘，很明显一、二楼不是住的地方。

噗。

不喜欢左玫的观众按捺不住，冒出来了头：刚才说谁智商低的？出来。

沈拂的粉丝从官宣到现在面对漫天的嘲讽，一直在角落夹缝里生存，刚才开播简直不敢看，这时才敢探出一点头。

他们装作路人发言：就是，能不能不要对沈拂指指点点，人家怎么得罪你们了？

奈何沈拂的粉丝和其他几个人的粉丝比起来实在势单力薄，弹幕里，很快话语权又被抢了回去。

刚开始讨点小巧有什么用。

这是恋爱综艺，又不是脑筋急转弯的小综艺。

看看四个男嘉宾，有哪个会给你家十八线发哪怕一条短信的？到时候不要哭得太难看。

尤其是行业外的那位重量级嘉宾，听说和沈拂过去发生过龃龉，坐等看戏。

这时候沈拂拉着行李箱从三楼电梯出来，镜头随着她的视角，终于揭开了此次综艺合宿区的神秘面纱。

弹幕里，粉丝们也短暂地被吸引了注意力。

好大！

节目组下了血本了啊。

光是玄关都精心设计过，光可鉴人的纯白瓷砖如水面般，倒映出玄关鞋柜上摆放的鲜花盆栽，金框复古绿挂画十分有品位。超白玻璃门半掩，依稀能看见超大客厅里的复古真皮沙发和前卫设计感地毯。

这时候又给了一个镜头，照到八间温泉大房间、一个蔚蓝游泳池、各占地一整层的健身房和电影院，看得直播间里的观众羡慕不已。

节目组加鸡腿，这成本、这投资，简直没什么节目组能比得上了。

好奇投资小天才，我们凌哥，有没有给节目组提供资金支持。

有温泉啊啊啊，不知道会不会有福利环节，好期待啊啊啊，我家宝贝你怎么还没来？

镜头转到全开放大餐厅和吧台。

笑死，历来恋爱综艺中，厨房都是"兵家必争之地"，节目组好懂。

沈㧅刚才上来探地形的时候已经感叹过了，这会儿倒没多打量。

她将行李箱放到一边，径直走到鞋柜旁，把方才就看到了的地上的一块木板竖起来，开始念上面的综艺守则："欢迎来到《限时心动》观察类明星真人秀，在这里，八位嘉宾将度过三十天无人干扰的愉快假期。第一个抵达小屋的嘉宾，有义务向观众介绍以下守则。

"第一，请将您的手机放进鞋柜旁边的一个箱子里，稍后我们会安排工作人员收起来，另外一个箱子里放置了八部手机，上面各有编号，在这三十天内，您和外界的联系只能通过这部手机。请取出属于您的那一部，输入一个您需要求助的亲人或挚友的电话……

"第二，每晚十点是固定给心动嘉宾发匿名短信的时间，请用节目组提供的手机进行短信的收送……"

收手机？玩得真大，这是把嘉宾们私下联系的路给堵死了，只准他们生活在摄像头下啊。

刺激。

"第三，我们设置了很多游戏环节，'交换恋人''一日约会''春日限定画报拍摄'等。每晚我们会将次日活动发送至各嘉宾的短信，请及时查看。

"第四，为了避免化妆品用完的情况，我们为八位嘉宾准备了化妆包，请打开鞋柜第一层收取。"

还有化妆包，这意味着没有化妆师？？要嘉宾自己化妆？

现在就看到底谁才是靠滤镜和妆容活着的了，反正我哥素颜也好看。

沈拂念完最后一个字，她脑海里一个少年的声音道："这次时间比较紧急，你只有两个月时间。"

"你终于上线了。"沈拂赶紧"揪"住他，"这次给我把话说完再跑。他为什么会答应上这种综艺？脑子抽风了？"

她记得那人不是会参加这种综艺的性格。不过也说不准，毕竟他们已经五年没见过面了。

"谁知道呢。"她脑海里的声音回答她，"听说上个月江家安排他和别人相亲，对方是顾家的。"

沈拂："顾清霜？"

系统忽然没出声。

这破系统电量时有时无的，经常话说到一半就消失了，沈拂经常被放鸽子，此时没听到回答，也习以为常。

沈拂静静立了几秒，心中忽然有些说不清、道不明的烦躁情绪。

相亲？江恕那样的人原来也会为了追谁这么大费周章？

定了定神，她打开贴了自己名字的化妆包。

这时候电梯门开，左玫推着行李箱走过来，脸色还有点不自然，不过仍保持着得体的微笑。她笑着化解尴尬："节目组的建筑设计很新奇，我好久没有上这样的综艺了，还真不太适应。"说着，她甩了甩手腕，清晰可见手掌上有一条被行李箱勒出的红痕。

弹幕观众还想调侃几句方才的事，但迅速被左玫粉丝的心疼发声给压了下去。

还是玫姐大方，刚才被沈拂那样坑了一把，现在还言笑晏晏的。

"沈拂，这是你带的化妆包吗？"左玫打量了沈拂一眼，"我看你皮肤挺好的啊，需要带那么多化妆品？"

"节目组提供的，给每个嘉宾都准备了一份。"

沈拂知道左玫什么心思，不过不是很想花精力应付。她顺手把写着左玫名字的化妆包递给左玫："这是您的。"

左玫差点又绷不住脸上的神色。

三十多岁的年纪多少有点眼尾纹，平时都要靠她的化妆师精心遮盖。

她出道就一炮而红，从此都有保姆团队鞍前马后地伺候，自己哪里动手化过妆？

"上节目之前制作组可没说不提供化妆师。"左玫笑着对摄像头比了个射击的动作，"原来在这里挖坑害我们哦。"

哇！姐姐好可爱，我的心中了一枪。

姐姐天生丽质，不用化妆的啦。

左玫强忍着焦虑，打开提供给自己的那份化妆包看了眼。

有路人网友看清了两人化妆包里的东西，立刻产生疑问：我没看错吧？怎么回事？节目组提供给嘉宾的化妆品居然还有区别的吗？两个人打开的包里东西完全不一样啊。

沈拂的都不知道是什么牌子。左玫的，如果没看错的话都是贵妇用的，光是那小小一瓶粉底液都几千元。

啊？？节目组有点过分了，这上面还分地位？三无产品要烂脸的。

左玫粉丝迅速反击：笑死，关节目组什么事？这明显都是代言品牌方送的，你家沈拂有什么代言吗？

迅速有网友开始盘点实绩。

算代言的话，温铮寒光一线就有十五个；向凌云人气不低也有七八个；褚为、许迢迢都有几个二线的；顾清霜虽然同样没作品，但她出道才半年，有两个代言也很不错了……尴尬了，这样算下来，除了行业外的那位，还真是只有沈拂零代言。

谁说沈拂零代言了？去年不是还代言了泡脚桶？

笑死。

沈拂把手机掏出来关机，放进节目组指定的箱子里。

关机前一秒，微信弹出来一条消息。

她为什么不看？

不敢当着摄像头看吧，说不定又在联系哪位热爱爆料的"记者"呢，忘了她的出道代表作《纠缠》了吗？

无论沈拂做什么，弹幕里的恶意都几乎透出屏幕。

八位嘉宾的粉丝里，褚为粉丝视沈拂为"世仇"，就连给新粉的科普都是"她当年耍了我们哥哥一回"。

许迢迢本来和沈拂无交集，也不想自降身份和十八线"花瓶"比，但自从褚为和许迢迢拍了那部古偶剧后，两家宣传就捆绑上了。无论他们家看不看得上褚为，既然来了这个综艺，视沈拂为对手是必不可少的。温铮寒和左玫的粉丝更不用说了，都自命清高。向凌云和顾清霜的粉丝专注自家，也不会蹚这几家的浑水。

可以说沈拂来这档综艺，完全是腹背受敌的状态。

"既然如此，为什么非要上这档综艺遭欺负呢？"

沈拂的粉丝不多，可她出道三年，十分宠粉，每次有粉丝探班，她必定请大家喝最贵的奶茶。即使是刚出道赚不了几个钱时，也会让经纪公司把粉丝安全送回酒店，因此也是有一些零星的死忠粉一直陪着她的。

还在 A 大读大学的容晓臻是她的老粉。

但此时容晓臻双手放在键盘上，根本反驳不了那么多嘲讽、轻蔑的弹幕，也感到一阵阵的无力。

她很喜欢沈拂，看到弹幕里的那些话，难受到鼻子酸——他们这些粉丝别说为沈拂做些什么了，就连拼命发弹幕把这些恶心人的言论换掉都做不到。

她几乎已经预料到了接下来的综艺走向。据说明天的环节是女嘉宾各自公开选择一个地点，由男嘉宾开车前往，邀请约会。不用说了，他们沈拂肯定没人选。

光是提前想象一下那场面，容晓臻已经愁得脚趾抠地板了。

虽然容晓臻百分之百认为沈拂是几个女嘉宾中最好看的，但这种明星恋爱综艺中，颜值能占多少百分比？大家不都还是看地位和人缘？

本来容晓臻和一些其他粉丝寄希望于第四位男嘉宾，但不知道哪里来的小道消息说，那位上市集团的总裁和沈拂发生过龃龉。不指望他能解救沈拂于水火之中，别在节目上公报私仇故意给沈拂难堪就算好的了。

放完手机，第三位嘉宾还没来，玄关显示屏提示两人可以先去选房间。

沈拂打开鞋柜，里面有八双拖鞋。尺寸适合四男四女，四个图案。

这意味着八个人会被分成四组，意外穿上情侣拖鞋。

不得不说节目组真会玩。

左玫在鞋柜前站了好一会儿。

姐好可爱，是不是选择犹豫症犯了？

沈拂则没过多犹豫，直接拿了一双绣了"暴富"字的女士拖鞋进了客厅。

笑死，好俗，她是有多爱钱？

左玫最后选了一双没有任何图案的。

温铮寒性格儒雅，不喜张扬，选这种的概率会比较大。

进了客厅后该选择房间。男士的四个房间和女士的四个房间呈"丁"字形分布，各自有一间最大、采光最好的。

左玫本意客气一下让沈拂先选，谁料沈拂应下后直接选走了采光最好的那一间。

弹幕观众一时无语：服了，还真是不客气啊。

左玫选了一间最偏僻、最小的，对摄像头笑笑："前几年在荒山上拍戏，地铺都打过，我没关系的。"

一时之间，弹幕里对沈拂又是嘲讽一片。

沈拂对弹幕内容一无所知。她打开行李箱，把这三十天需要的衣物收拾出来后，就跳到床上，摘下鸭舌帽盖住了摄像头，脱掉衣服，转身去洗澡了。

她的脸蛋忽然靠近，直播间的观众被惊了一下。

"过分漂亮的脸是有杀伤力的"，这句话亘古不变。有些路人被美得吸了口气，忍不住打开手机搜索她有什么代表作。

原本嘲讽的人也停了一下。

故意的吧？

不过弹幕观众很快转移了注意力，因为其他重量级嘉宾终于陆续到了。

温铮寒第三个到，弹幕观众的热情直接飙升到了满屏幕的尖叫言论盖住了人的程度。他来了之后直接选择了离沈拂最远的一间房，并和左玫老友见面，去前面的花园煮了杯下午茶。

这两人的 CP 粉简直像在过年，激动到泪流。

他俩选了相同的拖鞋啊啊啊啊啊啊啊，这是心有灵犀吧，是吧是吧？我何德何能喜欢上这一对。

温铮寒粉丝虽然不大高兴被左攻粉丝拉郎①，但倒也懒得在这个时候扫兴。

接下来出现的是褚为和许迢迢。这两人一起说说笑笑地出现，褚为帮许迢迢拉着行李箱。

网友已经开始兴奋了：直接结婚吧这两位。

真是修罗场②，沈拂还在楼上睡觉，还不知道这两位一起来了吧，期待她待会儿的纷繁表情。

笑死，这综艺好缺德，我好爱。

话说沈拂怎么还没起来？无语，睡了两个小时。

待会儿吃晚饭总会见面吧。

向凌云和顾清霜一前一后地拖着行李箱进来。

向凌云刚从国外拍完戏回来，正倒时差，戴着墨镜没和任何人打招呼，径直进房间休息。

他一向走寡言少语的"酷哥"风格，弹幕观众不仅不意外，还发了一片"心疼哥哥"。

顾清霜与沈拂同龄，口碑却与沈拂截然相反。她家里有钱，进娱乐行业里做音乐，今天穿着针织流苏长裙，礼貌温和又讨喜。她一来就给大家送了小礼物，没开房门的沈拂和向凌云的，她也带了，静悄悄地不打扰，放在门口。

这种行为很拉好感。因此她虽然粉丝不多，但路人缘很好，弹幕里也都是夸的，甚至开始自作主张，把她和向凌云组成 CP。

向凌云粉丝眼高于顶，自然有些不情愿，在弹幕里反驳了几句。

---

① 网络用语，指把两个没有感情基础的男女硬拉在一起凑成一对。
② 网络用语，指人际关系错综复杂，在场的人互相之间拥有多重关联或身份认知不对等的场面。

顾清霜粉丝不敢得罪顶流家粉丝，又开始转移目标：话说，第四位男嘉宾怎么还没来？

豪门贵公子配温柔音乐人，岂不是绝配？

弹幕观众正讨论着，几幢法式别墅下方忽然传来了跑车发动引擎的声音。

坐在客厅里的顾清霜和左玫下意识扭头。

这节目的摄像机位无数，为了制造噱头和刺激消费，超级会员看到的直播能够自己切换镜头和机位，选择自己想看的机位。一般观众看到的直播则是根据节目组的调度来呈现。

此时此刻，大部分观众突然看到弹幕里许多金色名字的 VIP 用户在疯狂刷屏，却不知道发生了什么。

他们看到的镜头还是客厅里顾清霜和左玫有一搭没一搭地客气闲聊。

发生什么了？你们在惊叹什么？！

金色 VIP 框框的用户难掩激动。

看到了吗？？？

看到了。

我的天，真没想到，之前没在行业内见过这种的……

其他男嘉宾，危。

发生了什么？

普通观众抓耳挠腮，差点气死，要不是怕错过，几乎立马就切换页面去充会员。

节目组的直播机位终于切换了过来，普通观众这才终于在紧张中看清了来人的庐山真面目。

我总算知道你们在号什么了，真的好帅啊啊啊！

节目组的工作人员一路小跑，替来人将行李箱从张扬的银色跑车后备厢拿出来。

已经大步流星进了透明电梯的男人身材高大，穿黑色高领毛衣，面无表情地戴着一副金色的墨镜，光洁的额头下是浓密的眉毛，只有在转身时才能从墨镜一侧窥见一双墨黑色的深邃、神秘的眼睛。

他鼻梁笔挺，五官英俊，虽然全身上下除一块腕表以外并无其他装饰，矜贵少爷的气场却几乎从屏幕里满溢出来，富贵逼人，哪里是观众平时能见到的人？

待镜头进一步拉近后，弹幕数量一时之间竟秒杀温铮寒出场时的风头。

我忍不住了，真的好帅！这就是之前官宣时没有照片的行业外神秘嘉宾？

看起来是"贱哥"啊！

那不是和向凌云撞型了？

好像也不是同一型，向凌云肤色起码比他黑上一个度。

目前已经露过面的三个男嘉宾几乎代表了国内的三大主流审美。

影帝温铮寒绅士、沉稳、温润如玉。

新晋顶流向凌云一贯臭脸强势。

舞台爆红的偶像艺人褚为懵懂、单纯，以谦让、尊重前辈著称，算是小奶狗的类型。

而新出场的帅到让弹幕观众腿软的这位，却好像三边都不沾，不只如此，这气质也是独一份的，先前行业内根本没见过这样的。

有些路人观众从心底里觉得新出场这位一出现，直接让前面三位黯然失色。但那三家粉丝那么多，这话说出来不是没事找事？

我先说，这位真的帅到极致，把他配给我家妹妹吧。

你们要把我笑死，这就开始抢了？

这位资料太少了，官宣也没图，至今居然连他叫什么都不知道，只看某瓣的帖子说家里很有钱，是来玩的？怎么，接下来也打算进娱乐行业？

还进娱乐行业，做梦吧前面那位，你知道人家家里的资产有几位数吗？想在行业内看到他根本不可能。

有弹幕观众不解：这种人怎么会上综艺节目？

谁知道呢，有小道消息说和顾清霜有些关系，两家是认识的。

顾清霜家的粉丝精神一振，已经开始激动起来了，但发出去的弹幕态度还是非常矜持：节目走向谁也不知道，请别乱传谣言。

弹幕观众八卦正在兴头，才不管顾清霜家粉丝刷的什么。

之前有弹幕观众说他和沈拂发生过龃龉，又是什么情况？

好像有传言说，沈拂家破产之前，两人高中时期认识，发生过龃龉也很正常，沈拂那种爱炒作的，谁都看不顺眼。

我也赞同。

真的很烦沈拂，要作品没作品，还整天冷着一张脸。

容晓臻看着屏幕，心一紧，犹如坠了铅球，十分沉重。

问题来了，你们挖了那么多消息，就没人知道他叫什么吗？

"江恕。"男人看了眼镜头，吐出两个字，声音如冰山撞击般低沉。

屏幕外的观众吓一跳：差点以为他能看到弹幕。

关掉密密麻麻的弹幕才看清楚，原来是节目组趁着电梯上行的工夫，正在对他进行单人采访。

其他嘉宾之前已经分别进行过了采访，并将画面放进了先行预告片里，只有眼前这位，居然这会儿才单人采访，还有工作人员迎接。

这哪像嘉宾上节目？说是顶头上司莅临指导也有人信啊。

好傲慢，自我介绍连个"我是"都没有。

拿着话筒的工作人员也是捏了把汗，低头看了眼手机直播弹幕提出来的问题，谨慎地挑了几个没什么攻击性、不涉及隐私的。

"有网友问，你长这么好看为什么不进娱乐行业？"

江恕不假思索："给别人一条活路。"

工作人员："你觉得你和其他男嘉宾比起来优点在哪里？"

江恕想也不想："太有钱了？"

工作人员汗都流下来了，这让他怎么问？他继续费力地仰头把话筒对着这位传闻中的江总："怎么评价有个弹幕观众说的'看脸，你已经赢了'这句话？"

江恕挑眉看他一眼："这是废话。"

工作人员："……"

哈哈哈哈笑死，这哥好踹我好爱。

节目的直播收视率随着江恕的出现再次上升到了一个高不可攀的峰

值，节目组可乐坏了。

但三楼嘉宾那儿似乎也发生了一件事，节目组敏锐地嗅到了"缺德"的气息，赶紧把镜头切换了过去。

一些普通会员又开始哀号：紧要关头突然切换镜头干什么？！正要看江恕是不是换上了和顾清霜配对的那双情侣拖鞋呢。

这边褚为陪着许迢迢把几幢别墅和游泳池等地都探索遍了，双手插兜，心不在焉地回到客厅。

他突然朝房间的方向看了眼："快吃晚饭了吧，另外两个嘉宾还没出来吗？"

顾清霜方才起身去了电梯口，客厅里只有左玫在边玩拼图边和粉丝聊天。

左玫笑道："小向好像是今早的飞机才从伦敦飞回来吧，累得很，让他多睡会儿，待会儿晚饭好了我们再去叫他。"

明知道褚为想问的是谁，这女人却偏不提及，也是妖怪修成了精，心眼坏得很。

许迢迢在心里翻了个白眼。

许迢迢趁机给褚为一个台阶下："好像沈拂还没出来，是不是睡过头了？褚为，你去叫叫她，就算怕生也要出来和大家见个面，打个招呼呀。"

"好。"褚为如释重负，他就等着这么一句。

许迢迢怎么回事？不知道沈拂是褚为刚出道时那个死缠烂打的前女友吗？没看见褚为一副抗拒的样子，摆明了不想和沈拂有过多的接触啊。

许迢迢本来就大大咧咧、没心没肺的，谁会管你哥以前的那点陈芝麻烂谷子的破事啊，别有什么事就只知道攻击女明星好吧。

笑死，只有我懂了吗？就算褚为不愿意去叫沈拂，但还是乖乖听迢迢姐的话呢。

褚为走过去叩响了沈拂的房门。

他声音说得很轻："沈拂，你醒着吗？"

我哥好温柔。

当时沈拂身上被泼的那些脏水，他并不知情，后来等他知道，已经无法挽回了。

可当时的褚为实在没有办法，那时他只是一个刚出道的、没什么名气的练习生，人微言轻，自身难保，稍有不慎，前途将毁于一旦。他不可能为了沈拂放弃自己好不容易要踏上的前途。

从去年到现在，两家公司虽然一直联手包装他和许迢迢的CP，但他从来没当真过。

现在他终于在行业里站稳了脚跟，有了话语权。褚为已经想好了，就在这个综艺上，即便付出巨大的代价，也要把沈拂追回来。他不知道沈拂还对他残余多少感情，但唯一能够确定的是，沈拂必然没有忘记他，否则也不会在之前的各大红毯上见到他时，像不认识一般与他擦肩而过。

越是耿耿于怀，才越是要装作陌生人。而且，这综艺上的另外三个男嘉宾沈拂又不认识。甚至，其中有一个行业外男嘉宾，褚为还听说沈拂得罪过他。如果她不是为了自己而来，为什么即便被骂得狗血淋头也坚持要上这档综艺？

褚为敲了一下门后，房间里没有任何动静。

弹幕观众已经开始忍不住了：哥你管她吃饭干吗啊，快跑！

气死我了，我哥就是太善良了。

褚为又耐心地敲了两下，这次加重了声音。

还不开门，故意的吧。

不得不说节目组的预测是对的，屏幕上收视率的数据第三次出现了一个小小的峰值。

又过了一两分钟，房门终于从里面打开。

沈拂是从深山老林里的剧组赶过来的，还没补多少觉，就被吵醒了。

她本来就是脸上没什么表情的人，这会儿一开门，脸上的表情更是冷淡。

褚为被惊了一下，一时间竟然没说出话来。

沈拂来综艺之前，梁晓春千叮咛万嘱咐，让她注意好表情管理，无论对谁都不能过于"面瘫"。

于是沈拂调整了下表情："怎么了？"

她见到是自己之后，表情立刻放柔，这种下意识的反应是装不出来的。

褚为有一瞬间的欣喜——果然啊，她还没放下自己吧。

弹幕观众态度不由得更加激烈：哥你清醒点啊！！

许迢迢还在等你过去吃饭，再不过去她身边的餐桌位子要被抢走了。

中间也夹杂着几句：褚为粉丝是不是太阴谋论了，我怎么就没看出沈拂对你们哥哥有意思，别得了被害妄想症好吧。

但很快就被褚为粉丝刷了下去。

褚为笑了笑，故作轻松地问："睡好了吗？"

沈拂："还行。"

不知道他过来说这些有的没的要干什么。

欲擒故纵，有本事现在就把门关上，不要和为哥说话，我立马直播对沈拂道歉。

"那就好，我还怕打扰到你了。"褚为笑笑，"今天的晚饭节目组已经准备好了，我——"

话没说完，一个银色行李箱咕噜咕噜地从他和沈拂之间滑了过去。

褚为莫名其妙地看了一眼滑走的行李箱，视线又落回沈拂身上，接着张嘴："我来叫——"

一个高大的身影挤了过去，穿着"暴富"的拖鞋重重地踩过他的脚。

褚为被沉重的行李箱碾过一遍，又被一米八八的男人踩了一脚，脚背发青，脸上的表情已经有些难看了。

他看了一眼穿黑色高领毛衣的男人的背影，意识到这是第四个来的男嘉宾。对方走到唯一剩下的房间前，径直开门，墨镜之下，连眼神也没给这边一次。

无意的？

弹幕观众的视角看不见脚底，只能看见江恕面无表情地从两人之间走过。

笑死，江恕看沈拂不顺眼诚不我欺，一出现就打断她的好事。

褚为粉丝赶紧抱大腿：谢谢江总救命之恩。

感觉江总和为哥性格应该很合得来，赌一个——后期两人成为好兄弟。

褚为对江恕早有耳闻，知道是自己惹不起的人。何况这会儿在综艺上，即便有什么也不好发作。他强装镇定地接起自己刚才的话，笑着扭回头来："沈拂，我来叫你过去吃饭的。"

再一看面前的房门，早就关上了。

褚为："……"

弹幕观众也没反应过来，短暂地空白了一瞬。

有没有礼貌啊？！

绝对是故意的。

合格的前女友就该像死了一样。沈拂到底想干什么？

不是吧，不要啊，信女愿吃斋三年保佑我哥不要被缠上……他真的很容易心软。

弹幕里褚为的粉丝又尴尬又生气，瞬间骂声一片。

然而片刻后，不知道是谁幸灾乐祸地说了一句：不管是不是欲擒故纵，刚才说如果沈拂把房门当场关上，要直播对沈拂道歉的那——位——仁——兄——呢？

是我。

"仁兄"气不过，暴躁地换了金色名字，以 VIP 用户实名大号①ID 出现。

奔跑的灯塔：今天话就摆在这里了！沈拂不是为褚为来的，我必定在 243443 号房间直播！！

奔跑的灯塔：别以为三年前的事情大家都忘了！恋情绯闻爆出来，分手后沈拂还开小号关注我哥，这小号现在还时不时更新，当谁不知道吗？！若要人不知，除非己莫为！

容晓臻不满，在键盘上打：你说那是沈拂的小号？拿出证据好吗？

"奔跑的灯塔"气坏了：我今晚立马去查，等着看吧！

笑死，"塔主"加油，等着看戏。

这边，沈拂背靠房门，在室内的黑暗中站了一会儿。许久后，她缓缓吐出一口气。

---

① 网络用语，指互联网用户的常用的账号。与之相对，小号是指，用户除了一个主要账号，再申请的辅助性账号。

系统问："你关注褚为的小号忘了注销？"

沈拂吓了一跳："你突然在耳边说话，吓死我了。"

系统："这不是刚忙完过来看你一下吗？"

"什么小号？"沈拂愣了一下才反应过来。

褚为这人是真的优柔寡断，就连攻略进度条都"优柔寡断"地涨。当时恋情曝光，被迫分手时，他对沈拂的进度条显示，数值只有百分之九十九。

攻略进度条的数值随着长时间的置之不理是会缓缓降低的。于是当时沈拂乘胜追击，连夜开了个微博小号关注他，机械地发了一整夜的矫情、伤感文字。褚为很吃这一套，没几天红毯再见面时，他对沈拂的进度条已经噌噌噌地满格了。

沈拂闯完了第一关，自然就把第一关的"怪"置之脑后了。哪里还记得专门去把那个小号注销掉？

系统吐槽道："你这被挖出来，又要被褚为的粉丝骂成筛子。"

沈拂笑了："谁知道那是我小号，又没证据。"

小号是系统开的，褚为粉丝想追溯 IP 地址，说不定追溯着追溯着就发现了平行世界。

系统思索道："你这次的状态，和以前很不一样。"

攻略先前三个人时，沈拂一次比一次操作熟练。

褚为刚出道时无人问津，缺少认可，沈拂给他赞同和鼓励，陪他度过最黯淡的时期，然后成功被他抛弃，得到他的愧疚心。

向凌云脾气难搞，好胜心重，沈拂出现在他面前时，基本上都是柔弱的菟丝花形象，几个月就轻而易举地得到了满格攻略值。当然，经常哭哭啼啼的后果是向凌云很快就腻味了，于是沈拂攻略完毕后，成功和他分手。

温铮寒心中有"白月光"，沈拂能眼都不眨地在他面前扮演替身。

但现在对于第四个任务对象，沈拂怎么好像毫无头绪似的？

沈拂沉默了一下，过了片刻，头疼地道："你不知道，我进江家时，他就很讨厌我。"

沈拂十五岁时发生了一场车祸，外祖父当场身亡，父母成了植物人，亲戚争先恐后地谋求遗产。

幸好江家爷爷辈和她家有点交情，收养了她三年。

她搬进江家之后，才知道江家有个混世大魔王，整日赛车，夜不归宿，还偷偷跑到国外和一群金头发的职业赛手比赛，偏偏相貌一等一的好，在学业上，又是个玩世不恭的天才，随便读读书就完胜其他人，叫人无从挑刺儿。

江老爷子管不了这孙子，见沈拂乖顺、听话，让沈拂看着这魔王点。

江恕当时费尽心思甩开她，看见她要么横眉瞪眼，要么扭头就走，干脆不想看见她。

沈拂那时是个寄人篱下的身份，医药费还是江家给的，哪儿敢不乖乖照着江老爷子的话去做？

一来二去两人就结了仇。

她考试，江恕就调她闹钟，害她迟到。她要吃甜，江恕就故意让阿姨放辣。

某年夏天，两人还干脆在葡萄架子下打了一架，她哭着在江恕脖子上挠出两道血印。

系统听得津津有味："这样看你们还是两小无猜。"

"啥两小无猜啊。"沈拂忧心忡忡，"当时就相看两厌，越看越嫌，现在他怎么可能对我有好感？"

"你挠完江恕，他这种金枝玉叶的大少爷，居然没到老爷子那儿告你的状？"

沈拂斩钉截铁地道："他这个人死要面子，和一个小丫头片子打架输了，这种丢脸的事怎么可能说出去？"

"那会儿我每天放学，不仅要去医院，还要因为老爷子的吩咐和江恕斗智斗勇。不仅体力上累得要死，而且日复一日地看着我父母躺在病床上勉强维持生命体征，毫无复苏迹象，心理压力也很大。"沈拂缓缓道，"有天，我一大清早就向学校请了假，准备乘车去墓园。那天是我外祖父的忌日。

"他偏偏一大清早就不让我外出，想尽办法耽误我的时间，还把江家的司机都支开，不让他们载我去墓园。"

系统表示震惊："这有点过分了。"

"我那时脾气比现在坏得多，新仇旧恨一起涌上心头，实在没忍住，冲上去和他打了一架。

"刚才他拖着行李箱从门口走过去，我看见他脖子上现在还有两道浅浅的印迹。"沈拂有点尴尬地捏了捏自己的指尖。

系统骂道："这小子活该。"

沈拂摇摇头："然而，那天中午我终于赶到墓地，却发现墓地前围满了人。外面一圈是我的大伯、二伯、姑姑，还有一些认识的、不认识的亲戚，都来了，被围住的是江家的人，有一个经常跟在江恕后面穿黑西装的保镖，是我认识的。两拨人正在推搡。

"我家那些亲戚不知道从哪里听说，我把几套值钱的传家的东西，在给外公下葬的时候，一起埋了进去。"

沈拂提及旧事，面无表情地垂着头："他们居然凌晨三四点就迫不及待地组织了人，想要一起挖出来，还说我小小年纪刻薄无比，值钱的东西宁愿给死人都不给他们这些活人。

"居然从凌晨三四点，一直僵持到中午十二点。

"当时江老爷子不在家，是江恕让人去驱赶他们的。我才知道，他大约是不想我去了墓园看见那些糟心事。"

系统捋了捋，反应了过来："那么江恕以前对你，好像也没有那么坏？"

沈拂忍不住笑道："那天回来的路上他还跑得二五八万，给我买了蛋挞。"

沈拂陷入了回忆。那天从墓园回来，她越哭越凶，眼睛都红了，江恕破天荒地让她上了他的车。两个人坐在车子后座，外面在下雨，她一旦哽咽就停不下来，他带着脖子上的血印子，不耐烦地让她别哭了，再哭就——

系统："就什么？"

沈拂瞬间从往事中回神："你在这儿听八卦呢？"

系统道："我这不也是为了你的性命担忧？你可是只剩两个月了啊！照你这么说，我觉得江恕也不是那么难以攻略，至少你们还有旧情在。"

"哪儿来的旧情？"沈拂摇摇头，"那是第二年，我们关系的确有所缓和。但是第三年，又发生了点事。

"网上传的事是真的，虽然可能没有被他扫地出门那么严重，但……但我的确是被他赶出江家的。"

沈拂回忆起那天江恕冷冰冰的表情，嘴角笑意逐渐消失。

"后来……后来就绑定你了。"

系统忍不住问："这中间又发生了什么？"

"一言难尽。"沈拂只能这么回答。

这就是沈拂这一次毫无头绪的原因。

其他三个攻略对象，认识他们的时候，他们虽然对沈拂初始好感度为零，但至少没有厌恶感吧。

而且这三人各自都有需要的东西，喜欢什么类型也很容易搞清楚，沈拂对症下药，很容易找到涨好感度的方法。

然而江恕对她，可能一开场，好感度就为负数。具体负多少虽然还不知道，但沈拂感觉至少有负五十。

江恕喜欢什么类型沈拂也完全两眼一抹黑。学生时代，江恕别说谈恋爱了，连异性都没多看过两眼，他那傲慢的性格，脑子里就只有赛车、跆拳道那点事。

沈拂简直怀疑他是"车性恋"。在这种情况下让她去攻略他真是死路一条，何况还有小道消息说他是为了顾清霜来的。

"要不然试试故意不认识他？"系统开始出损招，"你越是不理睬他，这种天之骄子越是对你感兴趣，电视剧都是这么演的。"

沈拂："你平时是不是有事没事就在我脑子里看偶像剧？"

系统："你怎么知道？"

"总之，这一次简直是地狱难度。"沈拂越想越头疼，"我会尽力而为，但咱们还是准备准备掏十个亿吧。"

系统那边的生命管理局局长说了，不想攻略就交钱，一个人头十个亿。

十八岁的时候沈拂走投无路，觉着把自己卖了也凑不够那么多钱，但是拼死拼活在娱乐行业混了几年，剩下的找朋友和梁晓春借一借也不是没有可能。就算接下来十年都得给公司打工，拍一些烂偶像剧，但能换父母醒过来，也是值得的。

沈拂换好衣服出房门，节目组已经通知大家晚餐开始了。

因为今天是第一天，所以晚餐和夜宵由节目组准备，从明天开始，晚餐就将成为综艺环节之一，每天轮流由一位男嘉宾和一位女嘉宾准备。

餐桌是八人位，沈拂过去较晚，只剩下两个位子。她对面依次是向凌云、顾清霜、温铮寒、褚为。

她这边，许迢迢坐在了顾清霜对面，左玫坐在了温铮寒对面。沈拂只有"向凌云对面"和"褚为对面"两个选择。

弹幕观众方才看众人选位子已经激动过了一轮，其中讨论最热烈的莫过于左玫和温铮寒这两人的感情线。

好甜，他俩真是形影不离。

许迢迢的粉丝则有些不满：褚为没坐许迢迢对面？

沈拂一出来，修罗场顿时升级。褚为粉丝几乎恨不得拿放大镜看沈拂的微表情。

她刚才从走廊走过去，视线的方向好像一直是褚为的座位啊。

上面的，你没看错，真的是——

这句弹幕还没发完，沈拂的脚步忽然停下，兴致勃勃地给走廊旁边的金鱼缸加了点粮。

噗……她一直盯着看的是金鱼吧，忘了她在哪个综艺上说过她有鱼。

"奔跑的灯塔"的发言尤其令人瞩目：你们在争什么啊，看她的姿势就是朝褚为方向走的。

弹幕刚发出去，沈拂拉开向凌云对面的椅子，坐了下来。

弹幕停了一瞬。

终于有路人忍不住发：你们褚为粉丝对沈拂到底是爱还是恨？你们怕是沈拂的毒唯①吧？

---

① 网络用语，泛指只喜欢自己关注的艺人，用不理智行为伤害其他艺人的狂热粉丝。

褚为的粉丝：滚啊。

温铮寒的视线若有若无地从沈拂身上掠过，又回到了远处的投影屏幕上，他不着痕迹地皱了皱眉。

为褚为上综艺是假——他知道沈拂早就连褚为是哪号人物都不记得了。恐怕她是因为上个月一时负气，收拾行李从自己别墅里离开，后悔了却又找不到台阶下，这才来这档综艺。

沈拂对温铮寒和褚为的视线视若无睹，她觉得三个前任里，相较于其他两个人，向凌云对自己兴趣应该不是很大。

然而她刚这么想，对面的男人抬起头，意味深长地看了自己一眼。

沈拂："……"

向凌云怎么回事？

不就很正常地看了在自己对面坐下来的人一眼吗？

顾清霜温声细语地和沈拂打了声招呼，沈拂配合地商业互夸①了两句，温铮寒和左玫交谈了两句过去的事情。餐桌上寒暄了几句，很快又安静下来。

他们明星到底和素人②不同，互相之间，之前就算没见过也听说过，上别的类型综艺也就算了，乍然上这种恋爱综艺，的确容易冷场。

节目组早就料到了这一点，提前准备了无数综艺环节。不过今天还是第一天，暂时还只进行到互相了解的这个阶段。

左玫笑着提议道："在座的都经常出现在网上、电视新闻上、屏幕上，我看自我介绍就不用了，不如大家来说说初恋是在什么年纪吧。"

"不是吧？"许迢迢用鲜艳的红色美甲点了点脸颊，眨眨眼，"左玫姐，上来就玩大的？"

温铮寒耸了耸肩，云淡风轻："我没问题。"

向凌云不置可否。

褚为挠了挠头，表现得又尴尬又害羞。

弹幕观众也都随着这个劲爆的问题聊开了。

---

① 网络用语，指互相夸奖对方的优点。
② 指平常人，在综艺节目里通常指娱乐行业外的人。

左玫姐好样的，知道我们想看什么。

合理怀疑温铮寒这么淡定是因为他初恋此时此刻就坐在他对面。

为哥好可爱。

顾清霜朝房间那边看了眼，小声道："还有个嘉宾没来呢。"

小霜好像格外在意第四个男嘉宾啊！

话音刚落，洗完澡换了衣服的江恕就从走廊那边过来了。

他黑色头发尚未全干，是湿漉漉的，取下墨镜后的一张俊脸更加立体、完美，唇很薄，弧度显得人冷淡。

弹幕里顿时又是一片赞叹。

完了，只剩褚为对面位子是空的了。

对面是褚为，左边是已经名花有主的玫姐，哈哈哈心疼江总。

江恕扫了餐桌一眼："能换位子吗？"

江总要干什么？！难道已经有目标了？

好勇。

一群人也都抬头看他，左玫愣了一下，迅速反应过来，含笑道："可以换的，江先生想和谁换位子？"

江恕走到许迢迢后面："麻烦和我换一下。"

许迢迢被他身上的气场弄得心脏失控一秒，迷糊了几秒后，起身："没问题。"

许迢迢坐到了褚为对面去。

江恕一言不发地拉开椅子，在她的位子上坐下来。

他对面的顾清霜半天没回过神来。

之前家里介绍的时候，江恕在饭桌上待得没超过十秒，还听说他是被老爷子诓骗过来的。

但现在怎么……难道他是那种进攻型？

弹幕满屏沸腾：

这么直接的吗？

前面谁的小道消息说第四个男嘉宾是为了顾清霜来的？这位江总和顾清霜之间看起来好像真的有点什么啊。

不是，他也没看顾清霜一眼啊，你们怎么就那么笃定了？他左边现在坐的还是沈拂呢。

江恕拉开椅子时，短发上的水珠有一滴滴落在沈拂后脖颈上，凉得沈拂一个激灵。

沈拂强忍着没动。

他就这么在沈拂的右边落了座，懒懒地靠在椅子上，沈拂几乎能够感觉到他刚从空调房里出来后肌肤上的寒意。他漫不经心地垂着眼，漆黑眼睫在冷白皮上落下阴影，不知道在思忖什么。

江恕没看沈拂，沈拂于是也没多看他一眼。

现在就是不理睬、不感兴趣的关系。

系统说的还是有些道理的。现在除了装作不认识他还能怎么办？难不成当着全国观众的面凑上去套近乎？

话题很快转到沈拂身上来。

"沈拂，"左玫提醒她，"轮到你了哦，谈谈你的初恋是在什么时候。"

其他人都看向了沈拂。

褚为看了她一眼，又收回了视线，耳根略红。

弹幕观众：我哥真的好纯情，虽然知道沈拂和我哥可能互为初恋，但还是想想就来气。错付了啊哥！

江恕也扭过头来，盯着沈拂。

沈拂快被右边的视线盯穿了脸，不合时宜地想起一个很普通的下午，下课铃叮当，沉迷赛车的少年被惊醒，从椅子上摔了下来，全班笑开，他爬起来，俊脸上一道灰尘印，恼羞成怒地瞪了一眼，班上立刻噤声。

当时沈拂在前排忍笑。

"应该是三年前的事情。"沈拂微笑，"我二十岁刚出道的时候。"

虽然听到她初恋是褚为，弹幕里褚为粉丝有些不爽，但不知怎的松了口气。

褚为栗色卷发下清俊的脸发烫。

破镜重圆妥了。

一边的江恕抱起手臂，忽然冷冷一笑。

整张餐桌周围的空气一下子静止。

噗！

弹幕里有人幸灾乐祸：江总是真的讨厌沈拂啊。

但更多的是疑问：前面的不对吧，我怎么觉得这个反应像是吃醋？

吃醋？笑死，沈拂粉丝整天白日做梦。

说这话的，除了褚为的粉丝还有顾清霜的粉丝。

上恋爱综艺就是要谈恋爱的，要是结束时还没组成CP，会很丢脸。他们家清霜那么优秀，当然是应该配最优秀的男嘉宾。

本来江恕还没出现之前，顾清霜的粉丝大部分都支持"云霜""寒霜"，但江恕一出现，几乎百分之八十都倒戈了"江霜"CP。因为江恕方才坐在顾清霜对面的这个举动，粉丝甚至开始激动地给这对CP起名为"继承家业CP"。

然而这节目的观众除了几家粉丝，还有无数热衷于看恋爱综艺的路人。甚至可以说路人的基数才是最大的。他们有眼睛，也会看。

这部分群体一而再，再而三总在被撑，也开始不爽。

你们是不是有毛病？和你们不一样的就被骂成沈拂粉丝？沈拂粉丝要是真有那么多，至于被你们骂吗？

许迢迢笑着圆场："这个话题太敏感了，我可不会乖乖说我初恋是在什么时候，不如换个话题，咱们当务之急是确定明晚的晚餐谁做。"

说完，她瞥了一眼对面的褚为："要不咱们都说说自己周几有空，再按照时间分配一下？"

许迢迢来这档综艺也有自己的小心思——她还想在这档综艺上接近一下向凌云呢，褚为看样子像是也对沈拂旧情未了了，她不如顺水推舟。

这个提议得到了大家的同意。

许迢迢第一个举手："我有戏没拍完，周三和周四可以。"

左玫看了温铮寒一眼，含笑道："我选周一和周二吧。"

她这话一说，弹幕观众立刻尖叫：救命，温铮寒和左玫真的好甜，我去看了一眼温铮寒的行程，刚好周三到周日有个广告要拍，姐姐这是在迁就他吧？！

温铮寒表情淡淡，没有搭腔。

他多年不上综艺，之所以答应接这档综艺，并不惜与沈拂闹翻，的确是因为左玫。

左玫息影五年后再复出，人气已经不如从前，从去年宣布复出到今年，一直没电影来找她，她又不愿意自降身份去拍电视剧。现在行业内更新换代那么快，如果左玫身上再一直没话题，很快就会无人记得她姓名。

毕竟是当年放在心底过的人，温铮寒是个念及旧情的人，左玫的经纪公司亲自来求他，他不可能不伸手帮一把。

但上节目后，她一举一动都在向观众暗示两人的感情，就差没直接替温铮寒官宣了。温铮寒多少感觉有点不快。

左玫见他没有反应，略微尴尬了下，很快转移话题："下一个是江先生。"

江恕："周一到周五都没空，周末可以。"

"下一个是沈拂。"

沈拂微笑："巧了，我周一到周五都有空，就周末没空。"

餐桌上再一次陷入尴尬的气氛。

江恕忍不住看了沈拂一眼。

褚为看了一眼沈拂，又看了一眼江恕。

哈哈哈沈拂故意的吧？报刚才的仇？

这两人怎么回事啊，竟然莫名有一些 CP 感。

CP 个啥啊，感觉这两人就是仇人吧，互相讨厌得这么明显，您还能看出 CP 感？

你们真的好烦，管天管地，还管别人。

不过，他们这样搞得我好奇心被提起来了，好想知道他们以前发生了什么事。

同上。

"要不还是抓阄吧。"温铮寒突然出声提议，"用八张四组卡片，直接抽谁和谁一组，确定了搭档我们再协调时间。"

弹幕观众哭笑不得：抓阄的话，你和玫姐被分到一组的概率就不大了啊哥！

我哥这样也是为了公平起见吧，他上综艺真的很绅士。

小算盘被破坏，许迢迢有点不情愿，但说这话的可是温铮寒，总不好否决。

于是为做晚餐这事，开始了第二轮的抓阄。

餐桌上总共也就八个人，抓阄结果一两分钟就出来了，许迢迢笑着起身宣布结果："温先生和玫姐一组，江先生和清霜一组，沈拂和褚为一组，我，喀，我和向先生一组。"

温铮寒："……"

弹幕观众已经激动了。

哈哈哈哈真的是缘分天注定，都这么随机了，温铮寒和左玫也能分在一起？！

这一对我真的是最放心的，温铮寒对左玫的爱意都快从眼里溢出来了。

我们家清霜是和江恕一组啊啊啊，好期待碰撞出火花。

有人欢喜有人愁。

这是什么垃圾分组，怎么就刚好把沈拂和我哥分在一起了？

褚为你怎么回事？？？刚上综艺就和许迢迢拆CP？

你暴躁什么？这是抓阄的，又不能怪褚为。

许迢迢笑得合不拢嘴："凌哥，你接下来周几有空？"

向凌云举起两只手，十分随意地道："我都可以，看你。"

顾清霜拿着手里的抽签卡，也有点羞赧，看了江恕一眼。

左玫笑道："那么晚餐分组就这么出来了，我建议每一对搭档找个地方单独聊聊，都商量好时间。"

褚为挠挠头，努力掩饰住嘴角的喜色，离开椅子朝沈拂走过来："我们去阳台商量？"

沈拂起身。

江恕实在没忍住，又瞪了沈拂一眼。

江恕总看沈拂干什么，他的搭档又不是她。

不知道是不是我的错觉，为什么感觉他脸都黑了？

江恕何止脸黑，他盯着沈拂的背影，快把面前的餐盘给捏碎了。

沈拂跟着褚为走到阳台上，双手插兜，漫不经心地问："你想周几？"

出道三年就被骂了三年，沈拂已经被骂得没皮没脸了。虽然抓阄抓到和褚为一组不是自己的错，但想必褚为粉丝还是会把自己骂得狗血淋头。

不过往好处想想，后期节目组统计一下整个综艺上哪个嘉宾名字出现的次数最多，说不定还是自己呢。

褚为却没直接回答这个问题，而是看了一眼楼下亮起的路灯。

弹幕里的褚为粉丝已经快被气死了：哭了，哪家粉丝有我们家惨？怎么越是不想和她有关系，她越是出现在我哥周围？

奔跑的灯塔：我哥好可怜，感觉都不想理她了。

这句弹幕刚发出去，褚为开了口："沈拂，你想不想下去散散步？"

晚上这么冷还出去散步？

沈拂婉拒："天气预报说要下雨，算了吧。"

弹幕里褚为的粉丝还真怕两人大半夜出去散步，进行一些小情侣行为，听到沈拂拒绝，松了口气。

"奔跑的灯塔"故作轻松：我哥只不过是客套一下而已，做人的基本礼貌，懂吗？

褚为满怀期待地继续问："那明天呢？我看见餐桌上几个花瓶都是空的，我们要不要出去为大家买些花？"

沈拂看了褚为一眼："明天节目组有任务的吧，嘉宾不能随意出去。"

奔跑的灯塔：很好理解我哥的行为啊，这是恋爱综艺，如果有女嘉宾没人选，会很伤自尊的吧。他就是怕沈拂明天无人问津，好心问一下啊。也就问这么一句，沈拂的粉丝不要又……

这句弹幕太长，还没在屏幕上完整出现，观众又见褚为锲而不舍地问："那在别墅里看电影呢？四楼有一整层的影音室。"

"奔跑的灯塔"噎了一下，开始打字：不是，我哥也就……

褚为粉丝气急败坏：闭嘴吧姓奔的！

沈拂见褚为半天不进入正题，直截了当地切断他的话："你到底周几有空？"

阳台灯光下，不知道是不是褚为的错觉，沈拂客气的表情下似乎还带着一丝淡淡的疏离和不耐烦。

这和褚为上综艺之前预测的走向完全不一样。

褚为心中忽然有种不好的预感。

他握着栏杆的手紧了紧，顿了片刻才道："我都行，看你时间。"

沈拂道："那就暂定周二到周四吧，再去看下其他人时间，我和你从中挑一天就行。"

褚为："好……"

沈拂离开了阳台，褚为还待在原地。

怎么回事？你们褚为粉丝确定沈拂才是死缠烂打的那一位吗？怎么感觉反而像是你们的哥旧情难忘？

褚为粉丝暴躁无比：怎么可能？沈拂粉丝别做梦了！

但这话毫无说服力。

弹幕里还有褚为的粉丝在哀号：怎么回事啊！哥哥你清醒过来啊！！！

褚为感觉哪里有点不对劲，但当年在一起的时候，沈拂是真的很喜欢他，他不大相信沈拂能这么快就放下过去。

他站在原地思忖了会儿，觉得沈拂现在这个态度也情有可原，毕竟当时是他没有担当，对不起她。

他这一次得拿出态度来。

褚为自认为他已经站稳脚跟，有能力选择自己想要追求的事情了。借助这个机会，他一定要得到真正想得到的东西。

毕竟这是一档恋爱综艺，他说不定还得排除竞争对手。

褚为的视线扫过客厅其他人。

另外三个男嘉宾中，第四位男嘉宾应该是不会和他争的。

褚为对江恕和沈拂发生过龃龉一事早有耳闻。但即便没有过去的龃龉，褚为也不觉得江恕那样身家的人，会对沈拂这样毫无背景的女演员有什么兴趣。

另外两位以前和沈拂应该都没什么交集。但沈拂那么漂亮，难保这两位不会在节目上对沈拂产生什么兴趣。

褚为觉得自己有必要早点宣示一下主权。

虽然观众觉得嘉宾们的一举一动都在注视之下，但节目组哪里敢真的一点隐秘空间也不给？

房间外走廊尽头有一个开放式的储物室，那里就没有摄像机。

褚为见温铮寒恰好在那附近，赶紧走过去。

温铮寒被拉进储藏室，打量了褚为这个后辈一眼，似笑非笑："怎么？"

消失太久观众会产生疑问，褚为直接开门见山："前辈，明天的一日约会，你不会去接沈拂吧？"

以前两人在剧组有见过，也还算熟悉。

"所以你是想？"温铮寒没有正面回答。

"说实话，她刚才说的初恋就是我，我、我们以前谈过，她应该是为我上这档综艺的。"见温铮寒一直盯着自己，褚为摸了摸后脑勺，有几分不好意思，"我觉得……她是想和我复合。"

温铮寒："哦？"

褚为继续请求："所以接下来有什么可选择的活动，前辈你能不能帮忙撮合一下？"

温铮寒笑了笑："可以。"

褚为眼睛一亮："那我先谢谢前辈了，综艺结束请你吃饭！"

温铮寒不置可否。

他转过身，看着褚为离开储藏室的背影，眼中划过一丝怜悯。

这小子还抱着复合的希望呢，殊不知沈拂上综艺真正是为了谁。

褚为拉拢完温铮寒后，就到处找向凌云的身影，但向凌云和许超超不知道去哪儿商量了，三楼活动区暂时没看到他。

没找到向凌云，褚为转身进了健身房。

明星都很自律，即便上了综艺，健身也不能断。何况现在有这么好的机会，可以让粉丝看见他锻炼，留下好印象。

虽然对于褚为上了综艺后一而再，再而三主动和沈拂说话这件事，粉丝有点憋屈，但见他开始健身，还是卖力地夸了起来。

哥好自律。

哥哥多健身，少出去和沈拂说话。

褚为是奶系艺人①，会唱跳，脸好看就行，平时不轻易脱衣服，因此公司对他的身材要求没那么高。

他走过去，拎了一下六十千克的杠铃，乍一下没拎动。

褚为有点尴尬，但倒也没僵硬几秒，主动和摄像机笑笑："节目组是不是恶作剧加重了健身器材？这比我们平时练习的六十千克重多了。"

说完，他转而拎起四十千克的，做了几个动作。

他还对镜头说话！好奶好可爱！呜呜呜。

为哥多和我们说说话！

这边正直播着，健身房的玻璃门突然被推开。

江恕走了进来。

身材高大的男人已经换下了下午的黑色高领毛衣，穿了件灰色运动兜帽衫，漆黑的短发垂在白皙额头上，少了几分禁欲，多了几分少年感，脸上是一贯的面无表情。

他径直走到八十千克的杠铃前，轻轻松松拎了起来。

然后他瞥了褚为一眼。

褚为心想：故意的？

可自己和这位江总素无交集，更别说得罪过他啊。

褚为神色微微不自然。竭力装作若无其事，做了几个动作后，他放下了手中的杠铃，看似不经心地走到了坐姿推胸器前。

前段时间在公司训练时，公司为他请的健身教练夸他胸大肌和肱三头肌已经锻炼得初有成效。经纪人计划让他在某些水上乐园综艺的环节不小心湿身，那时再"无意"让粉丝看到。他平时都是清纯日系风格，猛然让粉丝发现他穿衣显瘦，脱衣有肉，必定能借助反差萌②吸引一拨粉丝。

---

① 网络用语，指年轻、可爱风格的艺人。
② 网络用语，是指人表现出与原本形象不同的特征或多种互为矛盾的特征而产生萌的状态。

但此时褚为已经忍不住了——没有好胜心还算什么男人。

他坐在凳子上，肩部下沉，双手握住器械握柄，拿出平生最标准的姿势将握柄向前推，并缓缓呼气。

随着他的动作，他的胸肌缓缓显现。如果仔细看的话，还能看到腹肌。

哇！看到了我哥的腹肌！

褚为松了口气，略带得意地扭过头去。

那位江先生呢？被吓跑了？

乍一下没找到江恕，再扭一次头就显得很刻意了。

但褚为还是忍不住把头转了过去。

然后就见江恕正攀在不远处的室内攀岩板上。

八米的高度到处都是变化的路线，裂缝和凹窝看一眼都让人心惊肉跳，他却极快地攀完全程，背影帅气、挺拔，脱掉外套后短袖下的小臂线条和肱二头肌线条优美、流畅。

就连腿都比自己长。褚为一时说不出话。

他之前真的不是从事极限运动的吗？比我想象中的霸总帅上一百倍。

据说以前在国外赛车，后来才继承家业，这点事对他来说轻而易举吧。[摊手 .jpg]

褚为脸色有点发绿，几乎感觉江恕是故意的了。

健身房外顾清霜和沈拂似乎都朝这边看了过来。

他匆匆找了个借口从健身房离开。

弹幕里的褚为粉丝强忍住尴尬，努力挽尊[①]：都没见江总对哪个女嘉宾这么感兴趣，对我哥这么感兴趣干吗啦！

男人们的竞争心哈哈哈，两人都好可爱啊！

快说，你们是不是已经在摄像头看不到的地方成为朋友了？！

褚为没有太多的时间尴尬，很快节目组就把大家重新召集到了餐厅去。

方才抓阄决定的晚餐搭档时间表已经公开在了屏幕上。

除此之外，节目组还将宣布明天的约会规则。

---

① 网络用语，指挽回某人尊严。

正片终于开始，我已经激动了！

看一下这次到底有什么约会环节，不要像之前的素人恋爱综艺简单约约会就算了，那就太腻味了！

"请各位嘉宾看一下制作组提供给你们的手机，短信有明日约会规则。"

沈拂低头摸出外套口袋里的手机。

可能是为了和普通智能机区别开来，节目组提供的手机较为老式，一打开短信，最上面置顶的就是唯一联系人一栏。

弹幕观众发现这一点后，瞬间化身福尔摩斯，截图放大各个嘉宾的手机屏幕。

顾清霜的唯一联系人备注好像是"××哥"，应该是她哥吧，被全家宠爱的大小姐人设诚不我欺。

江恕的……江恕的看不清啊，可恶，江总打开手机动作太快了！！！

前面的，恐怕就算看得清，节目组也会给打马赛克吧，哈哈哈。

呜呜呜，凌哥的也看不清。

温铮寒和左玫设置的好像都是朋友，这两人在行业内人脉广，好友怕是多到不知道该设置谁了吧？

许迢迢设置的貌似是她妈，备注有个"女"字旁。

我没看错吧？沈拂那一栏是经纪人？

弹幕里顿时一片问号。

玩不起？

规则当时是她自己念的，节目组说了唯一联系人要么是亲人，要么是挚友，别的嘉宾再高的地位都配合了，就她特别？

烦人，她到底什么来头啊，温铮寒、左玫这种前辈都没她这样。

容晓臻正一边刷作业一边和零星几个粉丝盯着直播，一抬头看见满屏幕的弹幕吓了一跳。

晚饭后沈拂拒绝了褚为几次，好不容易离开了风口浪尖，这是怎么了，又开始了？

搞清楚发生什么后，容晓臻有点茫然。

是不小心的吗？为什么明知道节目组的规则，还把唯一联系人设置成经纪人？

笑死，说起来大家有没有看官宣时嘉宾们的单人采访。里面有个是问嘉宾们"目前最想做的事"这种很老土的采访问题。

别的嘉宾都是"做一个好的演员""给粉丝更好的舞台"之类的，沈拂犹豫了很久，说出来的是什么，你们知道吗？

这个我看了，她说是"赚钱"。

弹幕观众一阵无语。

她真这么说啊？？？她还真是把"我想赚钱"直白地写在脸上啊。

我说她演技也不算差，为什么天天接烂片……算了，人各有志。

屏幕的电子机械音再一次响起："八位嘉宾，明天我们将进行《限时心动》开播以来的第一次选择环节。此次环节命名为'一日约会'。四位女嘉宾请先行公开选择一个地点，前往等待，四位男嘉宾开车前往，邀请约会。

"后续约会内容待明日进行双向选择后，节目组再发至各位手机。"

弹幕观众的注意力终于被转移。

来了来了，规则来了。

上来就这么刺激？魔鬼啊！

我没搞错这个意思吧？！也就是说女嘉宾在四个地方等着，男嘉宾开车过去接自己想要进行约会的那一位？那万一发生悲剧，有女嘉宾等了一整天也没等到任何一位男嘉宾来呢？万一同时有两位男嘉宾邀请同一位女嘉宾呢？不是要打起来？

上面的你没理解错啊啊啊，就是这么个规则，而且貌似还有积分，配对成功才能得分！

反正温铮寒和左玫是肯定要一起了，其他人还不确定，但唯一能确定的一点是，没人会去找沈拂吧？

果然和小道消息传的一样，男选女，上来就用狠招，容晓臻眼前一黑。

第一次约会规则公布后，餐桌上已然有了无味的硝烟。

许超超趴在餐桌上看完手机里的具体规则，不动声色地看了眼柔弱小白兔一样坐在角落里不吭声的顾清霜，又瞥了眼不知道在想什么的左玫，思考片刻，忽然莞尔道："各位哥哥行行好，明天不要让我落单，不然我职业生涯里可能就有滑铁卢了。"

褚为可能来接她，但也可能去接沈拂。总之不是稳定之选。

当然，就算稳定，也不是她想要的人。她心里想的那个人的车子明天出现在她面前，这场战争才算胜利。

向凌云端着咖啡杯起身，半开玩笑道："明天你如果落单，给我打电话。"

"咱们手机被没收了，怎么打电话给你啊哥！"许迢迢捶桌哀号。

哈哈哈，向凌云和许迢迢刚才讨论晚餐分配时有了什么进展吗？怎么忽然有点甜？

人家以前一块儿拍过剧好吧，暂时先别乱说。

我想静静，不敢置信我的褚为和许迢迢 CP 上节目就开始拆……

"放心吧，你不会落单的。"

说完，向凌云没忍住用余光扫了瘫在沙发上的沈拂一眼。

向凌云是综艺常客了，对镜头了如指掌，他背对着最近的摄像头，观众什么异常都看不到，不远处倒饮料的褚为却注意到了他的视线。

冰柜旁的褚为有些疑惑地顺着向凌云的视线看去，目光落到了沈拂身上。

向凌云瞅什么？他之前没和沈拂拍过戏也没有过任何合作，总不能突然对沈拂感兴趣。

褚为怀疑自己看错了，又看了许迢迢一眼。

弹幕里的 CP 粉立马按捺不住了。

褚为看迢迢了！！我的 CP 是真的！

忍了一晚上，没忍住吧？吃醋了吧，心急了吧！

凌哥助攻再多些，再助攻一会儿，明天褚为肯定会火急火燎地去找迢迢。

但中间也夹杂着几句疑问：对不起，我怎么觉得褚为看的是沈拂……

沈拂在沙发上玩俄罗斯方块，感觉被三道目光来回打量。

她下意识抬头。瞬间看到了江恕戴着墨镜的一张臭脸。

沈拂心想：我惹他了？大晚上戴墨镜，这人是不是有毛病？

餐桌角落，左玫看了温铮寒一眼，思索片刻，低声道："我想去透透气，可以陪我吗？"

温铮寒在心里吐槽：一天你要透三次气。

但毕竟是在综艺上，温铮寒起身，仍保持着温文尔雅的态度："好。"

我晕，温铮寒好温柔。

温铮寒拿着红酒杯，和左玫来到温泉池旁边。

左玫笑着开口："你觉得明天走向会是怎么样？"

这是来打探他明天会不会去接她了。

上综艺之前温铮寒已经答应过会全力配合，让左玫踩在他现在的名气上，将她往上送一步。但在已经得到过确切答复的情况下，她还是反复试探，这让温铮寒突然有点心烦。

他不咸不淡地说了句废话："应该有人会落单。"

褚为今天单独找过他，如果没有意外的话，明天褚为应该会出现在沈拂那边。

这让温铮寒稍微放下了心。

左玫继续兜圈子："你觉得向凌云会选谁？"

温铮寒："你大可以直接去问他。"

左玫被噎住。

笑死，温铮寒是不是吃醋了？

不是啊，我怎么感觉这气氛有点微妙，不太像是吃醋。

上面的又是你，我服了，就是吃醋啊，看不出来的赶紧去眼科好吧。

我其实也觉得有点，不过大家不要太敏感了啦，上了一整天综艺，一直在摄像头直播下，是人难免都有点疲惫，温铮寒又不是神。

这边沈拂被江恕盯得心里发毛，忍不住先行离开，她收起手机起身走到任务板前，上面贴了可供选择的四个地点。

沈拂看来看去觉得好像都差不多，便随便选了一张。

容晓臻和其他粉丝心中一紧。

那个地方距离综艺别墅最远，要完，这下有男嘉宾过去的概率更小了。

弹幕观众也笑死：沈拂这是怎么了？还没开始就打算弃权？

不知道为什么觉得有点惨，可能是知道没人会选她了吧。

沈拂转身朝房间长廊走去。路过没关上的温泉池大门，她下意识看了眼，一眼看见温铮寒和左玫坐在铁架园艺椅上在聊什么。

温铮寒抬眸对上她的视线。

沈拂迅速帮他们关了门，假装无事发生地转身。

一转身没走几步又撞见向凌云和许迢迢。

向凌云看了她一眼。

沈拂加快脚步回了房间。

沈拂匆匆离开后，温铮寒视线还没收回来，不只是弹幕观众有点莫名，左玫脸色也不太好。

她心想：这小丫头说不是故意的，谁信？有那么多地方不去，非得在温铮寒眼皮子下晃一圈？明明上这档综艺就是为了温铮寒，还装作根本不认识他的样子，不就是和自己抢吗？

片刻后，温铮寒回过神来，不知道在想什么，淡淡道："我先去休息了，你也早点睡。"

这综艺上到处都是摄像头，就算此时左玫心情极差，也得含笑："好，晚安。"

前面说不是吃醋的过来，这不，温铮寒和左玫互道晚安，哪对能有这对甜？！

左玫立在原地，假装品尝红酒，竭力让自己冷静下来。

与此同时，住在别墅外的导演注意到沈拂在卸妆，干脆让摄像组把画面调到沈拂的房间。

"观众就爱看这种。"

摄制组有点犹豫："王总和我们打过招呼，让我们尽可能地照顾沈拂，您这样拿她当噱头，已经不止一次了，那边会不会生气？"

导演黑了脸："王轩衡还让我们撮合沈拂和江总呢，你看江总情愿吗？王总就是个脑子坏了的。"

摄制组觉得这话哪里不太对劲，但又很有道理。

镜头调过来，弹幕观众很快看到沈拂走到镜子前准备卸妆。

"奔跑的灯塔"故意挑事：之前还没见过沈拂素颜的样子。

这话刚出现在屏幕上，观众就见沈拂扎起马尾，随手从化妆包里拿出化妆油，倒了一些在手上，简单粗暴地开始往脸上涂。

弹幕观众无语了。

"奔跑的灯塔"正欲再度开腔：她……

不喜欢沈拂的一堆观众抓狂：能不能闭嘴啊你！

沈拂卸完妆，一张脸白白净净，除了眉眼淡了点，和化妆时几乎没什么区别。即便是不喜欢她的人也不得不承认她这张脸的优越，五官每一处都完美地长在了该长的地方，精致、无瑕。

这时，沈拂搁在洗手池旁的手机亮了一下。

是两条短信。

沈拂看了一眼，快速关了屏幕。

弹幕观众顿时兴奋了：有没有大佬辨认一下是什么短信？谁发来的？

之前沈拂收到信息看也不看一眼就关机收起来，大家记得吗？合理怀疑是什么不能看的龌龊内容——

这句弹幕刚出现在屏幕上，有人辨认出了洗手池上的短信。

哦，是她唯一联系人转发过来的医院 ICU 的缴费通知。

有两条，沈拂应该是有两个亲人在 ICU。

弹幕陡然停了一下。

看到这两条，连"奔跑的灯塔"都猛然愣了一下。

FeiXiaRi XianDing

第 2 章

一日约会

限时心动　　✕　　[非夏日] 限定・ FEIXIARI・XIANDING　　MINGGUIZAIJIU AUTHOR

弹幕里有人以为自己眼睛出了问题：什么情况？之前没听说过啊。

之前倒是有她进出医院的新闻，但她在任何物料①上都没提过啊。

弹幕观众安静了片刻。

终于有人忍不住道：如果这是真的，那前面骂人的真的缺大德了啊，人家赚钱付家人的医药费，你说人家满脑子都是钱。

还有指责人家唯一联系人的，她可能也是没谁可填，才填的经纪人，这么点小事你们也揪住不放。

现在的综艺节目五花八门，每个综艺节目都有粉丝讨论。

《限时心动》从官宣开始，热度就一骑绝尘，嘉宾都是大咖，粉丝量尤其多，秒杀一般综艺节目，前段时间甚至还没开播就上了热搜。

很多对恋爱综艺感兴趣，但对此不了解的路人从官宣时就看着他们说，几家说来说去，最后往往是沈拂挨骂最多。

但这些路人和别的粉丝对沈拂这个人也不了解，即便觉得莫名其妙，也不会蹚这趟浑水。

可现在开播以来，他们也是亲眼见着的，沈拂有时候好像什么都没做，弹幕里那几家的粉丝就开始挑刺儿。路人说什么他们还要妨碍，管天管地，手伸得特别长。

先前就有看不惯他们的部分观众，只是懒得站出来说话，看个综艺罢了懒得打字。但现在看着屏幕上年纪轻轻的小姑娘洗完脸，盘腿坐到床上回信息，对债务习以为常，和他们奔波劳碌的普通人没什么区别，他们心

---

① 娱乐行业用语，指能了解到艺人最近生活、工作的内容。

都软了几分。

有暴脾气的忍不住骂了：我没素质我先骂，你们天天那么闲不如多做两套题。

不喜欢沈拂的这群人，除了有恩怨的对手粉丝，大部分也是跟风的，还真没预料到这种情况，一时之间心情复杂，竟然忘了回怼。

"奔跑的灯塔"看着屏幕，还是难以置信——沈拂这个情况连他这个"长情"到讨厌了沈拂三年的人都不知道。

他迟疑了片刻，再次打开邮箱看了眼请人查的 IP 地址，又确认了一遍，IP 地址显示那个小号根本不是沈拂的，更有可能是某个褚为粉丝在发疯。

右下角的消息提醒疯狂跳动。

有人问他："弹幕风向开始变了，怎么办？

"你人呢？"

"奔跑的灯塔"没回，他双手放在键盘上，但脑子有点混乱，不知道该说什么。

容晓臻和其他还在看直播的粉丝更加回不过神来。

怎么连他们粉丝都对此一无所知？！要不是这个意外插曲，他们喜欢了沈拂三年的老粉丝竟然没有一个人知道！

几个粉丝看着弹幕里的吵闹，眼圈瞬间红了。

"他们几家太欺负人了。"

"不能这样下去了。"容晓臻忍住心酸，发消息说，"之前我们都很平和，能不招惹别人就不招惹，免得给沈拂惹事。但越是弱小越是被别人欺负，现在我们沈拂都被欺负成什么样了？！"

容晓臻努力让自己大脑冷静下来，拿出本子和笔开始记录："我现在分配一下。

"小真，辛苦你盯着直播，关注一下弹幕反馈。

"霸王花，你尝试联系一下一些不贵但是水平比较好的视频博主和画手，我们做一些单人向视频剪辑。"

"没问题。"

"这就去。"

现在大家正热血沸腾，恨不得快点天亮，赶紧完成。

这边沈拂粉丝忙碌起来，那边直播还在继续。

其他房间画面还亮着，但沈拂房间画面已经黑了，沈拂照例用帽子挡住了摄像头。

今天是第一天，暂时还没有互发短信的环节，沈拂躺在床上脑袋枕着双手发呆。

综艺上暗流涌动，老实说她也有点为明天担心。

没人来接她，丢脸倒是其次，主要是明天不知道会不会下雨，如果下雨，在外面等一整天也是够呛的。

不知道如果没等到人，综艺允不允许提前回来泡温泉。回来泡个温泉，看部电影，吃个节目组准备的自助餐岂不美滋滋？

万一有人来接她约会，也是让人头大。这三个前任，哪个都不是省油的灯，她能避则避，但是如果单独约会，那就避不开了。

还有江恕。

沈拂想到他可能开车出现在别人面前，脑海里的胡思乱想就突然断了。

江恕不知道去哪儿了，其他嘉宾虽然都回了房间，但倒是都没有这么早关灯。

向凌云还在熬夜看球赛。

弹幕里一片笑声：哥你到底是要球还是要老婆？

褚为靠在床头拼魔方。

拼魔方是他的拿手好招，半分钟就可以拼出来一个四阶的。

他在各大综艺上基本都要展示一遍。

怎么，碍着你的事了啊？我就觉得这样可可爱爱。

左玫和温铮寒一个看书，另一个看剧本。

顾清霜则在房间里铺了张垫子做瑜伽。

姐身材太好了吧，流口水。

大家都有点心不在焉，毕竟都是有头有脸的人物，第一次综艺环节就没人选会很尴尬。

女嘉宾怕等不到人，男嘉宾也怕和别人同时出现在同一位女嘉宾面前时，女嘉宾不选自己，都各自在心中盘算了会儿。

顾清霜是这中间最担心的。她今天虽然给大家送了小礼物，但因为要维持软萌、清纯的形象，和大家交流并不多。尤其是温铮寒和向凌云，几乎和她零接触。

褚为人倒是很好，干净、阳光、爱笑，吃饭前在客厅和她聊了会儿天，但在来之前顾清霜也打听过，褚为好像和许迢迢是有绑定CP的——虽然今天不知道为什么两人之间看不出什么火花。

温铮寒对左玫的感情线比较明晰。

向凌云那边，许迢迢倒是有心机，规则宣布后她忽然半开玩笑地说了那样一句话，向凌云不去接她似乎也不好意思。

思来想去，顾清霜感觉还是江恕比较稳。之前家族聚会见过面，而且他晚餐还特意坐自己对面。他至少应该会看两家交情卖自己一个面子吧。

想到这里，顾清霜多少放下了点心。

还有，她晚餐的时候提了一嘴"今天有点感冒"，而江恕在节目规则宣布完后就开车出去了，也不知道去哪儿了。

她说话时，江恕似乎抬头看了她一眼。

看过无数恋爱综艺中浪漫情节的顾清霜心中暗暗怀了期待。

不会是给她买感冒药去了吧？

弹幕观众也发现了这一点：我说怎么一直没有江总的镜头，他人怎么消失了？车也消失了？

不是说好嘉宾不能外出的吗？还真是总给他破例啊？

是不是去给顾清霜买感冒药了？

前面的你好会说，我也觉得很有可能！

啊啊啊啊不会吧？你们别这样，他好会！我小心脏开始乱跳了！

弹幕观众里也有看着这群人感到莫名其妙的：笑死，事情还没发生你们就幻想啊？

不然他是去干吗了？我看他来这综艺都没正眼看过其他女嘉宾，只对顾清霜有一点点意思的样子。

弹幕观众正激情讨论，别墅楼下响起了车子停稳的声音。

回来了？？？

有没有尊贵的 VIP 看看他下车有没有拎东西？

有啊啊啊啊啊啊啊，前面的，他有拎一个纸袋子！

顾清霜也听到了车子的声音，难掩期待，几乎立刻就想出去看看，但她房间内镜头还没关，这样做太不矜持。她忍了忍，竭力平静地一直将这一段瑜伽做完。

等结束后，她才披了件针织外套，拿起马克杯，装作出去倒水的样子，去了客厅。

江恕正换了鞋从外面回来，高大英挺的身影在地上映下长长的影子。

顾清霜一眼看到他右手拿了个纸袋子。

顾清霜的心快速跳起来。她没有主动打招呼，走到吧台那边倒水，等着江恕主动过来——

一步，两步，三步……

江恕离她越来越近。

不只是顾清霜紧张，屏幕前的观众也几乎都紧张地屏住呼吸。

啊啊啊这一对我真的有……

然后就见江恕从顾清霜身边走了过去。

看都没看顾清霜一眼。

顾清霜脸上的浅笑缓缓僵住，顿时有点怀疑人生，她尴尬地看向江恕背影，主动打了个招呼："江先生，你去哪儿了？买东西去了吗？"

江恕这才止步，莫名地看她一眼："有事？"

顾清霜："呃……没。"

江恕大步流星回了房间，弹幕观众还不知道说什么。

有弹幕观众快要笑死，忍不住发：他好会。

前面觉得两人很甜的弹幕观众一阵无语。

弹幕里陷入尴尬，沉默了一会儿，忽然有 VIP 注意到楼下别墅银色的跑车换成了一辆黑色的 SUV。

换车了？

笑死我了，所以江恕回去就是为了换辆车？？？

好像也不完全是。

有趁着江恕摘掉摄像头之前抓紧截了图的人回：他纸袋子里好像是取来的东西，不知道是不是为明天的女嘉宾准备的。

弹幕里重新开始激动起来。

还专门回去拿东西？？？可恶，他明天到底是不是去接顾清霜？现在不弄个清楚我今夜无眠！

《限时心动》开播才一天收视率就破了L台历史以来的综艺纪录，翌日早上直播还没开始，就有无数观众等在了屏幕前。

快点快点，我要看看今天到底谁想选谁。

沈拂是七点半起来的，节目组给了她们半小时的准备时间。

她打开节目组提供的手机看了眼天气——没雨，气温也还行。她蹲在行李箱面前，挑了件复古绿的束腰长裙，配了双红色缠脚踝细高跟。

她极少穿裙子，但梁晓春叮嘱她不管如何，颜值不能输。

节目组的保密工作做得很好，至今嘉宾们还不知道今天互选完后会被安排什么约会环节。

既然是约会，应该不会有爬山之类让他们长途跋涉的项目。但按照节目组的德行，如果在这个环节没有意外，他们使劲保密干什么？

沈拂思索片刻，把小手包换成了大包，往里面塞了一条长裤和一双运动鞋。

她准备好，拿着地点卡片出去，在别墅外的大巴最后一排坐下。

等了会儿，许迢迢和顾清霜才陆续从别墅出来。

第一次约会大家都很看重，隆重程度不亚于走红毯。

沈拂原本以为自己已经够隆重了，万万没想到许迢迢直接上了全套紫色亮片眼影，黑色西装下是一条深紫色的深V长裙，显得胸大、腰细，搭配上银色钻石高跟，又酷又艳，白皙的手上还拿了个手拿包，贵气十足。

"迢迢姐今天很漂亮。"沈拂不是男人，眼睛都差点儿没能从她身上移开。

"哪有。"许迢迢略显得意。

走在后面的顾清霜闻言也看了许迢迢一眼，但竭力忍住没有多看。

她低头看了眼自己今天选的衣服，原本不错的心情忽然就烦躁了起来。公司给她立的人设是清纯系甜妹，带的白色系针织类服装居多，像这样招摇的衣服都没带几件。

得想办法打电话让经纪人送衣服来。

上综艺的四个女嘉宾之前没什么交集，刚来第一天自然就客套、生疏、不够活络。但是还得在这里待上二十九天，没个朋友，观众还要以为她们互相孤立。

许迢迢视线在盯着她看就差没流口水的沈拂和自顾自坐在了一边的顾清霜身上转了一圈，很快就做出了选择。

她走到沈拂身边的座位前，挨着沈拂坐下："沈拂，你带这么个大包干什么？丑死了，和你的裙子很不搭欸，是不是没有小的装饰包啦？我带了五个行李箱，里面有，借你一个。"

突如其来的热情？

"不用了，我是为了带运动鞋。"沈拂往右边挪了一点。

但许迢迢抱着她胳膊继续往沈拂身边挪。三下两下沈拂就被挤到了车窗旁。

大巴快开走了左玫还没出来，摄制组等得心急，让人去催，左玫才姗姗来迟。

她提着裙角上大巴，沈拂和另外两个女嘉宾下意识看了她一眼，发现她穿得也非常隆重，是一件露肩的晚礼服。

左玫一上车看见许迢迢，立刻发现自己选了好久的衣服还是输了。

可偏偏沈拂打扮得那么日常，坐在许迢迢身边也仍然出挑。

左玫咬了咬牙，没有同她们打招呼，坐到了大巴前排。

四个女嘉宾被送到了昨晚她们选择的地点，直播才终于开始。

啊啊啊总算开始了。

一大片弹幕冒出来。

别墅里怎么没人？嘉宾都走了吗？

观众只知道今天"一日约会"的规则，但还不清楚具体怎么进行，全都充满了期待。一时之间弹幕里全都在讨论综艺环节。还有部分在讨论江恕昨晚纸袋子里到底是什么。

很快节目组给了分别前往四个地点的四个女嘉宾镜头。镜头却都集中在脚踝部分，顶多上抬到膝盖。

啊啊啊今天姐姐们全都穿得好美，光高跟鞋都这么好看。

我等了三分钟还只能看到女嘉宾的脚，是我直播出问题了吗？什么意思？不拍脸我们怎么知道是谁？

昨晚看直播的观众已经知道了四个女嘉宾分别选择了什么地方，又有人发弹幕给大家重温了一遍。

沈拂选的是距离综艺别墅最远的一家花店，有人查了地图，约有二十千米。

再近一点的是许迢迢，选的是火锅店。

再然后是顾清霜，选的是手工站。

选到距离别墅最近地点的是左玫，是一家美术馆，距离别墅也就三千米的路程。

但镜头只拍到鞋子和路面，观众根本看不到女嘉宾们身后的背景，也就无法根据这一点来判断。

其实光看穿着就可以判断啊，银色钻石高跟百分之百是许迢迢，她脚踝上有蝴蝶形的疤痕。

可恶，这只蝴蝶飞进我心里了。

白色长裙的应该是左玫，只有她这么端庄了，而且这双高定高跟鞋我记得她在走红毯时穿过。

那剩下两个分别是谁？

用排除法，红色绑带细高跟的肯定是顾清霜没错了，穿运动鞋和阔腿裤的肯定是沈拂，我不喜欢她都知道她酷爱穿长裤，没想到都开始进入正式约会的环节了她还穿……

顾清霜的绿色长裙和红色绑带高跟好漂亮呜呜呜，头一回发现红配绿也这么好看，又复古又美艳，绝，像拍电影画报似的，春天就要这么穿，我要买同款！

哈哈哈，前面的，那是人家脚踝细白、漂亮，建议普通人不要轻易尝试了啦。

那双脚踝纤细、白嫩，仿佛轻轻一掐就能留下红印。红色绑带缠绕而上，仿佛鲜红的藤蔓。镜头每次切换到她，弹幕观众都要激动一阵。

看得容晓臻和群里的其他沈拂粉丝有些羡慕。

顾清霜的穿着真是选对了，这一次一定有很多观众喜欢上她吧？

嗯？男嘉宾在干什么？抓阄？

镜头切换回别墅，节目组的工作人员穿着玩偶服抱着一个纸箱，让四个男嘉宾分别抽取字条。

"春天的'一日约会'充斥着浪漫，也充满着许多未知，男士们不进行漫漫长途的等待，怎么能接到心中所想之人呢？女士们的等候地点都在综艺小屋北边，男嘉宾的出发地点将是小屋的南边。

"我们为男嘉宾们准备了四个起始点，最远的距离综艺小屋四十千米，最近的可以就从综艺小屋出发。让我们来看看男士们的运气吧！"

节目组真会玩。

最远的开车都得开个半死吧。

很快四个人的抽签结果出来了。

褚为看了眼字条上的地点，立刻露出喜色："我抽中了从别墅出发。"

我哥运气真好，看把这孩子高兴的。

温铮寒展开字条，也笑了笑，道："我抽中了从二号线的地铁站出发。"

这里距离综艺小屋三千米，距离几个女嘉宾也都还算近，温铮寒运气也不错啊。

距离其他女嘉宾近不近无所谓，温铮寒反正是要去找左玫的，这话说定了，我把头"摆"在这里了。

向凌云略无奈："我抽中的是从动物园出发。"

救命！动物园光是距离综艺别墅都有三十千米了。

等等，那四十千米的是谁？

哈哈哈哈哈哈哈哈哈你们看江总脸色！戴着墨镜都能看出来他脸已经臭了。

江恕黑了脸，把手里写着"森林公园"的字条捏成一团掷进垃圾桶，拿着车钥匙转身就走。

"这位男嘉宾等一下，规则还没宣布完！"穿玩偶服的工作人员急忙加快说话的速度，"男嘉宾九点从起始地出发，需要在一个小时内，也就是十点前接到女嘉宾，超时就算接人失败，失去今天'一日约会'的权利。"

江恕："……"

哈哈哈哈哈哈哈哈哈哈。

弹幕观众已经快笑死了：爆笑出声，江总手气真的不怎么样啊。

让本"数学家"来算一算，光是森林公园到综艺别墅就有四十千米，再加上别墅到女嘉宾们的距离……嗯，顾清霜在手工站，距离别墅有八千米以上，也就是说，江总如果想见到顾清霜，得开至少四十八千米的路程。

时速一两百对他那辆 SUV 来说当然不难，但问题是城市限速四十，即便是主路顶多也只能开到五十，何况九点多市内还堵车。

江总今天不会一个女嘉宾都接不到吧哈哈哈哈哈。

褚为看了一眼江恕难看的脸色，差点笑出声来，故意递了瓶水过去："路途遥远，江先生带瓶矿泉水吧。"

终于报了昨天健身房之仇。

江恕看也不看他一眼，冷冷地拿着车钥匙开门上车："管好你自己。"

SUV 引擎轰鸣，眨眼消失在了褚为视野当中，尾气喷了褚为一脸。

褚为站在原地尴尬了一秒。

不过江恕应该去找顾清霜，和他没什么冲突。

怎么感觉这两人关系不太好啊，至少不像褚为粉丝吹的那样。

刚才是我的错觉吗？都快剑拔弩张了。

褚为粉丝急忙挽尊：江恕脾气就那样吧，不好相处，他上综艺就没说过几句话，和我哥接触都还算多的了。

综艺开始插播广告，待男嘉宾都到了出发地后，终于又开始播放。

不得不说投资方出手非常阔绰，户外虽然镜头没有室内那么多，但不仅有车子跟拍，还有航拍。

褚为又健了会儿身，把昨天丢脸的部分补了回来，才不紧不慢地从别墅出发。

他看了下，沈拂的位置距离这里二十千米，再怎么慢慢开，一个小时也能开到了。

他今天穿了白西装和黑色长裤，栗色短发显得非常日系。

路上等红灯的工夫，他心里琢磨着要不要下车买盒蛋糕带过去。但如果对象是许迢迢，观众会夸他体贴、帅气；如果对象是沈拂，观众就会有些抵触了。

算了，破镜重圆不急于一时，太过激进反而会失败。

犹豫了会儿，他的车子就这么开过了路边的蛋糕店。

弹幕观众丝毫不知道他的心理活动，还在激动猜测：哥到底要去哪里？会不会是火锅店？

平时我哥都是坐保姆车，头一回看到他亲自开车，车开得很稳嘛。

温铮寒穿了身黑色西装，也较为正式。

温铮寒也好帅啊，从容不迫，像要去颁奖似的。

不知道是不是我的错觉，总觉得温铮寒对今天约会不太上心似的，你们看他车子都没洗。

这条弹幕一发出来，立马被驳斥：车子没洗就代表不上心？你很搞笑。

ID叫"碧海蓝天"的，你真的很烦，从昨天到现在总在唱反调。

"碧海蓝天"是个导游，因为对综艺里的几个嘉宾都有好感，所以才一直紧追直播。但不知道为什么，她对事情的感觉和那些粉丝的感觉不一样。

昨晚她感觉褚为在看沈拂，弹幕观众都说他看的是许迢迢。

她感觉温铮寒对左攻态度有点异样，弹幕观众都说她挑事。

搞得她都有点怀疑自己是不是真的太过敏感，真的眼睛不太好使。

向凌云开了辆豪车，车牌号打了马赛克。

凌哥开车好帅！

江恕暂时还没有镜头。

弹幕观众快笑死：太惨了江总。

开车的过程有点漫长，但弹幕观众分析接下来的各种故事走向，被吸引的路人竟然越来越多。

温铮寒是最先抵达的。

弹幕观众见他接到的果然是左玫，全都松了口气。

其他三个男嘉宾还在开车，江恕终于出现在了镜头中。

他今天一身穿着相当清爽，墨镜换了副深蓝的，衬得皮肤更加白，眉眼微冷，俊美逼人。

不愧是前赛车手，和前面三个比起来开车姿势都好帅。呜呜呜你为什么不进娱乐行业造福大众？

他车子开得好快啊，有没有超速？

前面的不要造谣，没有谢谢。

忽然有人发现：不过他怎么走的路线不是按照他车子上的导航？

哇福尔摩斯！好像真的是！

他抄近路？

笑死我了，但是抄近路也到不了吧，一个小时顶多能到左玫那里。别忘了市内有多堵。

褚为从别墅出发，是最近的，很快他的镜头视野里出现穿阔腿裤和白球鞋的女嘉宾。

弹幕观众里的粉丝全都吸了一口气：拜托千万不要在沈拂这里停下来。

褚为果然不负众望，一脚油门踩了过去。

弹幕观众里的褚为粉丝顿时拍手称快：果然没选沈拂，我放心了。

哈哈哈哈我就知道我哥绝对不会选沈拂！！

火速逃离！

有人敏锐地提出一个问题：沈拂不是最远吗，为什么现在就出现在了路边？

但粉丝们正欢天喜地，没多少人注意到这条弹幕。

快快快，快去许迢迢那里。

很快，跟拍褚为的车子视野内出现深紫色长裙和银色带钻高跟鞋。

褚为的车开到这位嘉宾前方，车速逐渐变慢。

屏幕前的CP粉几乎全都捂住了嘴，屏住了呼吸，准备尖叫。

过了这一秒，他们"褚迢"CP粉就要过年了——

然而，下一瞬，只见褚为降下车窗和许迢迢打了个招呼后就继续往前开了。

弹幕观众迷惑了。

褚为在干什么？真的要拆CP拆到底吗？

那不就只剩顾清霜了？褚为选了顾清霜？

为啥啊？虽然比选沈拂更让人接受，但是他俩以前有什么交集吗？

前面的，以前事业上没什么交集，但昨天褚为和顾清霜说说笑笑了很久。

选我们家妹妹不行吗？就你哥高贵？

别吵了！"为霜"不香吗？

镜头一切换，向凌云还在路上，一开始开车的姿势很潇洒，现在开了这么久已经潇洒不起来了。

这哥也有三十千米，心疼。

他也很快从阔腿裤和白球鞋的女嘉宾边开了过去。

笑死，还真没人选沈拂啊，你们给点面子啊。

屏幕外的容晓臻和群里其他粉丝虽然昨天已经做了心理准备，但看到这一幕还是有点不是滋味。

就剩不到十分钟了。

向凌云抬腕看了眼时间，九点五十分了。

他昨晚盘算了很久。按照他感兴趣程度排序，他是最想去接沈拂的，何况沈拂一定没人接，不至于出现两个男嘉宾堵在一起的尴尬场面。但问题是现在他开不到花店了。时间结束时如果还在路上，就会邀请约会失败。

向凌云心烦意乱地抬眼看了眼前面的车流。

片刻后，见到不远处穿深紫色深V长裙的人，他缓缓将车子停在了路边。

弹幕观众：

啊？向凌云和许迢迢。

啊，等等，褚为不是开在凌哥前面吗？凌哥都到了，他去哪儿了？

还有江恕呢？

弹幕观众突然发现这两人消失很久了。

直到镜头终于切换到绿色束腰长裙、绑带红高跟的人那边。

观众视野内同时出现褚为的车和一辆争分夺秒、风驰电掣的黑色SUV。

啊？？？江总？

江恕怎么过来的？

江总莫不是飞过来的？怎么这么快？

现在的问题是：他们都选的是顾清霜？

哈哈哈哈修罗场，打起来打起来。

顾清霜粉丝万万没想到自家是最吃香的，都有点受宠若惊，刚要发弹幕。但随着两人逐渐朝那个位置狂奔，镜头逐渐拉近抬高，观众逐渐意识到哪里不太对劲。

呃，后面怎么是花店？

花店前的女嘉宾不是沈拂是谁？

镜头一移过去，弹幕观众一瞬间觉得也只能是她。

除了她哪有女艺人敢随随便便选花店做背景？不怕被春天的繁花似锦给掩蔽？

可偏偏她站在那里，黑发红唇，皓腕雪肤，红色系带绕住纤细白皙的脚踝，是真的在发光。

沈拂穿裙子的次数少得可怜，即便是走红毯，大多也是以低调的抹胸长裤为主。

物以稀为贵，连不喜欢她的观众都忍不住悄悄截图。

就气人。

人品有待商榷，但每次比颜值的帖子，沈拂是真的没一个输过。就连后脑勺都生得比别人好看，成为无数医美博主垫颅顶的模板。

这还有没有天理了？

瞠目结舌整整三分钟后，弹幕观众里终于有人反应了过来：所以……是沈拂？笑死，刚才你们吹上天去的那一双脚踝，是沈拂的。

啊啊啊啊啊不要啊。

弹幕里顿时一片哀号：我哥到底为什么会选沈拂啊？！

大家不要激动，说了哥哥是个顾念旧情的人，他八成以为沈拂没人选，不忍心见她尴尬才开车过来的吧，没看见他出别墅时不紧不慢，半点也不着急？

这么善良的哥哥你们还骂，服了。

弹幕观众争成一团，甚至有褚为粉丝为了挽回脱粉①的损失，含泪开始夸沈拂：其实选沈拂也没什么不好，至少漂亮。

哈哈哈我的关注点在江恕身上，他怎么回事？开了整整六十千米也要赶过来？

前面谁爆的料说他讨厌沈拂，曾经把沈拂赶出家门？如果真相不是这样，你过来后，看我不打死你。

容晓臻现在忙得简直没时间看直播。

"等下镜头调到我们家那边，就赶紧开始发'没人选就没人选，我拂独美'——"

话还没发完，消息提醒陡然多了数条。

"不是啊小容姐，你快看直播，有人选有人选，穿绿裙子的才是我们家。"

容晓臻突然愣住。

她急忙把电脑桌面上满屏幕的消息框关掉，切换到直播去。她正要激动，就看见有人道：你们是不是恋爱综艺看得太少了？初次选择又不代表喜欢，很多时候都是礼貌性地周全好吗？容我来真相一下，这两人以前都和沈拂认识，算是旧交，可能都以为除了自己没人会选沈拂，所以礼貌性地开车来一下而已。

是这样？

容晓臻激动的心陡然凉了大半。

这会儿是分开直播，另外三个地方也正在直播，超级 VIP 可以自由切换镜头，但几乎除了那几对嘉宾的死忠粉，剩下的观众全都拥到这边来

---

① 表示艺人出现负面新闻时，粉丝不再喜爱，脱离粉丝身份。

了，一时之间造成了直播的卡顿。

另外三处要么一选一，要么没人选已成定局，哪有这边二选一刺激？

别说观众没预料到这么个情况，褚为也根本没想到二选一的修罗场居然到自己头上来了。

江恕干吗来？

可别说他对沈拂也有兴趣。

难不成是因为出发前自己幸灾乐祸，被他记恨上了，彻底和自己杠上了？

褚为努力维持脸上僵硬的笑容。

"轮到女嘉宾选择了，两位男嘉宾要不要为自己争取一下呢？"跟拍的摄制组知道这是绝佳的名场面，镜头赶紧激动地跟上。

褚为正要降下车窗，就听见关车门的一声响。江恕下了车，看不清深蓝色墨镜后的眼，先他一步对沈拂招手："愣着干什么，你给我过来！"

沈拂不解其意。

弹幕观众快要笑死：江恕你好好说话啊，这是邀请女生还是要和人约架？

哈哈哈沈拂脸都黑了。

好家伙，居然抢先一步。

褚为也赶紧有样学样地下了车。

他手扶着未关的车门，对沈拂露出一个腼腆的笑："沈拂，我的车门为你而开。"

沈拂被尬住了。

弹幕观众也被尬住了。

救命！我哥怎么回事？

学人精。

江恕快被气死了。

褚为也没想到自己会说出这么尬的话，实在是太紧张了。但以前在一起的时候，沈拂就说喜欢他的少年气，现在她应该依然也喜欢这一套吧。

沈拂坐大巴过来，晕车到现在还没缓过来，因此也就一直没开口。

她处于旋涡中心，自己也有自己的打算。

节目组给成功进行约会的女嘉宾都安排了一个隐藏任务，刚才在花店门口等时，沈拂看了一眼节目组发过来的短信。

隐藏任务很复杂，要求在不告知男嘉宾这么个任务的情况下，让男嘉宾分别买来七八样东西，其中包括市中心的糯米糕、万豪大厦的煎饼等吃的，还有一些莫名其妙的消食药物。

完成任务后，女嘉宾有单独的积分奖励。积分在节目结束后都可以换金钱。

江恕那狗脾气，会给她买这些东西吗？可能瞪她一眼就把她丢一边了。

选择褚为完成任务的成功概率是不是更大点？褚为虽然优柔寡断，但耐心还算是他的一个优点。

摄制组继续推进流程："看样子女嘉宾还没做出选择呢，两位男嘉宾要不然陈述一下女嘉宾应该选你们的原因？可以陈述一下自己的优势哦。"

哈哈哈哈，节目组真会玩，你们看江总表情变幻莫测。

江恕：这合理吗？怎么会有人不想和我恋爱？

前面的，你学得好像江恕，合理怀疑这就是江总此刻的内心想法。

到了这种修罗场环节，爱看恋爱综艺的路人量明显压过了粉丝量，弹幕观众全都是积极讨论剧情的。

褚为粉丝虽然绝大多数都讨厌沈拂，但这会儿更要紧的是他们哥哥不能输。

什么意思，沈拂选我哥不行吗？

沈拂明显更喜欢我哥，眼神落在我哥身上时间比较长。

有喜欢江恕的：你们褚为粉丝眼神是不是都不好使？

要不要录屏数一下沈拂看向褚为的秒数？

"褚为粉丝这翻脸技巧真是和川剧变脸有的一拼。"容晓臻的群里有人吐槽。

玩尬的是吧？

江恕狠狠瞪了车顶上的摄制组一眼。

她本来选他的概率就不大，这样一来不是更给褚为机会了吗？

见沈拂看过来，江恕手攥成拳，不自然地冷冷道："别犹豫了，随便你选谁，无所谓，你选旁边这位我还可以休息一天。"

沈拂转身就拎着包朝裆为走去。

裆为面上一喜。

"等一下。"江恕恼怒道，"刚才女嘉宾可能没听清，我重新陈述一下。"

弹幕观众快笑死：嘴硬遭雷劈。

"该轮到我吧。"裆为笑了笑，道，"不知道今天的约会内容是什么，但我相信我做好了充分的准备。沈拂，相信我能给你一个完美的体验。"

他都想给自己鼓掌了，这不选他还等着什么？

江恕墨镜后的眼神变幻不定。

沈拂见他还有话要说，好整以暇地停下来等着他，就听江恕好半天咬着后槽牙挤出一句："我车好。"

沈拂："……"

江恕："我开车更快。"

沈拂："……"

江恕思索了下，又道："不看车，看脸的话，也应该选我。"

沈拂："……"

笑死我了，追女生反面技巧请参考某个戴深蓝色墨镜的男人。

沈拂一言难尽，在心里对系统道："能不能通融一下，给我把第四个攻略对象换个人，你看这位像是开窍了的样子？莲藕都开窍了他都没开窍。"

裆为听到这发言，顿时觉得自己稳了。他朝车头走了两步，都已经做好了给沈拂开副驾驶座车门的准备。

万万没想到，第一场约会双方最后居然是沈拂和裆为。

春日约会在一起，厨房准备晚餐又被分到一起，这两人是要破镜重圆了吧。

"等一下。"江恕终于按捺不住，摘了墨镜挂在衣襟上，郁闷地道，"就你有准备？我也准备了东西。"

他绕到后备厢，翻出一个巨大的牛皮纸袋。

然后又从牛皮纸袋里取出一个小点的纸袋子，语气低沉，有点别扭："沈拂，过来。"

是江总昨天带回别墅的东西，里面有什么？

好好奇，镜头快移过去。

会不会是黑卡？江恕："女人，你逃不出我的手掌心。"

哈哈哈哈！前面的，你要笑死我。

沈拂迟疑了下，走过去看了眼。

屏幕前的观众只见沈拂接过纸袋，表情愣了愣。然后她抬头看了江恕一眼。

下一秒她就上了江恕的车。

还站在副驾驶座车门前的褚为无言以对。

弹幕观众：？

江恕重新戴上墨镜，嘴角轻勾，瞥了褚为一眼。

江恕的车子扬长而去，弹幕观众还没反应过来。

啊？？？不能这样啊，到底是什么？有什么是我们尊贵的VIP不能看的？？

一时之间，竟然没人惦记着去骂沈拂了，全都在抓心挠肝地想知道接下来的发展。

来这档综艺之前顾清霜看过嘉宾名单，对几个女嘉宾进行过初步评估。她虽然不是其中最漂亮的，但综合条件绝对是最好的。

她家境好，背景雄厚，性格温婉、听话，这样的配置在过往的综艺里一直都是修罗场女主角。

冷门的应该是沈拂才对——沈拂恶名缠身，没作品，没资历，褚为还是她曾经的绯闻男友，其他男嘉宾即便被她那张脸迷住了，也得考虑下会不会被连累。

以为有沈拂垫底，顾清霜第一天才会没有任何行动。可她怎么会想到，第一轮约会，无人问津的居然是自己。

这几个男嘉宾眼睛都瞎了吗？还是昨天她和他们互动太少了？沈拂是不是在私底下做了什么？

顾清霜看见沈拂和褚为在阳台上单独说话了，宣布完规则那会儿，沈拂还和江恕对视了。

原来其他女嘉宾都已经在她没瞧见的地方先下手为强，就她傻乎乎的，还没进入状态。

虽然超级 VIP 观众都没忍住把镜头切换到沈拂和江恕那边去了，但普通观众跟着节目组的安排看直播，还是看见了顾清霜独自一人站在手工站前不知所措的尴尬样子。

妹妹好惨啊，明明是最没心机的一个，为什么居然没人选？

江恕到底怎么想的？怎么能让顾清霜一个人落单？顾清霜人美声甜，不比沈拂好？

前面的，这才第二天，你就把江恕和顾清霜绑定了？

什么叫我绑定，第一天是他主动换位子坐在顾清霜对面吧？是他吧！

霜妹不急，你就是慢热了点，大家会看到你的好。

弹幕里一片心疼。

顾清霜也知道这会儿弹幕里应该都是心疼自己的，自己吸粉未必比那几个有约会的少。但观众和粉丝永远都是慕强的，她也应该紧迫起来了，否则一直没人选，脱的粉可能比吸的粉多。

摄制组镜头转过来，顾清霜无所谓地对镜头笑笑，道："哇，看来我今天可以带薪休假一天了哦。"

弹幕里全是夸的：妹妹好洒脱，就应该这样。

摄制组停止对她的拍摄后，顾清霜的脸色才难看起来。

她掏出手机，拨通电话："我要去做个新造型，你让你助理来接一下我。"

这边，江恕的车子飞驰，一瞬间就把褚为甩成后面的一个小黑点。

沈拂从袋子里拿出一双胶鞋和一条长裤："你怎么知道节目组设置的约会环节在海边？"

就知道节目组果然坑人，不提前通知约会地点，肯定是在这儿给嘉宾挖坑。她早有提防，提前带了一双运动鞋，但去海边肯定立马被泡湿。

其他女嘉宾除了顾清霜，好像穿的都是恨天高①，踩在沙滩上，踩一

_____

① 对高得离谱的高跟鞋的戏称。

下，威一下。

今天还有 PK 环节，PK 赢了也有钱，换双防水胶鞋瞬间就赢了一半。

刚才一打开纸袋子，沈拂的事业心就熊熊燃烧了起来。

江恕勾起唇角："不是为你准备的，不要太激动——"

话还没说完，沈拂道："谢谢……"

她抱着纸袋子，低头扒拉下自己高跟鞋上面的绑带，思考要不要在车上先换上，免得待会儿下车在镜头面前对着观众换。

但随即想起来江恕有点洁癖，在他车上脱鞋好像不太好，他们现在又不是那么熟的关系。

沈拂手顿了顿，又收了回来。

江恕把她的动作看得一清二楚："？"

沈拂："没什么。"

江恕不知道为什么有点不爽："换。"

沈拂顿了顿，三下两下把裤子套在裙子下面后，将脚提起来悬空，快速解开高跟鞋系带，用纸袋子包起来，换上了胶鞋："谢谢。"

一会儿工夫已经说了两遍"谢谢"，这是有多生分？

江恕眉头一皱。

"袋子里还有个盒子，你拿出来。"

沈拂看了他一眼，低头看了眼，果然底下还有个盒子，她拿出盒子打开，发现里面居然有晕车贴和一些酸味水果。

简直救大命了。

知道沈拂容易晕车这件事的人几乎没有，她也不是每次坐车都晕，只是坐开开停停的大巴容易晕。

沈拂赶紧把晕车贴往耳垂下方一贴，清凉的感觉袭来，难受的感觉瞬间就有所缓解。

难为他时过五年还记得寄住在他家的一个讨厌鬼的琐事。

他司机提醒他的？

但即便是司机提醒，对江恕这种脾气来说，肯做这件事，也算性格变化很大了。

沈拂心底纳闷儿，忍不住瞟了江恕一眼。

江恕余光察觉沈拂在看自己，深蓝色墨镜后的眉梢得意扬扬地翘了起来，正要义正词严地警告她不要偷看自己，就听沈拂问："你恋爱过了？"

谈过恋爱才会开始学习做这些。

江恕差点气死："沈拂，你成心的？"

沈拂莫名其妙："怎么就成心了的？"

江恕冷笑："昨天为什么装作不认识我？"

原来为了这件事介意，也是，按照江恕的脾气，路边的乞丐不认识他，他都要质问人家。

虽然当年离开江家时，闹得很难看，他看她的眼神生气且愤怒，但毕竟五年过去了，时间能冲淡一切，他现在把她当成一个过去认识的、有点交情的旧识也说不定。

仇人再见面都该打声招呼，何况她在他家寄住了三年。

"抱歉。"沈拂讪讪道，"是我疏忽了，我以为你不希望我主动和你叙旧，毕竟这是在恋爱综艺上，你和女嘉宾保持距离比较好。"

江恕万万没想到和沈拂说五句话，她能有三句把自己气得够呛，索性紧紧抿着唇，冷冷的，不说话了。

沈拂手里还拿着橘子皮和晕车贴的垃圾，到处找了找，没找到车内垃圾箱，便问："这个扔哪儿？"

江恕："扔袋子里，待会儿下了车我带下去。"

沈拂点点头："好的，麻烦你了。"

江恕语气冷了下来："你这是在和我客气？"

不应该客气一点？沈拂觉得他就是在故意找自己的碴。

车内安静了会儿。

沈拂问："为什么上这个节目？"

江恕："不知道。"

沈拂："啊？"

沈拂想起之前那些关于他和顾清霜的小道消息："你也快奔三了，是不是爷爷着急了，让你来恋爱综艺接触一下？"

"我才二十四！"江恕气得够呛，怎么就奔三了？

"也是，爷爷对你很放心。"江恕语气忽然十分冷淡，"三年里就有四个前任。"

"你调查我？"沈拂只觉得太阳打西边出来了。

除了褚为，其他人她都很保密，就连梁晓春都不知道。

他居然连攻略错的那个都查出来了。

"你觉得我会对你的事情感兴趣？"江恕皱眉，"爷爷关心你的时候我刚好听到了。"

沈拂顿了片刻，道："代我向爷爷问好。"

江恕冷冷道："惦记他就自己回去看他。"

沈拂忍了忍，实在没忍住："你想吵架？"

夹枪带棒是几个意思？

"你选我，我谢谢你，大不了节目结束后拿到的钱我分你一半。"

听听，这说的是人话吗？

江恕咬紧后槽牙挤出几个字："我会缺钱？你留着吧。"

车内再次陷入僵局，沈拂怀疑江恕上综艺就是来找自己麻烦的。

他车子出现在她面前时，她居然还抱有期待。现在看来八成是江老爷子怕第一次自己没人选会尴尬，强迫自己孙子替她挽尊的。

沈拂也掏出墨镜戴上，抱起手臂，本不打算再说话，但她忽然察觉到一个问题："跟拍的摄制组呢？我们要去哪儿？"

江恕一个猛刹车。

只顾着和她说话，忘了摄制组还没跟上来。

江恕黑着脸在路边停了好一会儿，摄制组才火急火燎地跟上来。

沈拂觉得情况很不妙。

要完，没想到五年后这家伙还是这么阴晴不定，别说攻略任务完不成了，她现在怀疑今天约会的隐藏任务都完不成。

褚为驾车回到别墅里，除了尴尬，还有一丝失落，但对着直播镜头还得故作轻松。

他百思不得其解——沈拂怎么会选江恕？

除非江恕纸袋子里有什么和今天综艺环节有关的东西。

褚为左思右想，觉得一定是这样了。

再者，沈拂不选他才说明她在意。要是真的把他忘得一干二净又怎么会避嫌？

褚为在参加这档综艺之前也做过功课，一些男嘉宾为了争夺女嘉宾，花样频出，第一次见面就记住别人爱喝咖啡，之后天天清晨起来煮咖啡。

刻意不刻意？第一次见面就爱得要死要活了？

可偏偏不只是观众吃这一套，直呼"好甜"，就连女嘉宾也吃这一套。

褚为原本以为破镜重圆妥了，但万万没想到沈拂心里还是有点恨他的。

看来他还得多下点功夫。

这样想着，褚为在客厅坐了会儿，就起身去厨房了。

我哥要干什么？

哇，做蛋糕？？哥你还有什么惊喜是我们不知道的？

褚为看起来好像也没有很失落啊，我就说吧，不忍心沈拂尴尬才选她的吧。

让我猜猜蛋糕会给哪个女嘉宾，我哥自尊心很强，至少不会再给沈拂了。

这边摄制组好不容易追上江恕的车子时，江恕的车已经快开到海边了。

整整半小时观众都没看到直播。

笑死，江恕车子开得太快，节目组跟不上？

哈哈哈节目组换个职业赛车手来跟拍吧。

江恕将车子停在海边的露天停车场后，走到副驾驶座拉开车门："下车。"

沈拂下了车。

海风一吹，沈拂长发飘动，江恕不自然地从车子上摸出根橡皮筋给她，沈拂有点诧异地看了他一眼。

见沈拂看过来，江恕立刻手插裤兜，装作漫不经心的样子。

沈拂抬手将头发扎起来。

虽然很不想承认，但这一对站在一起，无论身高还是颜值都好般配啊。

江总还准备橡皮筋？他是这种细心的人？

有人反驳：没看见江恕满脸不耐烦吗？我现在怀疑他在综艺上根本没有喜欢的人，今天随便选一个，但选了又后悔了。

上这种综艺节目，哪个男嘉宾不准备点东西表示自己很绅士？掏出根橡皮筋又算什么。继续看节目走向，反正感觉江恕不可能会和沈拂在一起，预感他这次是给旧识面子，接下来不会再选沈拂。

很快有网友发现沈拂的裤子和鞋子换了。

她怎么带了胶鞋？提前知道要来海边？

她不是带了个大包吗？可能就是多装了两双鞋以防万一，不得不说沈拂还挺聪明的，第一天电梯也是她第一个发现。

弹幕观众激烈讨论，江恕和沈拂已经来到了沙滩上。

沈拂一眼看见白色的太阳伞下，左玫和温铮寒已经拿着冷饮等在那里了。

今天的 PK 环节被分到和他们一组？

左玫和温铮寒看了一眼沈拂身边高大的男人，都露出诧异的表情。

怎么会是江恕？

温铮寒不动声色地打量了江恕一下，他还以为沈拂会和褚为一起来。

左玫则诧异的是沈拂居然有人选，而且听旁边路过的节目组工作人员说，居然还有两个人同时选她？！这两个男嘉宾难道是认为沈拂没人选，所以才去选她，却没想到撞了？

这样看来今天镜头最多、话题最多的应该是沈拂了。

风头被压，左玫心里不太痛快。

但她还是笑着起身相迎："等你们好久啦，海边紫外线强，可晒死我和铮哥了，你们路上出意外了吗？"

弹幕观众迅速反应过来。

是哦，沈拂这一组为什么来得这么晚？温铮寒脸都晒红了。

综艺上让别人等就很讨厌了。

江恕看了她一眼："我们过来的花店距离这里最远，中间的路程被你'吃'了？"

左玫脸色尴尬。

这位江总什么态度?

然而有部分观众简直想给江恕点赞:笑死,江总专治绿茶①。

不愧是我看上的男人,好帅!

沈拂用手肘推了江恕一下,让他收敛点。

不过左玫遇上江恕可真要节节败退了,江恕这种少爷脾气容得下别人在他面前笑里藏刀?

江恕感觉到沈拂的小动作,好像忽然没那么恼火了。

摄制组头上冒冷汗,赶紧过来圆场:"今天的春日约会实行 PK 制,男嘉宾和男嘉宾 PK,女嘉宾和女嘉宾 PK。"

宣布规则的同时,女嘉宾需要完成隐藏任务这件事也被公布在了屏幕右下角。

弹幕观众瞬间被转移注意力:节目组真会玩,意思是这两组的女嘉宾都需要完成相同的隐藏任务吗?那不就意味着要看哪一组的男嘉宾更能领悟意思,更予取予求?

沈拂要完。

左玫粉丝幸灾乐祸起来:他俩这么多年的 CP 了,温铮寒对左玫那么好,肯定能满足她的要求。再看看你们江总呢?别当场甩脸离开就算好的了。

对"沈拂今天居然能被江恕接"羡慕嫉妒恨的其他粉丝群体,忽然就没那么羡慕嫉妒恨了。

笑死,摊上这种任务,再遇上江恕这种性格,不是要闹出笑话?

"两组 PK 分别计分。"节目组的工作人员继续道,"为了防止男嘉宾和女嘉宾互相帮助,你们将暂时分开,PK 结束后再会合。当然,你们也可以选择现在就弃权,但那样的话就算对方组获胜。"

江恕大为光火——自己是让王轩衡把综艺环节设置得有趣点,早点回本,可没让他设置得这么曲折、坑人!

这算什么春日约会?他和温铮寒约会?

———————

① 网络用语,指装作无辜、可怜的模样,其实野心比谁都大的表里不一的人。

他刚要发火，旁边的沈拂已经将节目组的小旗子接了过来："不弃权。"

《限时心动》的投资方不知道是不是人傻钱多，设置的奖金池规则里一分居然高达一千万。

今天的"一日约会"环节，配对成功能够得一分，这一分托江恕的福她已经拿到了手，接下来男女分组PK环节有两分，隐藏任务是一分，如果都成功完成，光一天就能有四个积分到手。

沈拂不表现出自己的激动已经是在冷静克制了。

女嘉宾的PK场地就在海边，男嘉宾还要转移一下场地。

沈拂戳了江恕一下，像催促ATM机快点吐钱一样："快去吧。"

江恕："……"

温铮寒意味深长地看了沈拂一眼。

跟了他整整一年，她的确知道怎样才能激起他作为男人的好胜心。如果现在站在这里的是褚为，那个被蒙在鼓里的可怜虫的话，他情绪根本不会有半点变化，所以她才故意选了处处都更加优越、卓异的江恕。

当着他的面，还故意和这个气焰嚣张的富二代举止亲密。

她就这么想引起他注意，嗯？

江恕察觉到温铮寒的视线，一把摘下墨镜，蹿上心头的火简直快要喷出来了："你看什么看？"

温铮寒不说话，只是怜悯地看他一眼，自顾自走在了前面。

江恕："？？？"

江恕：现在就是极其想打架。

摄制组在江恕瞪过来的时候就额头冒冷汗地移开了摄像机，屏幕前的观众也就没看到这一段，还在憧憬：江恕和温铮寒PK！好期待，不知道PK环节会是什么？

感觉温铮寒不一定输哦，虽然江恕更年轻，腹肌更辣没错，但温铮寒会为了左玫全力以赴，江恕会吗？

男嘉宾离开后，摄像机对准了沈拂和左玫："我们之所以来到人迹罕至的海边，是因为今天的PK环节和捡拾海鲜有关，两位女嘉宾都演过渔家女的角色，应该对这方面都有所了解吧。"

刚才左玫还在担心 PK 是不是什么唱跳之类的环节——沈拂女团出道，如果是比这个，自己输的风险可就大了。但原来就是捡海鲜啊。这用得上什么技巧？

观众粉丝可未必在乎谁捡得多，他们只在乎综艺上谁更谦让，谁更温和，谁裙角被海风吹拂的画面更赏心悦目、更能截图做成海报。

左玫将头发拨到耳后，微微一笑："我的确拍过一部电影《人鱼》，相信屏幕前的观众应该大部分都看过，和王导合作的那部。不得不说王导实在是一位很注重细节的电影导演，我们当时在海边村子住，这电影拍了整整两年，他要求所有演员不只要精通海泳，还要对大海如百科全书般熟悉。"

她特意提起这部电影。这是她人生中高光的电影，她就是凭借这部电影夺得了影后的称号。

如果她没记错的话，沈拂出道三年拍的十几部作品全是烂俗偶像剧，一部电影都没找过她吧？

这电影是我的"白月光"，没想到时隔多年还能被提起来呜呜呜，还有谁没看过吗？！左玫"封后"之作！

的确拍了两年，听说当时我姐在深海里膝盖还被礁石划伤过，缝了十几针，敬业得令人震撼啊玫姐。

镜头又对准了沈拂："沈拂老师，你好像也有拍摄海边戏份的经验。"

沈拂被嘲惯了，索性躺平："嗯，在《珍珠传奇》这部剧里，我们剧组也在海边待过几天，当时也给演员集训过。"

笑死，《珍珠传奇》？就是某瓣评分四点四的那部？那种粗制滥造的偶像剧她也好意思在左玫面前说。

容晓臻忍不住和其他粉丝反驳：又不是所有人一出道就有好运气得电影资源，有必要"食物链"鄙视吗？

容晓臻快被气死了。

但也有路人发一些不一样的言论：沈拂还真是菜得理直气壮啊，但至少没有虚荣心，菜就要挨骂，挺好的。

"那么两位女嘉宾可以直接开始了。"摄制组直接递给沈拂和左玫一人一个桶、一把小铁铲、一双手套，"我们没有任何规则限制，在晚餐之前哪位女嘉宾捡到的海鲜更多，哪位就算赢。因为螃蟹移动快，难度比较大，抓到螃蟹会比其他海鲜积分高。"

左玫拿走了那把较为稳固的小铁铲。

沈拂只好取走较差的小铁铲，并配合节目组的要求，将一个直播GoPro①戴在了身上，方便观众看见她的第一视角。

她将看起来歪歪斜斜的小铁铲丢进桶里，问："节目组还提供其他工具吗？"

"不，节目组只提供这些，如果需要其他东西，可以去买，旁边就是个市场。"节目组说，"不过要注意哦，你一来一回买东西的工夫，可能就已经落后了对手一大截。"

沈拂点了点头。

节目组宣布 PK 正式开始后，左玫立马将裙角绑起来，脱掉高跟鞋，戴上白手套，赤着脚拎着桶去了海滩上。摇曳生姿，每一帧画面都美如画。

呜呜我姐身材真是没话说。

左玫是不是抢先了一步？

抢先个啥啊，都已经宣布开始了还不让人行动？有竞争心不好吗？都像沈拂那样还有什么看头？

弹幕观众只见沈拂好半天都没动，还走到了太阳伞下，把物资放了下来。

她在干吗？不会是怕晒吧？

弹幕观众莫名其妙：这就"放弃治疗"了？

容晓臻以及沈拂其他粉丝也有点为她着急，这个 PK 环节最宝贵的就是时间，沈拂怎么还不赶紧行动起来？

"奔跑的灯塔"自从上次的"医药费事件"之后，很久没发言，但也一直在看直播。

此时褚为正待在别墅里做蛋糕，做了一两个小时还没把蛋糕坯做出来，即便是忠实粉丝，也难免觉得有些无聊。

---

① 指运动专用相机。

他没忍住便把镜头切换到了沈拂这边，看看沈拂又在搞什么。

弹幕观众都对沈拂的不紧不慢感到疑惑，"奔跑的灯塔"倒是有几分好奇。

节目组分给沈拂这边的摄影师也问："怎么了？"

"我在清点东西。"沈拂说，"工具不太够，而且这种针织手套也容易破，我去导演说的市场上买点，节目组能派车吗？"

看综艺的大多都是生活安逸的年轻人，哪里真的去海边捡过海鲜，顶多看过一些视频。他们想那些博主随随便便就能捡到大海螺，而沈拂还在这里对手套挑三拣四，都忍不住念叨几句。

这就是娇贵的女明星？赤手捡的人都有，怎么就她娇贵？再说了，左玫都没说节目组提供的手套不行。

"奔跑的灯塔"恰好是在海边长大，他简直没忍住，想反驳这群人两句。

你们是不是智障，戴有孔的手套被蜇了怎么办……

但还没发出去，猛地想起来他不喜欢沈拂啊！

又急急忙忙地删除了文字。

沈拂和节目组协商后，很快就坐上车去市场了。

这边，左玫努力在脑海里搜寻当时拍电影时当地渔村人讲解的一些赶海技巧，正在费力地在海滩上找洞。

海滩上的章鱼、皮皮虾、海鳝都会打洞。

她记得有些洞拿铲子一铲就可以挖出海鲜来。

虽然大部分都挖了个空，白费力气，但不到二十分钟她还是铲到了两只小虾。

我姐好厉害，半点不嫌脏，她是真的敬业，真的对渔村有过深入了解。

沈拂还没回来，笑死，这样下去真的不会输吗？

左玫看了眼节目组车子离开的方向，觉得自己稳操胜券。

等沈拂回来她可能已经捡了小半桶。

虽然累了点，双脚已经被海水泡肿了，但正因为这样观众才会偏爱她。

沈拂整整过了四十分钟才回来。

群里有粉丝绝望地道："输定了，你们看左玫都弄到两只小虾了。"

沈拂买齐了自己需要的东西，在节目组提供的针织手套外又套了层橡胶手套。她把长裤塞进防水胶鞋里，又在胶鞋外面绑了麻绳防滑，这才拿起小耙子朝海滩走去。

身娇体软的"公主"总算回来了，穿得这么严实，有本事别输啊。

弹幕观众正打算开始嘲讽，忽然见海水退去，沈拂一路走一路弯腰用小耙子轻松翻开海滩上的石块，从石块上摘下什么东西丢进桶里，瞬间就收获一大堆。

那逢山开路的气势，做事简直不费吹灰之力。

她在干吗？丢石块以假乱真？

随着镜头移过来，弹幕观众看清楚桶里居然塞了一层八爪鱼和海螺。

黑乎乎一片，数不清有多少，但至少有十只。

啊？

什么情况？

弹幕观众惊呆了。

"奔跑的灯塔"憋了好久，此时终于憋不住，切换了个小号充值超级VIP。

家里有塘别墅靠海：弹幕里一群没见识的，人家是在等退潮。还没退潮你挖个什么挖？挖得再辛苦也是白费力气。

弹幕里有大神解释：退潮时很容易有贝壳类来不及跟着潮水回海里，就搁浅在沙滩上。

因为沙滩柔软没有附着力，它们只能吸附在石头上，所以等到退潮的时候，再翻找一些湿的大石头，找到海鲜的概率非常大。

屏幕外的容晓臻万万没想到会有这么个反转，激动到跳起来。

沈拂估摸着这会儿进自己第一视角直播间的人应该多了，开始放慢速度用小耙子去翻两块石头之间的缝隙。

"看下这里。

"两块石头之间很容易会有佛手贝、青口贝之类的东西，这些比起海螺，海鲜味会更浓，更加鲜美。

"这两块没有，不过不着急，我们看看下两块。"

弹幕观众被她说得口水都流下来了。

第一视角看这些玩意儿，好新鲜。

晚餐想喝海鲜汤，沈拂挖到的这个是不是贻贝？这玩意儿煮汤放点葱、姜、料酒，那味道简直了。

虽然在进行直播之前就已经清空了海边的一拨路人，但难免还有些人会大老远过来围观。

左玫正专心致志地演笨蛋美人，忽然注意到自己直播间的观众数量急剧减少。

而从市场上回来的沈拂的那边，有摄影师和路人围过去，连连发出兴奋的笑声。

她忍不住朝沈拂那边看了眼："怎么了？"

她旁边的跟拍摄影师说了句："沈拂好像趁着退潮，翻石块翻到了很多海鲜。"

左玫的心一瞬间提了起来。

沈拂玩扮猪吃老虎的损招？有这个办法也不分享一下？

等等，现在追上沈拂也还来得及。

左玫顾不上手上泡水的刺痛，也赶紧依样画葫芦，用小铲子翻起石块来。

对于她照抄别人"作业"的行为，虽然弹幕观众觉得有点不太舒服，但碍于左玫的路人缘①和人气，倒也没人说什么。

紧张、着急的情绪轮到左玫粉丝。

直播间连接的手机显示的弹幕里，有粉丝忍不住给她支招：姐，快找螃蟹，翻青口贝那种没有技术含量的事情节目组才计一分，一只螃蟹可就十分了。

是的，还不算输。

左玫病急乱投医，一见到海滩上的洞就蹲下来开掏。

---

① 网络用语，指了解或者不了解的人都会对某个人产生好感。

沈拂的粉丝在左玫第一视角直播间刺探完"军情"后，也赶紧跑回来，在沈拂直播间里急吼吼地道：小沈，快找螃蟹。

沈拂抬头看了眼，但没有理会。

无论是青蟹还是别的什么蟹，至少六月才开始大量出现在海滩上，现在才三月底，哪儿抓得到螃蟹？

虽然也不是完全没有，但这个季节白天想抓螃蟹非常难，很有可能忙活一下午还一无所获。

见沈拂没有要探索螃蟹的意思，有部分观众动了回左玫那边去的心思：这边不敢冒险，没意思。

石头缝隙的青口贝这些小东西快被找完了，如果找不到计分高一点的大海鲜，沈拂还是会输。

左玫开始有样学样地趁着退潮翻石块，吸附在石块上的小青口贝确实渐渐变得不多了。

沈拂思索了会儿，转而从自己的工具包里拿出两根看起来像是毛笔一样的长杆。

弹幕观众再次被她吸引住了视线：这又是什么？

只见她在海滩上走了几圈，找到了几个小洞后，直接将长杆稳、准、狠地戳了进去。

下一秒，她将长杆从洞里拉出来时，长杆末尾竟然夹着几只虾。

其中一只泛红，最为肥美，看起来有小半个手掌大小，也是夹杆尾夹得最狠的，不停抖动，海水甩到了镜头上。

弹幕观众从第一视角看，简直觉得又惊险又刺激：啊啊啊我被晃了一身水。

这怎么做到的？

"家里有塘别墅靠海"忍不住解释：这种叫作钓虾羊毛笔，有羊的膻味，虾最容易上钩。

羊毛杆没一会儿就不能用了，沈拂动作没停，又从塑料袋里取出一包盐。

她用废弃的杆在海滩上四处戳洞试探，很多地方下面是石头，戳不动，但有些地方一戳就露出了一个黄豆大小的洞。

弹幕观众看得兴致勃勃：戳一戳的动作有点可爱嘛。

沈拂戳出了十几个小洞后，开始往里面撒盐。撒完了盐就把塑料袋裹在上面，然后蹲在旁边缩成一团，一动不动。

见她屏住呼吸，弹幕观众也不敢呼吸了：我好紧张，这里面是会跳出什么玩意儿吗？

这句弹幕刚发出去，小洞里还真的猛地蹿出来几只看不清颜色的东西。

沈拂以迅雷不及掩耳之势扑过去，拿塑料袋一下包裹住它们，扎住袋口丢进桶里。

这第一视角，吓死我了，差点把手机甩出去。

这又是什么？！

沈拂主动回答："这是竹蛏，可以用食盐捕捉，但记得捕捉完后不要将废弃的装盐袋子丢弃在沙滩上。还有，有些蛏子会弹跳起来，注意不要伤到自己。"

左玫有一部分粉丝看左玫一直在挖蟹洞，但居然大半天一无所获，感到有些无聊，忍不住切换到沈拂这边来看看。

沈拂起点低，背负黑名已久，无论干什么都招黑①，但这会儿弹幕里居然全是兴奋的，一句嘲的话都没有？

再一看她桶里，已经快半桶了。

左玫粉丝简直快把自个儿看嫉妒死了，忍不住找碴：不就是借助工具吗，要有工具谁都可以满载而归。

话没说完多久，沈拂看了眼潮水的走向，放下工具，只拎着桶，往远处有山的地方走了几十步。

是不是，自己也觉得胜之不武了吧？

然而其他弹幕观众却惊呼出声：好大的辣螺！

螺是跟着潮水走的，峭壁区最低的地方经常出现较大的辣螺。这下沈拂连工具都不用，一边走一边徒手捡，简直就像游戏里捡宝一样。

---

① 网络用语，指被别人恶语相向或者抹黑。

弹幕观众看得十分满足：本收集癖爽得头皮发麻。

左玫粉丝不服气：现在捡的尽是一些没难度的，有本事摸点海参出来啊。

有看得兴起却屡屡被打断的路人忍不住骂：神经病，你让一个女孩子去摸海参？手伸进海水里很恐怖的好不好……

这话还没说完，只见沈拂已经面不改色地把手伸进一处有海草漂浮的大石头的地方。

沈拂："来都来了。"

下一秒她就摸了一条海参出来。

左玫粉丝：……

为她说话的路人：……

左玫粉丝被气坏了，沈拂看了看天色，已经拎着桶往回走了。

目前下午五点半，距离节目组设置的结束时间只剩下半小时。

接下来她就算坐到太阳伞下喝冷饮，躺半个小时，左玫也追不上她。

跟着左玫的摄影师都不忍心往左玫桶里拍，忙活一下午，左玫桶里就只有开始的那两只小虾，以及后来学着沈拂翻石块找到的一些小青口贝。

两边一对比，沈拂的桶里都快满了，她桶里还看得到底。

左玫从开始的拍画报般的招摇姿态，逐渐变得头发越来越乱，越来越狼狈，甚至还被海里不知道什么东西蜇了一下。

心情也越来越糟糕。

节目组设置的什么破环节？

沈拂直播间里人已经快挤爆了，全都意犹未尽：沈拂，别停下来，继续嘛！

左玫直播间里却只剩下一群粉丝了。

左玫粉丝全都笑不出来。

群里有个叫"关关岚过"的小粉丝忍不住又去看了眼当时左玫关于《人鱼》这部剧的采访。

当时左玫姐明明有说过在剧组的条件非常严苛，饿的时候甚至需要演员自己捕捉海鲜吃，她有一次满载而归其他演员都非常震惊……怎么现在……

"关关岚过"心里埋下了一颗不太舒服的种子。

冷静粉丝理智分析：今天姐就是输在了抓螃蟹这一环，也不完全是她的问题，一开始就是被无知的粉丝怂恿的。她也是宠粉，什么要求都满足，所以才会输给那边。

是的，怀疑一开始怂恿她的人别有用心，不知道这个季节几乎看不见螃蟹吗？

大家别慌，隐藏任务一定是我们赢。

还有激进粉直接跑去沈拂的直播间那边：这么有本事，抓一只螃蟹来看看啊。左玫下午的时间都浪费在了抓螃蟹上，而你根本就只找一些抓得简单、容易的海鲜，都不在一个赛道上，PK什么啊？

沈拂看到了这条，停住了要朝太阳伞那边走去的脚步："你们想看我抓螃蟹？"

正在惋惜PK时长怎么不能再长点的弹幕观众顿时兴奋起来：想看！

沈拂微微一笑："那我试一试。"

左玫的激进粉忽然有种不好的预感。

沈拂回到了海滩区域，开始弯下腰四处找起坑来，并时不时用小耙子松土翻地似的扒拉一下。

瞧着她动作和左玫的动作似乎没什么区别，激进粉心中松了口气。

这样找得到才怪！她姐一下午都没找到一只。

然而就见下一秒，沈拂非常随意地选准了一个洞，猛然把食指和大拇指并拢，顺着洞穴路径往里面一戳。

只见她掏了几下，动作完全没有任何技术含量，等她手缩回来后，已经捏着一只满是沙土的青蟹。

啊？？？

是蟹！她真的抓到蟹了？！

弹幕观众惊呆了。

激进粉几乎还没看清楚她的动作，她就已经抓到了螃蟹。

这怎么做到的？不是和左玫一样掏洞吗？

跟拍的摄影师都有点激动，忍不住凑近去看，沈拂冷不丁地把挥舞着钳子的螃蟹往他镜头前一递。

不只是摄影师下意识后退了一步，屏幕前的观众都后仰了一下。

笑死，看不出来沈拂还有点调皮。

"快放进桶里吧。"跟拍的摄影师忍不住摸了摸脖子，刚才那一瞬间，他甚至觉得螃蟹的钳子都挥到了他脸上。

"观众都很好奇你怎么抓到的。"

沈拂解释道："洞不都是蟹洞，要先看一下旁边有没有印迹，如果周围全是那种有规则的、笔直的、芝麻状的点，就别掏了，大概率找不到螃蟹。

"这种季节想抓到螃蟹非常难，所以要找最标准的蟹洞。即便如此，我也算是比较幸运才碰上了一只。"

王者的谦虚。

真的厉害，看得好过瘾。

嗯……那为什么左玫分辨不出来？我看她见洞就戳，掏了一下午还一无所获。

左玫粉丝见风向似乎在不知不觉中发生了一些细微的逆转，又气又急，正要发一些话。

"奔跑的灯塔"吃了个西瓜回来就见沈拂赢了，心里莫名还有点高兴：哈哈哈我就知道沈拂会赢。

弹幕观众：？？？

"奔跑的灯塔"低头一看……

救命！他忘记切换小号了！！！

FeiXiaRi XianDing

第 3 章

单向惩罚

限时心动 ✕ [非夏日] 限定 FEIXIARI · XIANDING MINGGUIZAIJIU AUTHOR

"奔跑的灯塔"手机右下角的消息提醒疯狂跳动，一打开，弹出一大片消息："你干什么？你叛变了？"

"奔跑的灯塔"眼皮直跳，忙道："叛变？怎么可能？！"

"你看看你发的那是什么！"

"奔跑的灯塔"迅速撇清关系，解释道："啊啊啊朋友们相信我，我刚上厕所去了，那是我表弟发的，和我没关系。"

朋友们稍稍放下了点心，但还是有点不爽。

"这样吧，你去弹幕里嘲一句，我们就相信你。"

于是他火速发了弹幕：不要误解我的意思，她当然会赢啊，无所不用其极嘛。虽然左玫输要怪她自己蠢，但沈拂让对手这么丢脸，也确实不太好。

弹幕观众刷起了表示无语的问号。

"奔跑的灯塔"心想：可恶，好像一不小心又拱火了。

综艺主直播间弹幕里闹哄哄，沈拂丝毫看不到，她这边的第一视角直播间还算和谐，很多网友意犹未尽地对她道：沈拂，赶海一定要捡个猫眼螺。

沈拂看了下时间，还剩五六分钟，便答应了这位网友的要求："行，我找找看。"

她拿着小铲子低头四处探寻起来，弹幕观众都很兴奋，不停对她道：那边那边，我看到那边有鼓包！

可惜发不了语音，不然真想把手穿过屏幕指给沈拂看。

不用弹幕观众指明，沈拂也发现了不远处海滩上的一个长得有点像脚印的鼓包。鼓包上面还有两个歪歪斜斜的十字小坑，看起来很像猫眼螺会出现的地方。

沈拂走过去，弯腰用铲子拂开表面的泥沙，然后眼疾手快，重重一铲，一个巴掌大小的还在喷水的猫眼螺便出现在了直播镜头前。

弹幕观众都兴奋了：还真有猫眼螺，节目组录制的地方到底在哪儿啊啊啊，可恶，我也想去玩。

"大家看仔细了，出了沙子它就缩进去了，待会儿就只能看见个壳了。"

沈拂趁着手套还没摘，用手拿着猫眼螺凑近镜头。

你干什么？

观众以为她又要玩刚才螃蟹那一招，快速后退远离屏幕。

沈拂却只是虚晃一招，手已经缩了回去。

等观众松了口气，再度看回来，沈拂却拿着猫眼螺猛然对着镜头一捏。

几道细细的水流登时飞溅，飙到了镜头上。

观众瞬间觉得自己仿佛被滋了一脸水。

哈哈哈笑死了。就问有多少人刚才下意识擦脸，却什么都没擦到？

很多路人之前看网上的言论，以为沈拂不仅演技不好，还没有任何综艺感①。但现在看来，谁说的她没有综艺感？！

有人忍不住发：好有意思，沈拂你什么时候专门录一期赶海综艺吧。

今天的 PK 环节真的有四个小时吗？！时间怎么过得这么快？

沈拂却道："该收工了。这只猫眼螺很肥美，作为最后抓到的海鲜，比较有仪式感。"

弹幕里又是一片发"哈哈哈哈哈"的。

可惜没笑多久，工作人员就过来把沈拂的 GoPro 取走了，再看不到第一视角直播。

这部分观众仍然意犹未尽，又切换到了综艺的主直播间挤进去。

我现在不仅把沈拂的赶海过程录屏了，还好想知道今晚的互发短信环节，她会发给谁，怎么办？可恶，我是不是被这个女人给吸引到了？我昨天还在嘲她的。

———————————

① 指能活跃气氛，玩得开，在综艺里很有表现欲。

哈哈哈。上面的，你"堕落"了。

左玫粉丝心里不痛快极了，可偏偏这会儿路人还在热烈讨论刚才的猫眼螺，现在跳出来骂沈拂不仅师出无名，还容易激起这部分人的逆反心理。

只能暂时忍了。

左玫坐在远处的椅子上，节目组的医疗组正给她处理手上被蜇到的伤口。

本来 PK 结束后还有个总结战绩的环节，但看左玫脸色难看，甚至发脾气不让摄像师跟拍，节目组只好把这个环节取消掉。

不过即便不用总结战绩，谁赢得彻底也一目了然。

相比之下，沈拂这边省心多了。

摄制组人员在她这里都松了一口气，主动递了浴巾过去："沈拂，过去洗个澡，换身衣服，和男嘉宾会合，我们就打算回去了。"

沈拂抱着今天捡到的海鲜没打算撒手："那这些呢？"

不只是弹幕观众在忍笑，节目组的工作人员也在忍笑："放心好了，你和左老师的一起，我们会处理干净，送到你们晚餐桌上。"

沈拂这才点了点头。

男嘉宾那边同一时间段也结束了，沈拂和左玫一到岸边，这边的直播间就拥入一大群从江恕和温铮寒那边回来的超级 VIP，弹幕里瞬间热闹翻倍。

啊啊啊啊切换不了镜头的穷人在这里，只能后期看录播了，但我已经等不及了，快告诉我到底谁赢了？？？

江恕。

真的？真的？怎么赢的？

说起这个，从男嘉宾那边回来的观众就快笑死了：他们比赛的环节是挖坑、搬树、种树，在规定时间内谁种的树多谁就赢。

这不是个力气活儿？

对啊，一开始弹幕观众都是这么想的。

前面发弹幕的人一拍大腿：所以前面两小时江恕一直在研究那辆拖拉机，爱不释手，大家包括温铮寒都以为他放弃了不想比，你们知道他继承家业之前是赛车的吗，对重型车感兴趣很正常。

然后呢？？？

然后，我们都被迷惑了，最后半小时他开着拖拉机在村子里雇了二十个年轻人，给了笔工钱，让他们一人种五棵树。然后一瞬间就种完了一百棵！温铮寒那边忙了四小时，汗流浃背才种了十来棵，脸都黑了。

这边的弹幕里一片震惊：还能这样？

节目组也很迷惑啊，但节目组给规则的时候，江总反复问过，是不是就只有"限时"和"种树数量"两条要求，节目组说"是"。

哈哈哈哈，绝了！江总本人怎么说的？

他说——

"有钱不是能力？"江恕优哉游哉地把车子开了回来，停在沈拂和节目组面前。

弹幕观众：我竟无言以对！

江恕招摇地戴墨镜，开车窗，温铮寒的车子跟在后面。此时，温铮寒早晨起来用发胶往后梳的短发微微凌乱，西装外套也脱了，衬衣袖子撸到手肘处，显然是热极了。

摄像机凑过去，他连车窗都不降一下。

沈拂看这架势就知道江恕PK环节也赢了，这就意味着她已经积攒了三分。

三分，那可是三分！

沈拂表面不动声色，实际上内心已经激动难耐。

可猛然想起来江恕赚到的那一分他未必会分给自己，成功配对CP的积分也要对半分，沈拂又一下子冷静了起来。

这么看，为了保险起见，应该说她只赚到了一半。

江恕见沈拂盯着自己的眼神逐渐变得失望。

江恕："？？？"

怎么，她还不高兴温铮寒输给他？

左玫上了温铮寒的车，看了一眼温铮寒的脸色，笑了笑："没什么要紧的，和后辈玩一玩罢了，我们出道后忙于拍电影，几乎就没上过什么综艺，玩游戏肯定玩不过他们。"

温铮寒没吭声，径直打火发动了车子。

哪个男人不好面子？

要是输给哪个导演前辈，倒也没什么，可偏偏输给了这么个不知天高地厚，仗着有几个钱就傲慢自负的家伙。

沈拂还真是选对了人，现在成功地激起了他的胜负心。

见温铮寒好半天都不说话，车后座还有跟拍的摄像师，左玫只好先将隐藏任务的事往肚子里咽了咽。

这边沈拂瞅了江恕戴着墨镜的脸一眼，也在思考隐藏任务的事。

总觉得毫无疑问会碰壁的样子，但不试一试又很不甘心。

沈拂斟酌着开口："今天我俩都赢了，恭喜你。"

江恕瞟了沈拂一眼："我怎么觉得这恭喜得有点不情不愿？"

沈拂问："你在什么情况下，会满足一个女生提出的一大堆要求？"

江恕沉思了一下："需要的条件有点多。"

沈拂："你说。"

江恕："首先需要她虽然觉得我很帅，但还要总挑衅我，然后我成功被引起注意，一边口是心非，觉得好麻烦，一边为她保驾护航。"

沈拂面无表情："几年不见，你的孔雀尾巴更大了，挤得我喘不过气了，江先生，收一收。"

哈哈哈什么鬼啊？

弹幕观众快笑死了：这两人不是有过仇怨吗？私底下相处怎么是这样？

沈拂实在不忍心江恕被弹幕观众吐槽，生硬地转换了个话题："你不饿吗？不想吃点什么？"

江恕换了单手开车，伸长了一只手在后座摸了摸。

摄像师连忙把放在后座的点心给他递过去。

江恕头也不回地接过，随手抛到沈拂怀里，漫不经心地道："饿了就吃，提前带了点吃的，这点绅士风度我还是有的。"

他怎么就不能理解她的意思？？她是在索要吃的吗？！

沈拂想方设法地暗示："我不饿！我是问你饿不饿？！"

江恕这才扭头看了她一眼，有点纳闷儿："太阳打西边出来了？"

沈拂："？"

"没什么。"江恕又把视线收了回去，说，"马上就要回别墅了，今天晚餐有人做，我就算饿了也可以忍忍。"

沈拂："……"

"不是，我是问你，想——不——想——吃——市中心的糯米糕、万豪大厦的煎饼、城西的凉面……"沈拂盯着江恕，特意咬字清晰，说一个字拖一下音，把节目组要求的东西一口气倒豆子一样说了出来。

就差没把"这是隐藏任务"写在脸上了。

谁料江恕莫名其妙地看她一眼："倒是想吃，你给我买吗？"

沈拂："……"

哈哈哈我笑得快喘不过气了，江恕你怎么怎样都领悟不了沈拂的意思啊啊啊。

感觉小沈已经彻底无语了。

这会儿，包括别墅里的好几处地方都在同时直播，许迢迢和向凌云去了鬼屋，此时也在返程路上，弹幕观众也就较为分散。

节目组的主要镜头给了左玫和温铮寒那一对，切换到沈拂和江恕这边来的几乎都是对他们感兴趣的超级 VIP。

因此几乎都是在笑的，还算和谐。

沈拂抱着包和点心，扭头开始看风景，简直不想再搭理江恕了。

她就知道，摊上这么个少爷，隐藏任务百分之百失败。

好在已经到手了一半的积分，今天也不算亏。

江恕用余光瞥了她一眼，忍不住弯了弯嘴角。

左玫这边还算顺利，但也不完全算顺利。

她提出想绕道去市中心买糯米糕的时候，温铮寒还算体贴，一句话也不多问，听见她想吃，就改道去买了。

排队买的时候左玫没下车，温铮寒和摄制组下的车，引起路边人推搡、围观，简直像是逃难一般回到了车上，温铮寒衬衣扣子都掉了一颗。

将糯米糕拿到了手，左玟却没吃，而是提出又想尝一尝万豪大厦的煎饼。

她提出来的时候都快到别墅了，再去万豪大厦又要掉头。温铮寒已经有些不耐烦了，但顾虑着摄制组还在拍摄，还是温和地答应了左玟的要求，掉头开车去万豪大厦。

等再一次排队买到了煎饼，弹幕观众已经快被甜死了：呜呜呜，温铮寒真的好宠。

这一来二去就多花了快一个小时，左玟自己也感觉再要求温铮寒继续买下去，他可能会当场驳面子。

她倒是压根儿不在乎奖金，只是在意自己被沈拂比下去。

但江先生那个脾气，刚见沈拂就剑拔弩张的，怎么可能去给沈拂买？换句话说，自己即便完成一部分的隐藏任务，也会赢过沈拂。

于是左玟见好就收，笑盈盈地捧着温铮寒买来的两样东西，不再说话了。

弹幕观众更加起劲了：大家看见了没，左玟不想温铮寒辛苦，直接放弃隐藏任务！这是什么绝美爱情啊啊啊！

没有绕道这个插曲，沈拂这一组下午六点半就回了别墅。

向凌云和许迢迢正在准备晚餐，他们的鬼屋项目进行得还算顺利，在厨房里边聊天边做饭，看起来熟络了很多。

江恕把沈拂送回别墅后，道："我出去一趟。"

沈拂惦记着自己的隐藏任务还没冒头就失败了，心中有点幽怨。

人傻钱多的投资方的钱，不赚白不赚啊。

因此她敷衍地对江恕点了点头，转身进电梯了。

弹幕观众快好奇死了：怎么只有江恕开车出去节目组不拦？太不公平了吧。

哈哈哈哈，谁让江总有钱？

他又去哪儿？话说，至今我们还不知道江总的牛皮纸袋子里究竟是什么……

前面的，你不要提这个，提这个我晚上又要抓心挠肝地睡不着。之后请嘉宾一定要在后采①时把这些问题全回答了好吗？！

江恕的镜头没了，沈拂拎着包只想赶紧回房间洗个澡。

她路过厨房时，许迢迢正笑着让向凌云帮她系上围裙带。

向凌云本打算装作没注意到许迢迢的暗示，结果刚好看到沈拂走进来了。

他不动声色地看了沈拂一眼，忽然变了心思，当着沈拂的面给许迢迢系上了围裙带。

沈拂加快了逃离的脚步。

弹幕观众还在关注向凌云和许迢迢，倒是没注意到这微妙的一点。只以为向凌云听见玄关那方向有声音，下意识扫了沈拂一眼而已。

路过褚为房间时，听见房间里似乎有打算开门出来的脚步声，沈拂再一次加快了步伐。

她冲回房间。

沈拂这么急着回房间干什么？

想快点洗澡吧，海水打湿衣服挺不舒服的。

褚为粉丝在沈拂花店选人的环节有点受挫，安分了一整天，这会儿倒是想冒头嘲两句。

但沈拂一回来就直奔房间，没和褚为见上面，他们哪还能找到可以开口的嘲点？

可恶，许迢迢真要一直和凌哥黏在一起吗？我哥想送蛋糕都没机会，在房间里徘徊半天了。

沈拂摘掉房间里的摄像头，洗完澡，披上浴袍出来，待在窗边喝了会儿柠檬茶，看了会儿杂志，时间过去了半小时。

这会儿左玫和温铮寒才回来。

褚为拿着蛋糕出来，犹豫地用余光瞥了沈拂的房间门一眼。

去敲门？

---

① 指综艺娱乐节目里，在一件事情发生之后，节目组会采访当事人问一些关于当时发生事情的问题。

但昨天被当场关上房门差点夹到脚的事情他还记忆犹新。

担心又会碰壁，他拿着蛋糕先去了客厅，把蛋糕放在了冰箱。

等沈拂出来再说吧。

经过一天的折腾，客厅里的几个嘉宾都深刻意识到了这个节目的竞争性，气氛又和第一天试探时相比发生了很大的变化。

两个人要准备八个人的晚餐，难免手忙脚乱了点。

沈拂想着可能得晚上八九点才能吃上饭，还是不要提前出去加入修罗场比较好，便一直待在房间里。

外面天色渐渐黑下来时，她房门忽然被敲了两下。

这么快晚餐就好了？她肚子都已经饿得咕噜叫了。

沈拂放下杂志，走过去打开门。

站在外面的是江恕。

江恕来找沈拂干什么？"一日约会"都结束了。

江恕左手和右手各拎了一个大盒子，虽然这种外卖员常做的动作任谁做都帅不起来，可偏偏他未摘墨镜，衬衣扣子解开两颗，干起这种事竟有种风尘仆仆后的英俊。

"怎么？"沈拂以为他来叫自己吃晚饭，探出头朝餐厅那边看了眼。

江恕腾出一只手，把她的脑袋按了回去。

他将两个盒子简单粗暴地一摞，递到她怀里，一副"我非常漫不经心，就是随便买买，你别迷上我"的样子："偷偷吃，别让别的嘉宾看到。"

沈拂低头，这才发现，盒子里不是下午说的糯米糕之类的东西是什么？

沈拂："？"

这人为了显示有钱，还买了两份？

弹幕观众已经震惊出声：啊？？什么情况？？

弹幕里全是问号：他什么时候买的？刚刚消失的工夫原来是干这个去了？

我这一刻想魂穿沈拂，谁懂？

啊啊啊所以江恕在车子里说的话是故意逗沈拂的吧，他原本就打算把沈拂送回来就动身去买。

弹幕观众发出一片羡慕的哀号声，同时对眼前的状况感到匪夷所思。

所以这两人以前到底什么情况啊？我们几千万的直播观众难道就没有一个和他们以前经历沾点边的人吗？？

如果有知道到底发生过什么的，快给我站出来，别逼我跪下来求你！

更多的是在泼冷水：上面这群人这么激动干什么？以前都没看过恋爱综艺？节目上谁都想表现自己吧，如果女嘉宾说想吃什么，男嘉宾却置之不理，那才是离谱好吗？温铮寒还不是听到左玫想吃什么就立马去买，只是左玫也将心比心地体恤他罢了。

再说了，还特意一样不漏地买回来，江恕八成是猜到了有隐藏任务这回事。没想到他还蛮聪明的嘛。

这条红色弹幕的观众这么一顿理智分析，路人顿时冷静了很多。

除此之外，江恕和沈拂也的确怎么看怎么不搭。

这么一想，再去看房间门口的沈拂和江恕，就怎么看怎么觉得客套。

但不管怎么说，隐藏任务这一环节，又是沈拂赢了。还真是没想到。

运气好呗，刚出道就能签上一家规模中等的公司，梁晓春也算是不错的经纪人了，一直扶持她。

沈拂压根儿没有弹幕观众的这么多心思。她捧着盒子，就像捧着一千万，震惊地看着江恕。

是不是要赶紧拿回房间，通知工作人员来查收一下？如果超时了还能计分吗？

沈拂忙不迭抱着盒子转身就往房间里走。

江恕："？"

江恕生怕她顺手把门关上，赶紧拽住她衣领把她定住："你没有什么想和我说？"

他虽然装得漫不经心，但并没有那么漫不经心好不好？

八个地方，他晚饭都没吃，开车后挤了多久，她居然没注意到他衬衣都皱了？

沈拂沉思了一下，扭头看他。

江恕微抬下巴睨着她，等待狂风暴雨般的恭维。

沈拂："忘了告诉你这是隐藏任务，真是谢谢你，不过，你买了两份，你感觉节目组有没有可能计成两分？"

江恕："……"

弹幕观众终于忍不住爆笑出声：哈哈哈哈哈，江恕每天脸色不是黑的就是绿的。

小沈什么钢铁大直女？

也有人怀疑：我现在很怀疑她借褚为攀上位的言论是假的，老实说综艺自开播以来所见到的沈拂真的不像是会做那种事的人。

褚为粉丝气得手抖：真够可以的，你们粉丝不承认沈拂做过的事情是吧？

一来二去，弹幕里又热闹了起来。

温铮寒拿着喷壶，正在露台那边浇花，一抬眼就看到了沈拂房间门口的江恕。

他心情忽然有些烦躁。

江家这位在他这里，先前一直都没什么威胁性。倒不是江恕不够格，恰恰相反，江恕身家太好了。

温铮寒混到如今的地位，也比不上江恕靠着祖上的荫蔽，随便投资几个项目获得的那些利益和吹捧。

正因如此，温铮寒根本不认为江恕会对沈拂有什么长远的心思。即便一时被美貌蒙蔽，大约也是一时兴起。

可沈拂今天居然和他互动这么多。

为什么？故意的？

三楼的露台是透明半开放式设计，和房间所在的走廊只隔着两扇玻璃。

温铮寒眸色意味不明，定定盯着那边。

总有一道视线非常有存在感地落在自己身上，沈拂自然有所感觉。

她下意识抬眸。

两人视线一交会上，温铮寒的眸色变得更加深沉。

沈拂：妈呀，别墅里怎么几乎连墙都没有，全是透明玻璃设计。

温铮寒：果然是故意让他看到，故意让他心生躁意。

再这样下去，她迟早影响到他。

梁晓春一直派人盯着综艺直播，见今天的春日约会环节结束后，沈拂在弹幕里的风评终于改善了那么一点点，她这才稍稍松了口气。

沈拂什么都好，漂亮、听话，卖命又努力，就是实在是招黑体质。

多少成名已久的艺人被骂的都没她多，你说气不气？

梁晓春是个出色的经纪人，只要有一点机会都会抓住，见沈拂今天热度有所提升，她赶紧联系了 C&F（Clothes & Fashion）杂志，看能不能为沈拂争取到一期杂志的封面。

开播时弹幕观众总结实绩，艺人嘉宾里就只有沈拂几乎什么时尚资源都没有，梁晓春心里实在觉得愧疚。

公司这方面的资源的确弱了些，好在之前沈拂一心赚钱，对名声这方面好像根本不在乎。

C&F 是本三线女刊。

时尚杂志等级非常严明，一线有四大女刊、三大男刊，二线刊物总共有八家，在这之下的三线女刊则稍微多一些，共有十几家。

除此之外，再下面就全是一些不入流的刊物了。

娱乐行业艺人太多，时尚杂志给小明星的机会实在有限。

沈拂算是小明星中稍微好点的，去年拍古偶剧时上过一次较差的三线女刊的一期杂志。

C&F 则是三线的十几家女刊之首，快接近二线了，梁晓春想为她争取一下。

然而万万没想到，助理说电话刚打过去，那边的组长就找借口拒绝了。

"什么意思？谈的机会都不给？"梁晓春脸色难看起来，"今天切换到沈拂第一视角直播间的观众人数他们没看到吗？上个封面真还以为我们求着他们？"

助理小声道："对方说沈拂现在热度是够了，可综艺开播还没多久，后面的走向谁也预测不到，万一沈拂又做了什么被嘲呢，他们不能冒这个风险。"

"也是不讲半点情面。"梁晓春骂道。

"不过倒是有两个综艺主动递来了邀请，"助理翻了翻手里的电话记录，道，"一个是和今天差不多的海边综艺，另一个是演技测试类的综艺。"

"前面一个直接拒了。"梁晓春皱眉，"这个综艺不把艺人当人，之前让艺人生吃海鲜的事情都发生过，另一个……"

梁晓春接过资料，翻阅起来，忽然有点感兴趣地挑起眉。

梁晓春没看直播的时候，温铮寒趁着沈拂去找工作人员计分的间歇，把她堵在了储藏室。

"你到底要闹到什么时候？"温铮寒是从来喜怒不形于色的人，语气都有些沉重。

沈拂下意识抬头去看摄像头。

"别看了，这里面没有摄像头，但是不能待太久，否则容易被观众发现。"

温铮寒皱着眉："我有没有让你别来参加这档综艺？你一定要使小性子？"

沈拂努力拉开自己和他的距离，抬头看他，诚恳道："我可以现在就退出。"

这种立刻服软的态度很好地取悦了温铮寒。

有那么一刻，他几乎想对沈拂说一些事实——他在这档综艺上和左玫是在演戏，只是因为顾念旧日的情分，为了帮助左玫"东山再起"。

但他又觉得自己不需要对沈拂说这么多，一开始是沈拂说无论如何都不肯离开他的。

还是很乖。温铮寒在心里想。

然后就听沈拂又道："只要你给我三个亿。"

温铮寒差点自闭。

沈拂说完觉得不太对，掰着手指算了下。

沈拂："不对，少了，三点九个亿，不要谈价，不能小刀①。"

温铮寒一时失语。

见温铮寒表情难看，沈拂深深地看了他一眼："出来打工这么多年，三点九个亿也没有？"

温铮寒彻底无语了。

如果不是因为自己来这档综艺，为什么开播之后就在各种环节针对左玫？今天的 PK 环节他不是没有听说，左玫被比得狼狈不堪。

温铮寒面上还是一贯没什么表情，但心里又气又笑，他之前怎么没发现沈拂这小东西这么口是心非？

倒是好像比以前木头美人②的样子更有意思。

温铮寒调整了下语气，淡淡道："不退出综艺也可以，但你之后避着点左玫，她要复出，我只不过随手帮一把，你一定要钻牛角尖？"

沈拂就差把"你不掏钱我真的好失望"写在脸上，只可惜储藏室光线昏暗，温铮寒看不见。

她思索了下："那我祝你们百年好合？"

温铮寒没回应。

他转身看着沈拂离开储藏室的背影，眼底意味不明。

他心中有来源不明的躁意，有被江恕激起来的胜负心，但更多的是如释重负地松了口气。

小姑娘还是在说气话。

储藏室没有摄像机的事情，第一天没几个嘉宾知道，但今天几乎已经都知道了，这里逐渐变成了私人谈话的地方。

褚为在客厅和顾清霜说笑，但注意力一直放在房间长廊那边。

然而万万没想到，沈拂从长廊那边出现后，居然被温铮寒带去了储藏室。

要不是周围还有人，褚为差点跳起来。

---

① 网络用语，指砍一小部分价格。
② 网络用语，指给人的感觉像木头一样，没有灵气的美人。

沈拂怎么会认识温铮寒？！温铮寒叫沈拂过去时的表情又怎么会那么亲密？

再联想到先前自己和温铮寒说，沈拂是为自己而来时，温铮寒那高深莫测的表情，褚为越想越觉得是不是有什么自己不知道的事。

他的心情变得非常糟糕。

顾清霜笑着提醒他："褚为，你到底要不要下在这里？"

两人在下飞行棋，顾清霜一直低着头，但褚为不知道为什么，总是时不时抬头看她，一看就好半天。

顾清霜只觉得耳畔发热，更加不好意思抬头了。

她做了一下午的造型，剪了一个公主切，黑直发这么一剪，整个人都艳丽起来，刚回别墅就被许迢迢和左玫盯着看了好久。

顾清霜还是想试一试江恕，但如果不能和江恕牵手成功，和其他三个男嘉宾有恋爱关系也不错。

这样想着，她索性改变了第一天拘谨的态度，和每个人都谈笑起来，竭力和每个人都产生一点独特的交集。

弹幕观众里虽然喜欢褚为和许迢迢的人更多，但是见到褚为和顾清霜一块儿下飞行棋，也还是有人夸两句：这两人相处看起来挺舒服的，朋友关系嘛。

不过我哥老在抬头看哪儿，那个方向到底是什么位置？有没有摸清楚了别墅地形的大神来说一下？

到了差不多晚上九点一刻，晚餐终于准备妥当。

江恕回别墅最晚，擦着湿头发出来，其他人已经坐在了餐桌上。

褚为坐在了他昨天座位上，他走过去，一边擦头发一边皱眉瞪着人家。

褚为赶紧换了位子。

江恕如愿以偿地在昨天的位子上坐下来。

弹幕观众快笑死了：怎么着，江总还认座？

求江恕同款睡衣！

我去看了下，一件好几万，前面的，你还要吗？哈哈哈哈哈。

怎么感觉江总对褚为有种莫名的敌意？他不止一次这样给人难堪了吧？

褚为粉丝也觉得心头有点不痛快，但还是努力挽尊：江恕天之骄子当惯了，不懂人情世故，我哥不会和他计较的啦。

嘉宾们吃晚餐的同时，节目组宣布了今晚发送心意短信的规则。

"有两条规则，大家听好。第一，大家都是匿名发、匿名收，只有观众能看到你们给谁发了，发完后不可以交流短信内容。

"第二，不同于别的综艺节目，我们《限时心动》竭力把综艺做出新花样，因此单'箭头'的人有奖励，奖励为'积一分''强制牵手一整天''强制一起散步'三选一，奖励以女嘉宾的选择为准。互发短信的反而有惩罚，惩罚为'蛙跳''打扫整个别墅''穿玩偶服没有镜头一天'三选一。"

这规则一说完，弹幕观众全都愣了。

哈哈哈，缺德综艺啊！

有大神出来解读：所以现在他们发短信，不仅要考虑发给谁，还要考虑对方会不会发给自己。如果是互选，一块儿被惩罚也挺浪漫的，但问题是可能其中一方并不想被惩罚，就会产生"背叛"，结果可就多了。

换句话说，他们本来还在猜测谁会发给谁，现在完全猜不中节目走向。

还有强制牵手是什么鬼啦！强制牵手一整天，即便没感觉的两个人也会产生感觉吧。

规则一出来，所有的嘉宾心思更加活络了。

沈拂本来还在头疼发给谁，这下直接不头疼了。

肯定得发给不会选自己的人，这样才有概率拿到一分的奖励。

褚为和江恕选自己的概率不是零，那么——

沈拂视线在向凌云和温铮寒身上转了一圈。

转完回来就对上江恕扭头盯着自己的视线。

沈拂瞬间僵住了。

用脚指头都想得到沈拂现在在打什么主意。

江恕脸都快绿了。

毁灭吧，垃圾。

褚为在思考自己发给谁。

沈拂还在恨他，发给他的概率不大。

如果他现在再一次单"箭头"发给她的话，面子实在有点难看。还不如和其他女嘉宾互选被惩罚。

许迢迢和他表面上是情侣，私下连朋友都算不上，顶多是商业关系。倒是顾清霜这两天和他交流比较多。

顾清霜也在对着手机纠结。

发给江恕吗？

但她看不透这位的心思。

她今天已经没人选了，就快要变成几个嘉宾中的边缘人，这和她上节目之前所预想的"男嘉宾为自己大打出手"完全不符合。现在亟须制造一点话题，吸引其他嘉宾和观众的注意力。

两人同时按下了手中的发送键。

弹幕观众惊叫：是互选哈哈哈！

而且还是最先的互选，这两人怎么回事，因为今天都没能约会成功，所以抱团取暖吗？

褚为发给顾清霜的短信内容是："新发型很适合你！"

顾清霜发给褚为的短信内容是："能有幸尝到你做的蛋糕吗？"

蛋糕是给顾清霜的？？？

呜呜呜霜妹总算有感情线了。

左玫毫不犹豫发给了温铮寒："开车辛苦啦。"

温铮寒则久久没按下发送键。

是不是想发给左玫，但又不想让左玫受到惩罚？我们都懂。

许迢迢向来雷厉风行，直接发给了让她心动的向凌云："鬼屋里的你很靠谱。"

向凌云收到了短信，却不动声色地用余光扫了一眼对面的沈拂。

节目组配上了嘀嘀嗒嗒的表示时间流逝的声音，弹幕观众看得紧张死了。

甚至短短十分钟内，节目官方论坛分析帖就频频猜测：盲猜这一次可能还是互选居多，男嘉宾总不可能因为怕被惩罚就不选择自己的心动女嘉宾了吧，那还算什么男人？

　　结果这条分析帖一出，剩下的嘉宾的信息发送情况就展示了出来。

　　向凌云发给沈拂。

　　温铮寒发给沈拂。

　　江恕也是发给沈拂。

　　弹幕里被省略号占领。

　　算什么男人。

　　沈拂手机瞬间三条短信的声音响起，整个餐桌上的嘉宾都同时看向了她。

　　左玫脸色一瞬间难看了起来。

　　不只是她，许迢迢和顾清霜也忍不住多看了沈拂两眼。

　　几家粉丝一口气没提上来，差点气死一大片。

　　我没看错？其他三个男嘉宾都发给了沈拂？

　　我要怒骂了，又是沈拂？

　　温铮寒不想左玫被惩罚我可以理解，向凌云又是怎么回事？即便对许迢迢有好感不想她被惩罚，为什么不能发给顾清霜？？

　　你们都没看到江恕吗？这已经是他第二次选沈拂了啊。

　　弹幕观众不理解，温铮寒也不理解。

　　他拿着手机扫了向凌云一眼，皱了皱眉，总觉得哪里不太对劲。

　　不只温铮寒不理解，向凌云也不理解，他回望了温铮寒一眼。

　　这人和左玫就差没形影不离了，不应该怕被惩罚才对，发什么短信给沈拂？

　　最不理解的是褚为。

　　他们互相看来看去，看什么看？

　　莫名其妙，不知道的还以为他们也是沈拂的前任。

　　江恕脸色就没有好看过，索性戴上墨镜眼不见，心不烦。

　　弹幕观众被他的举动稍稍转移了下注意力：哈哈哈，墨镜才是江总的本体吧。

　　吵什么，这三个男嘉宾都不想被惩罚，所以才纷纷发给她的吧。

所以现在沈拂随便发给谁，都有可能配对成功啰？

容晓臻和一群其他的小粉丝此时终于有些暗爽。

主动权就在我们家沈拂身上，气死你们。

现在只剩下沈拂的选择。

弹幕观众屏住呼吸，一时之间，万千注意力又落到沈拂一个人身上。

许迢迢的手机忽然响了一下。

她先是一喜，随即想到刚才沈拂和顾清霜的手机振动次数加起来有四次了，男嘉宾应该都已经发完了才对。

那这条是谁发给她的？

短信内容是："紫色长裙超好看。"

上大巴时沈拂对她说过的话？

屏幕面前的观众已经笑疯了：沈拂发给了女嘉宾？我怎么没想到还可以这样？

对哦，节目组刚才宣布规则时也没说不可以发给同性。

哈哈哈，你们看许迢迢惊喜、复杂、变幻莫测的表情。

摄制组一时无语。

沈拂和江恕这两人怎么回事，总是钻规则的漏洞。

导演抹了下汗水："下次记得把'只能发给异性'这一条加上去。"

见许迢迢表情一言难尽，江恕大约猜到了沈拂发了谁，他心情总算稍微好了点。

他脸色稍稍好转，一抬头，就见对面三个男人仿佛也松了口气的样子。

江恕：心里忽然又阴云密布了。

节目组不拖沓，节奏很快，直接当场宣布了结果："褚为老师和顾清霜老师需要接受惩罚，左玫老师、许迢迢老师、沈拂老师可以获得奖励哦。"

许迢迢一向嫌弃扭扭捏捏的人，直接大大方方地看向向凌云："我选散步。"

虽然许迢迢和向凌云也很配，但是之前和褚为宣传了快一年的CP，难道都是假的吗？无语。

左玫瞥了沈拂一眼。

沈拂把短信发给了许迢迢，总不至于想和许迢迢牵手一整天吧。

心里知道牵手这个选项一定是被选剩下的，左玫也就谦让起来，缓缓笑道："沈拂先选吧，我都行。"

姐姐怎么这么不争不抢啊，心疼。

沈拂赶紧举手："那我选加一分。"

哈哈哈，小沈事业心真的好强。

这也能吹？怎么不看看她从来不谦让呢？

左玫如愿以偿地选到了牵手，含笑看了温铮寒一眼。

当着镜头的面，温铮寒脸色差点绷不住。

牵手一整天啊啊啊！

多年夙愿没想到居然会在一个破综艺上实现，真是活久见①，《限时心动》，我宣布您就是我"爸爸"。

节目收视率在温铮寒的煎熬中，又飙升了一截。

摄制组有人觉得哪里不太对劲，小声问："怎么感觉温铮寒脸色不太好看，我们的噱头环节是不是设置得太过了？"

导演抽着烟，一脸沧桑："你懂什么，如果不是左小姐，我们能邀请到温铮寒？他就是为了左小姐才上这档综艺的，现在指不定心里高兴死了，但以他的地位不能表现出来，必须做到泰然处之罢了。"

"原来是这个样子啊……"

导演拍拍他肩膀："这档节目做完，我们肯定就攀上温铮寒的高枝儿了，明天给我使劲在温铮寒和左玫牵手时加镜头，到时候他们成了，我们节目组也算媒人了，到时候鸡腿撑不死你。"

褚为和顾清霜选择了穿玩偶服。

一整天没镜头总比打扫卫生好。蛙跳更不用说，形象可能都毁了。

互发短信环节结束，一桌人带着各异的神色，终于开始吃饭。

四周都是镜头，按照节目组的规则又不能讨论刚才短信的事情，即便

————————

① 网络用语，意思是活的时间久，什么事都可能见到。

一肚子疑问，他们也不能问。

江恕已经是第二次选沈拂了。

他在室内也戴着墨镜，根本搞不懂他在想什么。但这无疑令其他三个男性都产生了几分危机感。

如果说劲敌有分类的话，那么这姓江的一定是其中的 SSSS 魔王级。

家境优越，爱好时髦，不努力就要继承家业，五官完美，在这样的基础上就算性格讨厌也没什么了。

不过这种人从来都是朝三暮四的，八成只是被沈拂的脸短暂吸引。

温铮寒本以为方才会选沈拂的，很有可能是褚为，却万万没想到杀出来个向凌云。

向凌云又在想什么？

他和沈拂应该是完全没交集的吧，甚至之前走红毯时，招呼都没打过。难道仅仅是因为想避开和许迢迢的互选，所以才随便选了沈拂？

当然，当务之急是想想明天的牵手一整天怎么解决。

温铮寒虽然面上仍是那副古井无波的样子，但浑身上下都透露着一种不悦的情绪。

他是答应要为左玫铺路，可没承诺要做到这一步。

褚为想的就更多了。

向凌云他倒是不担心，八成是为了避开互选。但温铮寒和沈拂到底什么关系？有什么需要私聊的，还去了储藏室？

他放在冰箱中的蛋糕原本打算给沈拂，但这会儿心里有些赌气，便摇摆不定。

再加上刚才顾清霜发给他的短信提到了蛋糕，观众想必也都看到了。如果他不给顾清霜，不仅会让顾清霜下不来台，也会让观众对他的绅士风度产生疑惑。

褚为心里烦躁，吃饭的速度更快了点。

沈拂沉浸在又拿一分的快乐里，决定奖励自己再来一碗饭。

她起身去添了一碗饭，坐下来小心翼翼地看了下还有什么剩下的菜比较好吃。

她辛辛苦苦抓的海鲜居然只剩下了小半盘。

这群人都是吃货吧？娱乐行业的人不用节食的吗？

沈拂没忍住，转了转长桌中间的转盘，尽量不动声色地把海鲜转到自己面前来。

温铮寒垂眼看了下被悄悄转到自己面前的意大利面，心头的阴霾忽然就散开了些许。

沈拂还知道自己不喜欢海鲜，刻意把意大利面转过来？

他抬眸看了沈拂一眼，脸色松缓些许。

褚为时时刻刻盯着餐桌上沈拂的动作，餐盘一有动静他哪能不立刻发现？

他余光察觉到了温铮寒似乎注视了沈拂一眼。

这两人怎么居然还有小动作？难不成之前真的认识？

褚为焦躁不安，只觉得半口饭都快吃不下去了。

左玟也看了眼转动的餐盘，心里翻了个白眼。

八个人吃饭，却安静得一根针掉下来都听得见。

顾清霜总觉得哪儿哪儿都不对劲，每个人眼里都有自己看不懂的东西，但又说不出来。

她试图引起大家注意，笑着夸赞道："今天的海鲜不错，听说是你们'一日约会'环节亲手抓来的？"

左玟含笑："喜欢就多吃点。"

说着，她把海鲜转了回去，停到顾清霜面前。

沈拂僵住了。

还没吃上两口呢。

"乱转什么？"坐在沈拂身边的江恕又转了回来。

左玟："……"

许迢迢剥着螃蟹轻哼一声。

抓海鲜的是沈拂，做成汤的是自己和向凌云，听听左玟那话，这么一副东道主做派干什么？不知道的人还以为干活、出力的全是她呢。

许迢迢舔了下手指的油，微笑道："听说玟姐今天只抓到了两只虾和一些青口贝，其他全是沈拂抓到的？"

左玫脸色瞬间尴尬起来。

笑死，刚才沈拂投许逗逗，许逗逗现在就在替沈拂撑人。

顾清霜没想到自己好不容易想出来的一个话题居然挑了事，不动声色地看了会儿戏。

沈拂第一个吃完，简直迫不及待要回房间里去了。

褚为万万没想到她居然动作这么快，自己都还没来得及思考做了一下午的蛋糕到底给谁。

眼见沈拂起身，他连忙对身边的顾清霜道："清霜，我做了个蛋糕，放在冰箱里了，待会儿……"

他一直注意沈拂的表情。

结果沈拂看都没看他一眼，他话都没说完，她就直接离席了。

褚为："……"

弹幕观众见他的蛋糕居然是送给顾清霜的，简直大大地松了口气：我哥总算不再执着于沈拂了，我放心了。

所以印证了他白天就是怕沈拂没人选才……

弹幕里这话还没显示完，褚为又对沈拂道："对了，沈拂，你也有一份，晚上饿了可以吃。"

褚为粉丝快气死：哥你到底怎么回事啊？！

有路人看得直笑：我还记得下午你们粉丝发什么来着？"我哥自尊心很强。"

褚为粉丝：……

沈拂愣了愣，溜回房间的速度更快了。

褚为虽然有意想气一气沈拂，但是方才见气不到她，便一下子慌了。

沈拂吃软不吃硬。他还是别把她越推越远了。

顾清霜没吭声，但心情不太愉悦。

江恕也冷着脸离了席。

一顿饭吃得七零八落，只有温铮寒优雅地用叉子吃着沈拂转过来的意大利面，心情还算不错。

吃完饭节目组通知他去后采①。

一般情况下，这种恋爱综艺的嘉宾们每天都要后采。但考虑到这些嘉宾地位都比较高，而且饥饿营销效果说不定更好些，所以节目组决定每天只后采一位，轮流着来。

节目开始之前，江恕直接拒绝了后采的要求，节目组为了收视率着想，决定后采先从温铮寒开始。

"铮哥，您坐这儿就可以，待会儿后采完可能会让您进直播间，和您的粉丝互动一下，可以吗？"

温铮寒极少和粉丝互动，但他在行业内是出了名的盛名却温和，从不耍大牌，为了不违背人设，他漫不经心地点了下头："嗯。"

之前节目也在微博上造势，公布晚上十点会有温铮寒单人直播。

因此直播一开始，他数万粉丝就拥了进来。

弹幕里全是些溢美之词，温铮寒没有细看，嘴角含笑回答一些问题："问我为什么参加这档综艺？嗯，这样说吧，参加这档综艺主要是为了放松，大家也知道前些年我一直很忙……"

话说到一半，他忽然注意到有个叫"爱铮大白兔"的粉丝发了句弹幕：啊啊啊铮哥看看我，我是你的榜一啊，还有还有，你参加电影节的奖杯我也收藏了，呜呜呜，求你理理我吧！

"奖杯？"温铮寒笑了笑，说，"我记得那年电影节的奖杯除了一座小金人，还有一枚钻石胸针，还在我家里，这位粉丝是不是买到假的了？如果年龄还小，注意不要为我花这些钱。"

假的？

叫"爱铮大白兔"的粉丝还没从被翻牌②的喜悦中反应过来，就被重重一击，差点哭出来，说道：

不可能是假的吧？

---

① 指节目录制结束后进行的采访。

② 网络用语，指粉丝评论或者留言后被该艺人互动。

温铮寒道："你联系一下我工作室的官博①，我会让工作人员帮你处理一下这件事。"

直播间弹幕里瞬间一片感动：铮哥真的人好好，我快哭了。

这么多年过去了，他是真的待每一个粉丝如家人一般。

直播一完，温铮寒回到房间摘了摄像头，给自己的经纪人打了电话："怎么回事？我的奖杯和胸针都送给沈拂了，现在应该还在沈拂家里，那个粉丝是被骗了吗？居然有人敢私自造假，拿假奖杯出去卖？"

经纪人那边不吭声，似乎是有什么难以言说。

温铮寒皱眉："发生了什么？"

经纪人这才磕磕巴巴地道："铮哥，我们联系到这个粉丝了，确认了一下，奖杯和胸针好像都是真的。"

温铮寒："什么？"

经纪人："她说她在二手平台上买到的，我们确认了一下，那是沈拂小姐的小号。

"不只如此，还有一些其他您送她的东西，她全写了'贱卖急出'的字。"

温铮寒总算听明白了，差点一口气没提上来。

沈拂把他送的东西全挂到了二手平台上？？？

温铮寒气得一宿没睡。

是真的整整一宿都没睡着。

他送礼物时，沈拂当着他的面细心擦拭他的奖杯，仔细研究胸针钻石的克数，眉开眼笑，可高兴了。

怎么一转眼就能做出这种事情来？

不过换个思路想想，她应该不会不知道卖掉了后迟早会被他发现吧。

可仍这么做。为什么？难道是为了故意引起他的注意？

---

① 网络用语，指某团体、组织、活动等统一对外发布官方信息、权威信息等内容的微博或博客。

翌日起来后温铮寒脸色不太好，眼下明显是一夜未眠的青色。实在太过明显，他不得不戴上了墨镜遮盖。

江恕有起来晨跑的习惯，刚摘下蓝牙耳机回到房间长廊，就迎面撞见从房间里出来的温铮寒。

天都还没亮，摄制组也还没来。

两人都戴着墨镜，像两个长得帅的盲人擦肩而过。

江恕用余光瞥了他一眼，冷哼一声。

温铮寒莫名其妙："？"

刚进别墅第一晚，他就感觉江恕对褚为有一些莫名的敌意，但是没有多想，只以为江恕和褚为年龄相当，所以可能把褚为视作了竞争对手。

但不知道是不是他太敏感，现在怎么觉得江恕看别墅里的任何一个男嘉宾，墨镜后的眼睛仿佛都带着火药味和瞧不起的意思。

温铮寒皱了皱眉。

这种人脑子是不是多半都有点毛病？

《限时心动》为期三十天，总共有九个约会选择环节，每一场约会过后的两天是休息时间，嘉宾可以待在别墅里进行相处和交流。

昨天的短信发送环节的结果出来后，观众就期待得要命。

早上九点直播一开始，拥进来的人数又翻了一番。

谁能信我昨晚一宿没睡？想到今天温铮寒和左玫要牵手一整天，我根本彻夜不眠啊。

呜呜呜，前面的，握手，我做好了录屏的准备，赶紧蹲在这儿。

节目组准备的玩偶服不知道是什么，啊啊啊跪求一定要萌一点，小恐龙之类的。

然而万万没想到，直播一开始就看到了节目组放在直播间右下角的致歉，说是温铮寒今天得拍广告，请假一天，白天暂时不能出现在别墅里参与直播。

温铮寒粉丝松了口气，但左玫粉丝和一群"温左"CP粉昨天有多少尖叫，今天就有多少失望。

什么鬼？认真的吗？拍广告的行程往后推迟一天也没关系吧，为什么非要在今天？

而且按照温铮寒公司之前发出来的行程，今天应该是在别墅里的呀，怎么临时改了？

左玫这边居然也是一大清早才接到节目组急匆匆的通知，说温铮寒因为工作请了一天假，离开了别墅，直到晚上才能回来。

左玫尴尬地笑笑。

她还能怎么样？当然只能装作温铮寒早就和自己沟通过的样子。

没想到他居然这么不情愿，但如果今天自己一个人留在别墅里，势必会面临尴尬。

左玫心烦意乱，联系了自己的经纪人。

很快观众又得到通知，今天不只是温铮寒不在别墅，左玫也调不开档期，直到晚上才能回来参与直播。

弹幕观众还没开始哀号，就有人发：大家多体谅一下吧，成年人的爱情当然以事业为主，但你们没觉得正因为这样才更好吗？！

没觉得。"碧海蓝天"心里说。

她之前就感觉温铮寒和左玫之间根本没这群CP粉说得那么真实！

明明两个人之间的氛围带着一种淡淡的疏离，这群CP粉却跟瞎了一样，每天强调"'温左'是真的"，真是让人觉得可笑！

但上次发了句质疑的话就被一顿怒捶，弄得她现在不敢再轻易发弹幕了。

等着瞧吧，这对热度已经登了顶的CP迟早会翻车。

褚为也根本没有睡好，他翻来覆去脑子里全在想温铮寒和沈拂怎么会之前就认识。他觉得得想办法和沈拂单独私下聊聊，上节目之后一直在摄像头下，根本没有机会和沈拂沟通。

就算还在恨他，也得给个机会让他化解恨意吧。

褚为穿着玩偶服在别墅里到处找沈拂，但压根儿没见到沈拂从房间里出来。倒是顾清霜穿上了相同的玩偶服，提出一起去花园荡秋千。

又不是什么过分的提议，褚为不好拒绝，跟着一块儿去了。

虽然不是小恐龙，但我哥穿小熊玩偶服也好萌，嘤嘤。

这两人越走越近了啊，是不是有成一对的可能？

我都已经不指望褚为和许迢迢的 CP 了，他俩一上节目就开始拆 CP，只求他别再和沈拂在一起。

沈拂不是没从房间出来，而是活动范围尽可能避开褚为。

褚为穿着玩偶服，目标比较大，沈拂一瞥见毛茸茸的熊在视线里出现就赶紧换地方。

别墅够大，沈拂上午泡了个温泉，又看了一下午书，硬是没让褚为找到自己。

弹幕观众看着她和打游击战一样，快笑死了：哈哈哈，沈拂是不是在躲着褚为？

褚为粉丝还总在那儿阴阳怪气的，老实说从节目开播到现在，沈拂根本就没主动找过褚为啊，倒是褚为找了她三四次。

褚为粉丝气得发抖：谁知道这女的打什么主意？

沈拂粉丝被我哥选了一次就傲气了，说了那是绅士风度！怕你们家没人选，照顾一下你们家好吗？避开我哥就避开我哥呗，有什么了不起的，以为我哥接下来还会选你们姐？做梦！

晚上的游戏环节见分晓 [微笑 .jpg]，谁主动找对方，谁就是狗！

弹幕里说的晚上的游戏环节是节目组在嘉宾休息期间准备的一些小游戏，今天的小游戏是"黑暗三分钟"，节目组已经早早在官博上宣布了规则。

晚上会放一部恐怖电影。

等电影结束后，别墅会陷入三分钟的黑暗。

这时候嘉宾们还在客厅沙发上，都未离开，每个人手里有一个圈，只要能把手中的圈套在想套的人的手腕上，可以向被套中的人提出一个要求。

而被套住的人必须答应请求。约会、单独出去聊聊、去喝咖啡，什么都可以。

很快到了晚上。

今天做晚餐原本是温铮寒和左玫准备，但两人都请了假，所以还是由节目组来准备，他俩的晚餐准备时间往后顺延一天。

吃完饭进入看电影环节时，左玫和温铮寒才先后回来。

所有的嘉宾齐聚到客厅，坐在沙发上。

节目组的工作人员交代完了规则后，打开投影仪："不同的人是不同颜色的圈，请记住自己的颜色。然后还请记住只有三分钟黑暗时间哦，三分钟一结束，就不能再行动了。"

左玫用空着的一只手拿着手里的圈，下意识用余光看了温铮寒一眼。

两人回来后就被迫一直牵着手，虽然时间不长，但差不多也牵了二三十分钟，这比左玫预料的要好，弹幕里粉丝应该尖叫二三十分钟了。

唯一的问题是，温铮寒虽然配合了节目环节，但视线一直避开她，几乎和她没交流，神色也稍显冷淡。仿佛牵着的不是人，而是模特道具一样。

进入下一个游戏后，上一个游戏环节的奖励和惩罚就可以停止了。

工作人员一宣布电影正式开始，温铮寒就迅速松开了左玫的手。

左玫脸色不大好看，也赶紧收回自己的手。

弹幕观众还在起哄：哈哈哈哈，温铮寒和左玫是不是都不好意思了。

想节目规则的是哪个小天才，我截图了两人牵手的画面，截到了几百张！虽然这过程只有二十七分钟三十八秒，但也满足了呜呜。

我押一颗脑袋！待会儿套圈环节这两人还是互套！

褚为和顾清霜摘掉了玩偶服的头套，这会儿脱玩偶服不太方便，便暂时没脱。

恐怖片背景音乐正式开始，只有沈拂看得认真。

这个环节又没有积分奖励，她懒得思考待会儿套谁，爱谁谁吧。

其他嘉宾则各怀想法，紧张不安，还哪有看电影的心思？！

褚为坐在沙发右侧的贵妃椅上，趁着放电影时光线黑暗，悄悄扭头朝沙发最左边的沈拂看了一眼。

他正愁没有机会和沈拂私下聊聊，现在机会就送上来了。

早知道刚刚从餐厅过来时，他就想办法占掉沈拂左右的位子了！但节目组的游戏规则是临时宣布的，宣布之前他压根儿不知道是这么个游戏！

想到这里，他忍不住瞟了沈拂左边的男人一眼。

江恕怎么又是坐在沈拂旁边的？巧合？

电影画面亮了一点，褚为赶紧把头扭了回去。

弹幕观众看清楚各个嘉宾的位子，忍不住开始分析：这一轮应该都是要么不套，要么就套身边的人吧？

沙发是两个五人位的拼在一起，距离不算近，沙发前面还有茶几等阻碍物，在黑暗中要想套中远处想套的人，这难度可不小。

谁会冒着摔一跤的风险摸黑跑那么远？

现在褚为和顾清霜坐在一起，许迢迢和向凌云坐在一起，温铮寒和左玫坐在一起，沈拂和江恕坐在一起。

等等，为什么江总又坐在沈拂身边？

弹幕观众注意力转移到沈拂和江恕身上，差点笑死：救命！我的笑点全在江总身上，神经病啊！他为什么看电影还戴着墨镜？

这一轮游戏没套中或者干脆不套，是没有惩罚的。

所以弹幕观众猜测大部分嘉宾应该都不会行动。

想去套某个人，就是想要向某个人提出"无法拒绝的约会请求"，这只要一行动，无疑就直接表明心意了啊！

谁会这么狂野，这么正面直击？

江恕坐在沈拂身边，背稍稍往后靠，墨镜后的眼睛朝右边冷冷瞥了眼。

这一瞥就无声对上两道视线。

除了蠢蠢欲动计算着距离的褚为的，还有和沈拂仅仅隔着一个左玫的温铮寒的。

套什么套！

江恕脸色瞬间黑了，一一瞪回去。

可惜光线黑暗，这两人感受不到他怒火中烧的眼神。

左玫也是靠在沙发上的，以为江恕在看自己，虽然有些莫名其妙，但还是笑着点了下头。

江恕恼火地扭回头。

他没忍住，又瞥了眼坐在自己右边的沈拂。

沈拂懒得拿圈，把她的圈压在屁股底下坐着，抱着手臂神情专注地盯着投影屏幕，根本没有要和他眼神交流的意思。

江恕又不动声色地瞄了眼沈拂屁股下的圈。

温铮寒也在思考自己要不要套沈拂。

虽然他比褚为理智得多，但是经历了昨晚得知奖杯被卖的事情，任谁都冷静不下来。

储藏室谈话时间实在不够，整个别墅到处都有摄像头，进去消失超过三分钟观众就会产生疑惑。

他需要找个机会问问沈拂这到底是在干什么。

电影终于在煎熬中结束了。

字幕一点点消失。

节目组忽然提醒："游戏环节开始，嘉宾们请做好准备！"

随即，整个别墅陷入了黑暗。

人刚从光亮中陷入黑暗，有那么一瞬是什么也看不清的。

褚为想抓紧时间往左边冲，结果一下子预测错了方位，被茶几绊了一下，摔得他眼冒金星。

谁摔跤了？！

观众眼前的屏幕一片漆黑，只听见"砰"的一声。

听起来摔得好疼的样子，哈哈哈期待了，难道真有嘉宾想套隔了几个位子的人？

褚为粉丝表示置身事外：反正不是我哥，他常年跳舞，平衡感很好，从不摔跤。

顾清霜本身就在犹豫这个环节要不要套褚为，但是想着这两天都和褚为接触，自己应该再接触一下其他人。

于是试图绕过许迢迢，去把圈套在向凌云的手腕上。

许迢迢万万没想到自己坐在中间，还能被"偷袭"。心里暗骂一声，借着黑暗的机会掐了顾清霜伸过来的手一把。

向凌云在这个环节倒是很平静，他没有想单独私聊的人。

他以前认识的沈拂是菟丝花一样的性格，但上了综艺后的沈拂性格大变，这让他无比好奇。但如果他太早表现自己的兴趣，游戏就没意思了不是？

温铮寒起身，掠过左玫，万万没想到和好不容易摸索过来的褚为左脚绊右脚地摔在一起。

黑暗中有人骂了一声。

而黑暗游戏一开始，沈拂就忍不住瞪着起身把自己壁咚①在沙发上的人。

这个环节收音会减弱，而且旁边还不断传来摔跤的声音，小声说话观众应该是听不见的。

沈拂压低声音："你干什么？"

江恕试图把她拽起来："你坐得跟个钟一样，屁股能不能给我挪一下？我圈掉进你沙发后面的缝隙里了！"

原来是因为这个？

刚才距离太近，他的气息猛然落在了她脸上，搞得她都吓了一跳。

沈拂怒道："那你倒是让开，先让我起来啊，你这样压着我，我怎么抬屁股？"

江恕也怒道："快点，少废话。"

两个男人在他背后挤来挤去，他让个啥。

这狗脾气。沈拂恨不得抽他一巴掌，被他压得难受，她只好往左边空着的地方爬。

身后不知道是谁撞了一下江恕的腰。

江恕撑在沙发背上的两只手差点没撑住。

他大为恼火，索性起身，转过身把黑暗中撞过来的人的衣领拎起来，直接丢开。

褚为忽然感觉温铮寒消失在了自己身边，正要高兴，往前就撞到一个男人的胸膛上。

他："？"

江恕本来就被挤在中间，被他这么猛地一撞，下盘不稳地朝后跟跄一下。

沈拂还没来得及爬走，就忽然感觉熟悉的人铺天盖地地撞进自己怀里，这人还坐在了自己大腿上。

---

① 指一人把另一人逼到角落，单手撑在倚靠物上，发出"咚"的一声，让另一人完全无处可逃的动作。

她终于忍不住，狠狠抽了前面这货一巴掌。

正在这时，节目组忽然把灯光打开。

弹幕观众只见顾清霜和许迢迢头发乱糟糟的。

温铮寒不知道为什么坐在地上。

褚为一屁股朝后即将跌坐在茶几上，结果没坐稳，摔在沈拂脚下。

向凌云迷之镇定，拿着啤酒喝了一口。

而江恕，坐在沈拂怀里。

沈拂背靠沙发，双手放在他屁股上。

江恕脖子上还套着沈拂的圈。

他沉默了一秒，忽然强忍着耳根的红，气急败坏道："谁给我套的圈？？"

弹幕观众：？

沈拂："？"

等等，不是，她的圈怎么跑他脖子上去了？？？

不是，她……她什么都没干啊！

沈拂迅速举起双手以示清白。

刚才想把压过来的江恕推开，黑暗中过于混乱，手竟然放错了位置。

被观众误会好色倒是不打紧，要是被江恕以为自己馋他身子，他能"孔雀开屏"得意到八十八岁，还可能把这事刻在墓志铭上炫耀。

想到这里，她膝盖一顶，往江恕背上重重一拍："起开。"

江恕人高马大，重心不稳，差点被她推个趔趄，墨镜也从高挺的鼻梁上被震了下来。

江恕："……"

他的手在褚为脑袋上按了一下，勉强借力站稳。

好不容易从地上爬起来的褚为又被他按了回去。

弹幕观众已经乐疯了：谁来告诉我刚才三分钟到底发生了什么？？

他们几个人刚刚打了一架吗哈哈哈，好混乱，是不是节目组和嘉宾提前设计好的戏剧效果？

就我一个人感觉沈拂和江恕之间有点什么吗？之前的隐藏任务也是，再怎么说江恕是因为绅士风度，也无法解释他买好东西去敲沈拂房门的行为啊。现在也是，按照他的性格，被推到沈拂身上，不是应该发火吗？怎么感觉和我家狗子被摸了脑袋后象征性地凶吼几下一样？

前面的，你这比喻，小心节目结束后江总顺着网线"雇凶杀人"。

沈拂的黑粉倒是想嘲几句，但此刻的弹幕实在太乱了，全都是路人在讨论刚才发生了什么。

他们一发点什么就迅速被掩在一片"哈哈哈"后。

褚为总算爬了起来，其他嘉宾也理了理衣服。

大家脸上表情各异。

褚为现在能彻底确认，温铮寒是想和他争了。

刚才黑暗中如果没有温铮寒绊他一下，他怎么会不小心把江恕推到沈拂身上去？

人家江恕至少坦坦荡荡，光明正大地参与约会邀请环节。

他呢？不要脸的老狐狸！

上次在储藏室，居然还装得那么温和、包容！自己居然还和他吐露了真心话，指不定当时他在心里怎么嘲笑自己呢！

褚为越想脸越绿，拳头都快攥了起来。

摄制组看了一圈，发现除了江恕被套中，居然再没其他人了。

虽然这场混乱始料未及，但节目组还是"看热闹不嫌事大"地继续推进流程："看来只有沈拂老师心想事成，明天是嘉宾的休息日，江先生需要满足沈拂老师的一个要求哦。"

江恕抱臂站在一边，居高临下一般，一副虽然"我很不情愿，但谁让我有着愿赌服输的美好品德"的表情。

沈拂对节目组举起一只手。

节目组："沈拂老师请说。"

沈拂道："刚才的圈不是我套的，可能是在混乱中不知道怎么落到他脖子上去的，完全是意外，所以我申请放弃提要求的权利。"

还没等她说完，江恕："不行。"

其他嘉宾，尤其是顾清霜和左玫，忍不住看了江恕一眼。

怎么还赶着拒绝？

江恕满脸严肃："既然上了综艺，大家就该按照规则玩游戏，愿赌服输，不然还上什么综艺？"

哈哈哈，他怎么好期待的样子？

江总说得对啊，啧，此时该对跑出去拍广告让观众失望一整天的某两位艺人指指点点。

前面的，不踩一捧—①会死？

江恕都这么说了，节目组不照着办会很为难，于是又看向沈拂："沈拂老师真的没什么想提的要求吗？"

沈拂皱眉："那……那就有吧。"

哈哈哈，那就有吧？怎么好像不是很感兴趣的样子？

笑死，沈拂只想赚钱，但是节目组的规则里提前写明了，提的要求只能和约会、聊天、散步之类的有关，不可以涉及其他过分要求。合理怀疑这条规则是节目组特地为沈拂设定的。

哈哈哈，真的吗？

江总也有被嫌弃的一天。

沈拂道："反正今天的游戏环节承诺明天再兑现，我先想一想，明天再说行吗？"

节目组松了口气，道："可以可以。"

游戏流程总算能继续走下去了。

"那么接下来需要回答几个网友的问题。"

一个工作人员用平板电脑看了眼满屏幕的密密麻麻的弹幕，抽了几个比较不会引起争议又容易出节目效果的问题来问。

"有网友想知道，刚才摔跤的是谁？"

这刚好是我问的，谢谢节目组。

我也想知道，哈哈哈哈。刚刚黑下来后，第一下摔跤那声"砰"，听起来真的疼死了。

褚为粉丝事不关己，甚至大胆起哄：是温铮寒吧？灯刚打开的时候他

---

① 网络用语，指夸一人的同时拿另一人对比，反而贬低了另一人。

116

在地上欹。

褚为挠了挠栗色卷毛脑袋，有些腼腆地举了手："是我。"

褚为粉丝彻底无语。

我哥平衡感很好。

恭喜褚粉又有"出名作"。

路人快要笑疯了。

节目自开播以来，褚为的一群粉丝简直是预言般的存在，说什么就有什么，必然被"打脸"。

"为什么摔了？没事吧？"工作人员关切地问。

褚为这一瞬内心是纠结的。

要直接说吗？

但现在如果不说实话，后面也会被高技术水平的网友找出来他在黑暗中是冲着谁去的，还不如大大方方地坦白自己的目的。

"大家都知道上次春日约会，我没有被选择嘛，所以我想找沈拂聊聊。"

与其说是坦白，倒不如说是下给温铮寒的战书。

褚为看向温铮寒，努力让自己的眼神充满怜悯，用上次温铮寒看自己的那种眼神以牙还牙。

至少自己敢承担骂名，公开选择。

温铮寒呢？

观众还以为他和左玫双向奔赴，殊不知他居然在打沈拂的主意。

自己不比温铮寒强一点？

奈何褚为不是演员出身，眼神想要表达的内容丝毫表达不出来。

几个旁观的嘉宾所见到的是他仿佛被沙子眯了眼，眼睛对着温铮寒眨来眨去。

顾清霜递了张纸巾给他："没事吧？是不是刚才撞到眼睛了？"

褚为："……"

温铮寒不冷不热地瞥了褚为一眼，依然是那副温文尔雅、高深莫测的样子。

但褚为心头怒火瞬间烧得更旺了。

这种瞧不起的眼神。

可恶啊。

屏幕外的观众无法察觉这种微妙的细节，但摄制组几乎是在一瞬间就感觉空气中弥漫了无声的硝烟，赶紧转移话题："嗯，下一个问题。"

"有网友问，"弹幕和微博评论里绝大多数都是问江恕和沈拂是怎么回事的，但工作人员哪敢当众问关于江恕的问题，于是视线匆匆掠过，挑了个无关紧要的，"为什么顾清霜和许迢迢的头发这么乱？"

顾清霜虽然穿着玩偶服，但隔着玩偶服的手臂也被许迢迢掐出了几条青痕。

她心里不高兴，拨着头发，刚要说话，许迢迢越过向凌云一把把她抱住："哈哈是我怕黑啦，刚才小霜把手伸过来，我以为她要陪我，就赶紧抓住了，可能不小心打到了头发。"

顾清霜："……"

弹幕观众又热烈讨论了会儿，这一环节总算结束了。

沈拂走到厨房摄像机比较少的地方，洗了串葡萄吃，总感觉如芒刺背。

她一回头，对上江恕的视线。

"看什么看？"沈拂忍不住道，"你不会以为那个圈真是我套在你脖子上的吧？"

江恕和她隔着一个洗菜池，若有所思地盯着她看了会儿："不是吗？"

沈拂："你在做梦？我套狗吗？"

江恕盯着她不说话。

就在沈拂忍不住辩解时，江恕终于道："好吧，我相信你，但不是你套的，也不是我套的，圈怎么会凭空出现在我脖子上呢？其他嘉宾里肯定有一个'真凶'。他的目的究竟是什么？要不要猜猜？"

沈拂一言难尽地看他一眼："无聊。"

她简直怀疑他在没话找话。

沈拂洗了一个盘子，用盘子装着葡萄，去房间接电话。

顾清霜也正站在冰箱旁边拿酸奶，见状笑道："猜什么？江先生，我和你猜。"

"没什么。"江恕转身离开了。

顾清霜："……"

沈拂回到房间。

"明天早上九点我让人去接你，记得穿得偏邻家风格一点。听说这次的演技测试题目好像和校园有关，具体的我也不太清楚，只能靠你明天随机应变。"梁晓春在那边说。

沈拂道："嗯。"

《限时心动》有三十天，节目组毕竟不可能要求嘉宾们整整三十天都待在别墅里，因此，只要有必要的行程工作安排，还是能请个假的。

沈拂挂了电话，填好请假条，拿上请假条去找导演。

她找了一圈没找到人，想起来这会儿有嘉宾在采访间后采，导演八成是在那儿。

今天进行后采的是褚为。

和昨天温铮寒的后采一样，也是综艺直播的同时，让他进入一个第一视角直播间，和他自己直播间里的粉丝互动。

褚为粉丝正在跳脚："到底是哪个傻子在弹幕里打赌的？！"

褚为承认摔跤的是自己，还说自己是去找沈拂的，之后弹幕里就一直在提下午打赌的事。

现在气氛炒得热烈得不行，有路人截图发到某瓣、某乎去哈哈大笑，还上了热搜。

"褚为老师，今天的后采到这里结束，接下来是你的粉丝福利环节。"工作人员道。

褚为就是唱跳歌手出身的，老综艺人了，了然地开始读直播间屏幕右侧的粉丝来信。

"'为哥，我是 2017 年在节目上一眼看中你的……'哈哈，眼光不错哦。"

粉丝这样的话，褚为都不知道念过多少遍了，心里并没什么触动，还在想别的事情，熟练地对着镜头眨了下眼，继续念下去："但你真的是狗，你——"

褚为心脏猛跳，及时刹住了车。

什么情况？？？

综艺弹幕观众：？

这是什么历史性的滑铁卢。

好狠！哈哈哈。

节目组也是一头冷汗，褚为毕竟也算老到，笑了笑，及时救场："这位粉丝可能是因爱生恨，下一位。"

褚为骂他自己是狗的时候，沈拂刚好拿着请假条走到后采间门口，自然也就刚好听到。

她神色复杂地看了褚为一眼。

分手后他爬得飞快，难道是靠直播骂他自己来吸粉？倒也是能忍常人之不能忍，不走寻常路。

打扰了。

沈拂飞快地退了出去，并当着褚为的面，带上了门。

空气短暂地静止后，弹幕观众忽然爆笑：哈哈哈哈哈哈哈，我笑点忽然被戳中。

沈拂刚才那一眼的含义好复杂。

突然有点懂沈拂的萌点了，她明明脸上没什么表情，但不知道为什么总给人一种她内心在疯狂吐槽的样子，而且让人好好奇她吐槽的是什么。

哈哈哈哈，上面的，握手，我也刚发现，要笑死了。

同上。

弹幕观众快笑疯了，而褚为粉丝咬碎了牙。

沈拂请假去参加的是一档叫《戏如银河》的演技测试综艺。

这综艺每期都会邀请一些新人演员前往参加，即兴出一些表演题目，让演员表演。

几个导师无比毒舌。第一季的时候，几乎隔一段时间就会有"某演员被骂哭"的话题上了热搜。不过现在是第三季，没一个有点名气的演员愿意上去丢脸，节目已经没什么热度了。

翌日早晨，沈拂在等梁晓春的车。

几个女演员坐在一块儿化妆。

听说她要去当《戏如银河》的飞行嘉宾①，许超超心直口快，震惊道："你居然敢去啊？"

说完后猛然反应过来自己这话不太好听，许超超尴尬地道："我不是那个意思，就是听说这个综艺导师都很毒舌。"

沈拂说："没事。"

左玫看了沈拂一眼，含笑道："沈小姐小心被骂上热搜。"

这时候车子来了，沈拂没搭腔直接走了。

左玫看了眼沈拂的背影，心里说，真是目光短浅。

明知道自己演技不行，还专门挑这种综艺上。

八成又是为了钱吧？

不过自己又何必阻拦她呢？被骂上热搜才好呢。

梁晓春带着沈拂抵达录制大楼的时候，刚好是早上九点，《限时心动》这边的直播也正好开始。

没见到沈拂，弹幕观众竟然还有点不习惯。

沈拂呢？沈拂呢？

上面的我刚想问同样的问题，是我的错觉吗？怎么沈拂不在，整个综艺都无聊起来了？

沈拂请假去当别的节目的飞行嘉宾了，江恕直接不见踪影，不知道是没从房间里出来，还是根本没在别墅里。

褚为因为昨晚的事情，回经纪公司紧急公关去了。

其他几个人在外面喝茶、聊天，话题都比较客套，半点激发不起弹幕观众的讨论欲。

上面的这么一说我才发现，好像之前比较热闹的修罗场都和沈拂有关，吵得很厉害的话题也几乎是和她有关的。

当然也有其他几家粉丝发：她不在才好呢，一在直播就乌烟瘴气的。

————————

① 网络用语，指的是节目中的非常驻嘉宾。

大多数路人懒得和那几家粉丝争，干脆关掉直播，去搜沈拂干什么去了。

节目组发现收视率明显有了一些降低，简直一头雾水。

怎么，沈拂刚上的时候网友都骂她，她不在了网友又不感兴趣了？

导演："打电话去问问沈拂什么时候回来。"

旁边的工作人员说："她昨天的请假时间到今晚十点。"

导演看了眼一直在跌的在线观看人数，心里也微急。

"催一下她经纪人，让她那边早点把人送回来，除此之外，今晚要宣布第二轮约会，把宣布时间推迟一下，等沈拂晚上回来了再宣布。"

《戏如银河》也是一档直播综艺，到了第三季，原来的观众群体只剩下很少的一部分。然而今天不知道为什么，观看数量猛然涨了起来，几乎是平时观众的数倍，弹幕里还频繁出现一个名字——沈拂。

来看沈拂的。

前面的，我也是，暗号：《限时心动》过来的？

她之前拍那么多烂剧，演技八成不怎么样，但老实说，还挺想看到她逆袭。

是是是，小声说一句，我喜欢上沈拂了都不敢在那边发弹幕，那边那几家粉丝实在太彪悍了。

这节目原来的观众群体一时之间还有点莫名其妙。

怎么忽然拥进来这么多人？沈拂又是谁？哦，今天的飞行嘉宾啊。

倒是有人听说过：是那个专拍烂剧的"花瓶"吧？

滚啊，你才是"花瓶"。

在路转粉①边缘跃跃欲试的这群人才不承认自己被沈拂吸引了，但还是口嫌体正直②地在弹幕里回怼了过去。

以毒舌著称的四个导师推门进来时，沈拂已经等在演播厅了。

她穿的是衬衣和背带裤，时尚又清秀。不看脸就已觉得很漂亮了，

---

① 网络用语，指从路人转变为粉丝。

② 网络用语，指嘴巴说假话，身体行为却反映了内心的真实想法。

再一看脸，是可以直接让人心动的程度。

女导师声音都不由得放轻了几分："沈拂，请坐。"

"谢谢。"沈拂这才在中间的高脚凳上坐下。

一个导师向沈拂介绍起节目规则。

还没介绍完，另一个长了络腮胡的导师就直接不耐烦地打断了他："来参加节目之前了解以前都有哪些规则，不是必需的吗？"

他眼神犀利地看向沈拂："是不是，沈小姐？你应该做好了十足的心理准备吧？待会儿不会被我们吓哭吧？"

"嗯。"沈拂应了声，"不会，直接出题吧。"

居然还挺自信的？

络腮胡导师眼神轻蔑。

看着白白嫩嫩的，待会儿肯定又要利用哭来上热搜。最烦这种演技不行还来拍戏的人了，好好跳她的舞不行吗？

"第一道题目，你现在是一个不爱说话且背负家门血海深仇的女孩，因为想要报复，你需要让男主角注意到你，并逐渐爱上你。

"顶级的猎人往往以猎物的形象出现——你打听到他喜欢那种柔柔弱弱的，容易激起人保护欲的'小白花'后，你决定在他面前伪装。

"不能出现任何台词，要用微表情让观众知道你在演什么。"

谁出的题？求类似的剧！

就是听起来不太好演啊，现在是无实物表演，而且对面连一个对戏的人都没有，还得自己想场景。

何止是不好演？

三道题中，络腮胡导师一上来就出了最难的那一道。要求演员在三分钟内至少表现出两副模样。其中柔柔弱弱的那一面，还不能演成纯粹的天真无邪、柔弱清纯——得像在白纸下铺上一层黑色的底色。

沈拂起身，把高脚凳搬开。

络腮胡导师心里冷哼一声。

果然开场时和之前来的那些菜鸟演员一样，第一件事就是把凳子移开，还真以为自己需要多大的舞台呢。

就是戏多。

谁料身边的女导师低声说了句："她居然没有酝酿情绪，直接说来就来？"

络腮胡导师："？"

再往台上一看，沈拂从方才那个动作开始就已经在演了。

高脚凳成了她的道具。她费力地搬着高脚凳，像在人声嘈杂的菜市场搬着一箱臭鱼烂虾，被生活的重担压弯了腰。

接着她动作细微地朝右后方看了眼。

弹幕观众注意到她看这一眼的时候表情淡漠，看似没有任何感情色彩，却有几分隐藏的玩味。

她的视线随着"那人"走过来，不动声色地收回。

好有代入感，我都感觉那边有人走过来了。

然后下一秒，"那人"出现在她身边时，她眼泪瞬间掉下来了。

一滴一滴地落，不弄脏脸，是非常美的哭法。

如果此时穿的是棉布裙，在周围脏乱的环境里，简直能让人一眼看见。

弹幕观众还是第一次见到沈拂演戏，都有些惊呆了。

眼圈说红就红？眼泪说落就落？

现在是直播，也不可能中途用眼药水什么的。

感觉能猜出剧情了，对方上钩了，在帮她。

几个导师已经点评过无数站在台上表情尴尬，要么大脑"宕机"不知道怎么演，要么演得让人不知所谓的新人，猛然看到这么成熟、自然的表演，也是差点没回过神来。

这就和习惯了吃糠，忽然来碗香喷喷的大米饭一样。

女导师最先回过神来，继续推流程："现在他走了。"

沈拂直起身子，用拇指揩去下颌挂着的泪珠，感激的眼神一瞬间收起，变成深入骨髓的冷漠。

女导师又道："嗯，三分钟结束。"

"老师们辛苦了。"沈拂对台上鞠了一躬，又跑过去把椅子搬了回来，恢复刚才并腿坐好的老实样子。

这梅开三度①的变脸技巧？？？

弹幕观众都怀疑自己根本不认识沈拂——他们不是专业的，不会评判演技，但这演技绝对不差啊！

在短短三分钟内收放自如，三种情绪表现得一清二楚，甚至无实物、无对手还能让人想象出场景来。

络腮胡导师也愣了下。

沈拂演技当然说不上多么出神入化，但在同龄群体里，绝对算是非常优秀的啊。演任何电视剧都妥妥够了，就算演电影，被好的导演教一下后，也能很完美地完成表演啊。

所以她之前名声怎么会那么差？

这边已经开始出第二道题了，弹幕观众还在激烈讨论上一段表演。

是我的问题？我怎么感觉沈拂演技并不差？？比多少小鲜肉都好多了。

前面的，疯狂赞同。

有人回复：其实沈拂演技一直不差，不然她名声那么糟糕怎么会吸引了一群剧粉？还有很多改编古偶剧的原著粉画饼②，希望沈拂来演，因为她长得漂亮又很让人有代入感。只是她不怎么爱惜羽毛是真的，别人宁愿不多拍，也要等好剧本。她倒是什么本子都拍，最烂的一个本子我记得是演一个死缠烂打的刁蛮公主，那个人设太讨人厌了，某瓣评分四分，这也应该是她"花瓶"称号的原因之一。

但是，拼命拍戏是为了赚亲人的医药费吧，这样说起来有点可怜……

弹幕观众一时之间沉默起来。

有点想哭怎么回事？妹妹其实挺不容易的，年龄也不大。

你们家怎么一点物料也没有啊，想"考古"都没处去。

容晓臻看了，连忙发：物料有的有的，就是不太多，去看微博。

别墅这边，褚为下午六点多回来，去了健身房健身。

———————————

① 网络用语，指同样的事情重复发生三次。
② 网络用语，指一方给另一方描绘美好的前景或者未来。

坐在客厅的向凌云则打开网络电视。电视上正好是《戏如银河》的直播，向凌云看见沈拂的脸，下意识留在了这个频道，看了起来。

健身房玻璃是透明的，褚为也顺带着朝那边瞅了一眼。

他说沈拂今天怎么不在呢，原来是去当飞行嘉宾了。

那边温铮寒也刚好从外面回来，看见电视上的沈拂，驻足了几秒。

他去之前的剧组探过班，沈拂演技不错他是知道的。

只是——

这出的什么题目？

第一道是假扮"莬丝花"女主角勾引高冷的高富帅仇人。

第二道是温柔大方的学姐陪穷苦学弟创业，被学弟抛弃后，摇身一变，成了霸道女总裁，原来之前的陪伴全是虚情假意的。

第三道更离谱了，像是直接把晋江文搬了过来——她眼睛亮晶晶地看着那个人，盛满了爱意，即便被当成替身也无所谓，然而最后知道真相的他眼泪掉下来，真正的替身竟然是他！

三人的表情顿时凝固了一瞬，非常微妙。

温铮寒视线扫向僵在椭圆机上的褚为，又看向拿着红酒杯愣住的向凌云。

他皱起眉，不由得攥紧了手里的外套。

问题来了，自己和褚为感到微妙就算了，向凌云感到微妙是为什么呢？

第 4 章

浪漫礼物

限时心动 [非夏日] 限定+ FEIXIARI · XIANDING MINGGUIZAIJIU AUTHOR

"在看直播？你好像很感兴趣。"温铮寒不动声色地走过去。

他随手将外套搁在沙发靠背上，在向凌云斜对面坐下来，视线一直紧盯向凌云。

"随便看看。"向凌云跷着腿，懒懒地换了台。

客厅是摄像机最多的地方，他可不打算表现出什么端倪。

温铮寒又看了向凌云一眼。

向凌云失笑："铮哥看我干什么？我脸上有什么吗？"

温铮寒见向凌云似乎真的只是随便看看，心中那点莫名其妙的疑虑总算打消了。

褚为用毛巾擦了下汗，闷头从椭圆机上下来，走出健身房。他扫了坐在沙发上的温铮寒一眼，心中憋着一股火。

方才温铮寒一进客厅就愣在那里，别以为他没看见。

要是温铮寒真的和沈拂没什么关系，又怎么会对沈拂的事情表现得这么敏感？就连看个直播都能愣，还装深情呢。

他今天白天去公司，被训了一顿，回来的路上立刻让助理帮自己搜了一下温铮寒和沈拂的关联词。

结果发现节目开播的时候，就有人在弹幕里说温铮寒两个月前被拍到去剧组等某个女艺人，上车的女艺人身影很像沈拂。

当时弹幕里立刻有人回怼，说是沈拂所在的春秋影视自编，根本没这回事。但褚为看到这个，再结合这几天的事情，越想心里越不得劲。

他说为什么沈拂完全不在意自己了，原来是因为温铮寒！

所以，沈拂宁愿被骂也要上这节目，也是因为温铮寒？！

自己一开始自作多情地以为她是因为自己，真是可笑，这几天来的心动，心跳飞快，以为能复合，竟然都是自己在脑补①。

这也就算了，最让褚为生气的是，沈拂都这么委曲求全了，温铮寒居然还在节目上和左玫秀恩爱，一边秀恩爱还一边拉着沈拂不放手。

死渣男！

上节目之前褚为对温铮寒这位前辈有多崇拜，现在就有多憎恶，恨不得给他两拳。

褚为扔了毛巾，大步流星走过去，拿起茶几上的红酒猛地喝了一口。

向凌云："那是我的酒……"

褚为不擅长喝酒，猛吞了这么一口，顿时上了脸。

他借着胃里被刺激的这股劲，对温铮寒冷冷道："铮哥怎么这么早回来，广告黄了？"

温铮寒听出他话里的针对意味，淡淡道："小褚真会开玩笑，所以现在是需要我笑吗？"

褚为冷笑："笑还是不笑，嘴长在你脸上，就像腿长在你身上，没人拦得住你劈叉一样。"

温铮寒："……"

就算是向凌云这种自认为在行业里算是脾气不好、说话不客气的人，都忍不住震惊地抬眼看了褚为一下。

褚为疯了吗？

摄像头还在直播呢。

温铮寒皱眉："褚为，你是不是喝醉了？"

褚为道："铮哥，节目组没要求补上昨天的牵手时长吗？你今天这么早回来，一定是为了早点和玫姐继续牵手吧？我和小顾可是穿了整整一天的玩偶服，累死了呢。"

温铮寒语气平静下来："累还健身？小褚也真挺拼的。"

褚为摊摊手："没办法啊，我们年轻人就是精力旺盛，不像有的人，

---

① 网络用语，指在头脑中对某些情节进行脑内补充、幻想。

来节目几天也没见他健过一次身，是不行吗？"

温铮寒难看的脸色快要控制不住，冷冷道："偶像艺人吃青春饭，演员三十多岁才是事业高峰期。"

褚为："她演技还挺好，你知道吗？"

温铮寒："后生可畏。"

褚为一字一顿："呵、呵。"

温铮寒："……"

向凌云忽然感觉自己跷着腿在这个氛围下不太合适，默默放下了腿。

这小子真的疯了。

弹幕观众目瞪口呆。

虽说以前素人恋爱综艺有不少吵起来的，但毕竟这次参加的人，除了沈拂，全是行业里有头有脸的人，观众以为全程都会像前几天那样一团和气，直到综艺结束。

但万万没想到硝烟来得这么突然！

本以为就算明争暗斗，矛盾也会最先出现在女艺人之间，可居然是男嘉宾先闹起来！

褚为是不是喝醉了？！

他以前接受采访时还说过行业内敬重的艺人有温铮寒呢，现在这是结仇了？

可原因是什么啊？

他和温铮寒也没听说过有发生什么龃龉啊。

褚为粉丝全都被吓傻了。

他们哥哥被昨晚的事情刺激到了，情绪管理失控了？

这——尊重前辈的乖乖的偶像艺人人设完全崩了啊。

粉丝急成热锅上的蚂蚁了："今晚肯定要上热搜，公司赶紧安排危机公关啊，我要哭了。"

"不过，我哥这样好像比之前更有魅力……"

"哪里有魅力了啊！"

客厅角落里的摄制组人员也抖了三抖，看向导演，小声问："要不要暂停直播？"

"停个啥，继续拍。"导演满脸兴奋。

不出他所料，五分钟内，收视率飙升，空降热搜。

摄像机位主要都是对准嘉宾的，没有对着电视的，因此观众也就根本不知道刚才向凌云在看什么节目，也一头雾水，搞不清楚褚为和温铮寒互怼起来的前因后果。

只有坐在旁边看戏的向凌云猜到了一些事情。

刚才褚为说"她"？

褚为是沈拂三年前分手的男友，这几天的表现也像是想要复合，只可惜沈拂始终对他冷冰冰的。

他现在怼温铮寒，是因为以为沈拂和温铮寒有关系？

向凌云端着红酒杯，神情一时之间有些复杂。

褚为可能误解了什么，沈拂大概不是冲着温铮寒来的，她和温铮寒以前又不认识。

他找错了人。

而真正他应该找麻烦的人正坐在他和温铮寒面前——正是自己。

向凌云一时感觉自己站在了上帝视角，看着面前两人剑拔弩张，简直哭笑不得，又有几分"大佬竟是我自己"的优越感。

但如果说他本来就不打算让别人知道他和沈拂的过往的话，现在就更得小心谨慎地隐藏了。

只是上个综艺而已，他可不想被"狗"咬。

没想到褚为平时看起来温顺、单纯，发起疯来竟有几分狠劲。

顾清霜和左玫在露台插花，看见这边三个男人气氛微妙。

左玫："发生了什么？"

顾清霜摇头："不知道，不过铮哥回来了。"

她凑近左玫，小声道："我替玫姐把他叫过来？"

左玫没说"可以"，也没说"不可以"，只是笑了笑。

顾清霜立刻笑着起身，打开玻璃门，走到客厅去："我们泡了点茶，要喝茶吗，各位 gentleman？"

没人理她。

顾清霜尴尬地沉默了。

见温铮寒和褚为气氛紧张，向凌云坐在一边悠闲地靠着沙发，似乎没有参与，顾清霜走过去戳了戳向凌云的背："他们怎么了？你要过去喝茶吗？"

向凌云头也不回："你去吧。"

看戏中，勿扰。

顾清霜笑着过去，幽幽地回来了。

左玫将手里的洋槐插进花瓶："怎么没人过来？"

顾清霜不好意思说自己过去一趟居然什么都没问到，道："不知道呢，他们好像有什么重要的私事要说。"

与此同时，沈拂刚从演播厅走出来。

络腮胡导师在转椅上把玩着打分笔，犹豫了下，和旁边的女导师说了一声，迅速地追了出来。

络腮胡导师叫龚宽，除了是导师，本身也是经验丰富的演员和导演。他三四十岁的时候拿过最佳配角，但因为长得确实有点磕碜，演得再好也当不上男主角，便转行当导演去了。

当了导演后，倒是风生水起。他也不穷讲究，不和那些自诩清高的文艺片导演一样，非要拍些让人看不懂的东西。他就参照国外的大片体系，专门拍商业片。

可能是术业有专攻，他近几年居然拍出了两部票房在国内前十的爆款！

因此在行业里人人都还要敬称他一声"龚导"，这也是他敢随意毒舌的原因。

他新电影正在筹拍，正计划创立国内的赛博朋克①神话英雄体系，这可是以前国内电影行业从来没出现过的题材，因为投资过大、风雨不测，很多电影人都不敢碰。

他龚宽就要做第一个吃螃蟹的人。

—————————

① 是一种科幻创作题材，以计算机或信息技术为主题。

里面有个非常心狠手辣的大反派女角色，可能会贯穿整个电影宇宙，需要签几年的长约。他一直没找到满意的人。

名气大点的，听说要签几年，都有点犹豫，而且还对人设提出质疑。

名气小的，大多演技稀巴烂。

他现在就缺少一个长得美艳、身材好，不对剧本指手画脚，给什么拍什么的女演员。

结果这不巧了吗？

沈拂送上门了。

龚宽追上来。沈拂停住脚步，一头雾水地问："龚老师，怎么了？"

龚宽将她从头到脚打量了个遍，这才抱臂说："你今天表演还蛮不错的。"

沈拂思索了下："本色出演。"

龚宽差点呛住，努力理解了一下她这话的意思，问："以前练习过？"

算是吧。

沈拂点点头："嗯。"

这种题目她居然也练习过？

龚宽看她的眼神立刻截然不同。

《戏如银河》这档综艺过气了之后，策划组就想尽办法提升节目热度，因此出给嘉宾的题目几乎全都是一些烂俗的桥段。

微博很多观众不爱看那些高深莫测的，还真就爱看点土味①的。

而那些电影学院表演系教给学生的却几乎是一些高端的场景。这就导致很多电影学院出来的艺人自视甚高，一边不屑演商业片和土味偶像剧，一边又要拍戏赚烂钱。

所以，电影学院出来的艺人，几乎没人会把这些最基础的狗血剧情②来当练习题。

可沈拂她会。

---

① 网络用语，用来形容一些俗气、低级的东西。

② 网络用语，指电视剧中被不断翻拍、模仿的剧情，通常有拙劣的模仿或很夸张的表演。

她竟然连这些烂剧情也慎重对待啊。

"练过几次？"龚宽又问。

沈拂哪里数得清，想了想："三年吧。"

"三年？"龚宽差点失声。

他被那些文艺片导演嘲讽"专门拍片给下沉市场看"很久了，一直想证明无论是什么样的文化，只要能给人找乐子，就是好文化，不分高低贵贱。

万万没想到沈拂在这个问题上，比他还坦然。

她居然能够淡然地说出她练习了三年的狗血剧情。

这是真正地认可艺术不分高低贵贱。

知音啊。

"你要不要来我这儿拍戏？"龚宽忽然激动地一把握住沈拂的手。

沈拂还没从神游中回过神来："呃？"

演播厅里的观众只见龚宽追出去后很久没回，都不知道发生了什么。

就连下一个受指点的飞行嘉宾进来了，他居然都还没回来。

怎么回事？龚导不会追出去骂沈拂吧？传闻中他脾气好像很火暴的样子。

是啊，沈拂一进来他就在那儿挑刺儿，沈拂演得好，他肯定脸上无光。

要完，妹妹没事吧？

随着粉丝多了那么一点点后，沈拂终于也有昵称了。

以前沈拂参加什么节目，粉丝们喊沈拂"妹妹"，还被说沈拂连昵称都要和别人用一样的。

那时候，就连他们给沈拂选择的明黄色应援色，都换成了不起眼的暗紫色。

容晓臻和其他几个元老级粉丝吸了吸鼻子。

一路走来艰辛万分。

现在还只在起点，还需要更加努力。

他们现在就只有一个很卑微的愿望——等沈拂处境越来越好，把最开始的应援色换回来!

晚上十点,褚为和温铮寒上了热搜。

整个《限时心动》嘉宾团都上了热搜。

本来这个节目自开播以来,就占据各大娱乐排行榜,动不动就上热搜,什么"温铮寒箱子""江恕墨镜""褚为沈拂",各种词条都有,路人已经习惯了,但万万没想到,今天的热搜有点意思。

两个地位这么高的人居然公开撕破脸!

路人最关心的是,他们突然不和的原因是什么,为此,节目组收视率达到了从未达到过的巅峰。

沈拂也被连带着上了热搜。

容晓臻和梁晓春趁机拿今天沈拂演技出彩的视频卖安利①。

"这么看,沈拂演技真的不错啊,代入感好强。"

"我是讨厌沈拂的,居然把三分钟视频一点没快进地都看完了,我脏了……"

也有人质疑:"提前知道题目了吧? 演得这么熟练? "

这种言论还没掀起什么水花,就迅速被否定了。

可不是沈拂粉丝们呕心沥血地否定的,而是因为晚上龚宽发了一条微博,谣言立刻不攻自破。

"欢迎合作。@沈拂"

什么情况? ? ?

《限时心动》直播间上一秒还在讨论下午的事,忽然间话题全变成了沈拂。

快去看龚宽的那条微博,他什么意思?

和沈拂合作?别说是他之前访谈透露的赛博朋克宇宙,我无语了啊兄弟姐妹们。

下午我看了沈拂《戏如银河》的表现了,确实很好,龚宽一开始还骂

---

① 网络用语,意为把自己认为好的东西告诉别人。

她来着，后来追出去就不知道发生了什么。笑死，我不会目睹了一场真香①的事故现场吧。

沈拂粉丝群顿时发出无数条："真的假的？龚宽不会被盗号了吧？"

"啊啊啊群主快去联系春秋影视问问，我现在手都在抖。"

有新粉开始问："龚宽是什么大导演吗？"

"不是名导，但是很会赚钱，属于那种电影行业瞧不起，但观众很喜欢的导演，很能把握观众的喜好。如果能拍他的电影，别的不说，至少知名度会提升好几倍。"

梁晓春这边也是接电话接到手软。

傍晚沈拂给她打了电话后，她就迅速去见龚宽了。只是没想到龚宽是个急性子，居然直接发了微博。

他因为长得砢碜又喜欢发自拍，微博是没几个粉的，但沈拂现在是《限时心动》的嘉宾，有点风吹草动还不上头条？

"梁姐，快快快，C&F打来的电话，他们上次拒了我们想上封面的请求，刚刚居然连打了好几通电话给你。"助理匆忙把电话转接到自己这边的座机，把听筒递给梁晓春。

梁晓春起身，手一伸，把电话给挂了。

助理震惊了一下。

"之前爱答不理，现在让他们高攀不起。"梁晓春轻蔑道，"一个三线杂志，也想请我们沈拂去拍封面？"

助理想笑，又忍住了："姐，你飘了。"

沈拂怎么离开别墅，就怎么回别墅。

她脱掉鞋，在玄关换上拖鞋回到客厅，左玫坐在沙发上，听见后面的动静，忍不住回头看了她一眼。

沈拂怎么有这么好的运气呢？

还真上了热搜，却是以另一种方式上的。

---

① 网络用语，一般表示一个人原本下定决心不去或去做一件事情，最后却主动做出相反的行为的情况。

她目光太过明显，沈拂没办法忽视，便回视了她一眼。

摄像头还在呢，眼里的"箭"还不收收？不怕被骂？

左玫："……"

她最讨厌沈拂总是这样一副不爱说话，但又仿佛什么都说了的样子。

四两拨千斤，扎到她身上的"箭头"，她总是能闪避。

许迢迢吃着车厘子，看了眼左玫，看热闹不嫌事大："沈拂回来了呀，今天得给你庆功。玫姐，今天是你们做晚饭吗？做点沈拂爱吃的海鲜哦。"

左玫："……"

海鲜，不要在她面前提海鲜！

沈拂回来不久后，江恕也回来了，手里除了车钥匙，还拿着一份文件。

是不是江恕的美貌给了我一种"他不学无术"的错觉，我居然差点忘了他是继承家业的，应该也有私事要处理，怪不得一整天不在。

没人注意到他车钥匙变了吗？又换了辆车吗？

晚餐终于准备好了，大家纷纷在自己的位子上坐下。

有了上次褚为被赶走的前车之鉴，现在完全没有嘉宾敢坐在沈拂旁边，也就是江恕的位子上。

那个位子就空在那里。

大家眼睁睁看着江恕喂完鱼才溜达过来坐下。

左玫看了看旁人的神色。

哈哈哈，怎么回事？

为什么给我一种其他嘉宾坐在这里是等待开会的，江恕是过来给他们开会的感觉？

江恕坐下来就先把海鲜转了过来。

其他人："……"

其他嘉宾："完全不看眼色的？"

江恕："我生下来就没看过别人的眼色。"

哈哈哈哈，上面的，你们两个要笑死我。

餐桌上的气氛本来就因为褚为和温铮寒而僵住了，现在江恕旁若无人的态度又火上浇油了。

节目组适时打破僵局："请各位嘉宾看一下手机，第二轮约会即将来临，这一环节命名为'浪漫礼物'。每一位男嘉宾将会准备一件礼物，但不署名，由节目组带到女嘉宾面前。女嘉宾盲选，选中了谁的礼物，就将和谁进行约会。"

弹幕观众的注意力瞬间被转移：

这次是盲选？？

也就是说现在固有的CP很容易被打散，几乎靠天意来促成明天的约会了。根据我的经验，这种环节很容易产生惊人的转折。之前看的一个素人恋爱综艺，男A和女A本来节目刚开始时互相有好感，可后来送礼物环节时，女A刚好选中了男D的礼物，约会一天后，直接跟着男D走了。

节目组会玩，该有的环节一个不落下，我现在就想看几个男嘉宾都送什么礼物，哈哈哈哈。

以前素人男嘉宾送的都是长裙、小熊玩偶、许愿灯什么的，现在这四位一个比一个有钱，应该不会那么抠的吧？为什么不能快进呜呜。

那如果是沈拂来选，岂不是谁送的最贵就选谁？

你是不是沈拂本人？用大号来说话。

这条评论不知道为什么戳中了弹幕观众的笑点，观众注意力瞬间都集中在了沈拂身上。

其他几家粉丝都极其不爽。

不知道从什么时候开始，弹幕里风向就逐渐发生逆转了。

可能是沈拂有眼，提及沈拂的弹幕越来越多。

然而节目组哪能没考虑到这一点？

"担心某些男嘉宾押上台面的礼物价值太大，超过我们节目组的预算，我们节目组在这一环节新增了一条规则，礼物价格需要控制在一千块以内。"

哈哈哈，某些男嘉宾，点你名呢，江恕。

果不其然，江恕莫名其妙地看了节目组一眼。

沈拂也看了宣布规则的节目组工作人员一眼。

哈哈哈，沈拂的眼神好失望。

这两人，一个有钱，另一个缺钱，倒是般配……

节目组就宣布规则到这里了："接下来男嘉宾可以自由地离开别墅，有一个小时准备时间，女嘉宾可以先休息下，一小时后正式进行选择。"

没想到第二轮规则竟然是这样的。

褚为捏着筷子，忍不住悄悄看了沈拂一眼。

这样他反而有机会和沈拂约会上。就算不能把以前的事情说开，让沈拂原谅他，他也要让温铮寒这个斯文败类得不到想得到的。

温铮寒脸还绿着，但该问清楚的规则还是得问清楚："明天的约会地点和约会环节又是什么？"

我憋笑憋得好痛苦，温铮寒对上次的搬树环节记忆尤深。

温铮寒粉丝不爽：有什么好笑的，笑个啥。

一般情况下，当天的约会内容都是由节目组在约会之前才宣布，但现在见温铮寒脸色不大好，导演戳了下工作人员，工作人员还是提前说了。

"明天我们会安排四组 CP 去同一个地方，度过打工人的一天。你们需要作为打工人想办法赚钱，任务当天结束，哪组 CP 赚的钱最多就会得到积分。"

听起来似乎不是很难。和上次赶海不一样，这次不需要技巧和知识，完全靠路人缘。路人喜爱谁更多，谁就更能吸引到路人，从而赚钱。

像沈拂那种拍烂俗偶像剧的，顶多一些青少年认识她、追捧她，哪有几个大妈、大爷认识？

而大白天在路上行走的几乎全是中年人。

换句话说，会是左玫的粉丝群体。

左玫看了沈拂一眼，心中已经胜券在握。论知名度，别说十八线的沈拂了，在场的除了温铮寒和向凌云，谁也赢不过她。

上次输的面子，这次一定要赢回来！

听了规则后，许迢迢和顾清霜也有点为自己担心。

但比起她们，可能更需要担心的是沈拂。

至少她们一个有出圈^①正剧，另一个有红遍大街小巷的歌。

顾清霜下意识看向沈拂。

沈拂倒是没有什么特别的反应，只在听到有积分时耳朵动了动。

要完，怎么感觉这次规则完全是在针对沈拂？

我也觉得，如果她和江恕搭档，就更完了——沈拂没有中年粉丝群体，江恕长着一张高不可攀的脸，真的能赚到路人的钱吗？

容晓臻心里哪能不担心，但担心也没什么用，幸好有了龚宽导演的资源之后，他们家现在的情势比刚开始要好多了。

即便输，应该也不会太难看。

吃完饭，男嘉宾在节目组的安排下离开了别墅。

褚为虽然被公司骂了一顿，但他目前还是公司的"摇钱树"，公司不可能亏待他。他提出想要换辆车，公司立马就给他换了。

拿着车钥匙，褚为总算有了底气。按下车钥匙开门键时腰杆子都比上次春日约会修罗场时要直。

但看到江恕那拉风的流线型车灯，褚为刚直起来的腰瞬间又默默弯了下去。

他下定决心——下次出别墅时，一定不和江恕一前一后地走。

江恕哪里知道褚为各种复杂的内心活动，只见褚为先跟在他后面出电梯，忽然不知道为什么又默默地退了回去。

等另外两人出来后，褚为才最后一个出来，还神色复杂地盯着自己的车子看。

这傻子想偷偷刮自己车？

江恕拳头硬了硬。

褚为看过来后，温铮寒和向凌云也忍不住看了他车子一眼。

江恕墨镜后的眼睛忍不住瞪了他们一人一眼。

---

① 网络用语，一般指某位艺人知名度变高，不只被粉丝的小群体所关注，还开始进入大众视野。

还看？再看一人揍一拳。

观众永远猜不透几个表面平静甚至面无表情的男人内心能有多少疾风骤雨。

待江恕第一个脚踩油门离开后，温铮寒和向凌云才陆续打开车门上了车。

他们的心理活动都与褚为的如出一辙——

坚决不能让自己车子的引擎声和江恕车子的引擎声同时响起。

他那车子看起来酷得不行，一同响起自己就输了。

褚为不想正面对上江恕，但是对上温铮寒，他就半分不认输了。

心头还有下午的怒火未消，他看前面温铮寒的车异常不爽，一下超车，瞬间开到了温铮寒前面，先一步离开停车场。

温铮寒本来是开在第二位的人，一下子变成了第三位，而且看褚为特意降下车窗瞥了他一眼，像是故意的。

温铮寒脸色顿时难看。

这小子还有完没完？不想要前途了？

前途？观众骂就骂吧。

褚为已经有了破罐子破摔的意味。

反正下午都已经一时冲动饿起来了，现在再怎么危机公关也没用，倒不如立个真性情人设。

温铮寒在行业内是出了名的谦谦君子，不是与褚为计较的人设。但褚为开到他前面后就故意把车速放得很慢，几乎是一点点地挪动。他盯着褚为的车屁股，心里的火不停往上蹿。

向凌云的车子开在最后，看着前面你追我，我追你的两辆车，心里也有点不耐烦，忍不住按了下喇叭。

还开不开了？

速度像蜗牛在爬，最前面的江恕早就没影了。

温铮寒被后面的向凌云催，也恼火。

他降下车窗，扭头盯了节目组一眼。

节目组看着也着急，只有一个小时，再在这里磨磨蹭蹭，今晚的流程都走不完。

节目组赶紧让人跑过去，敲褚为的车窗："褚为老师，您看是不是能开快点？"

褚为降下车窗，看了后面的车子一眼，露出一个招牌的乖巧微笑："嗯嗯，远离渣男，我这就开快点。"

说完脚踩油门冲了出去。

这小子真的疯了，没救了。

温铮寒脸色青得仿佛要滴下水来。

哪怕观众再迟钝，这下也看出来这两人不和了。

震惊我全家，褚为刚才是内涵①还是直接开骂？

到底发生什么了啊！

别墅内，除了顾清霜被节目组请去后采，其他三个人都在厨房洗碗。

左玫哼着歌，心情很好的样子。

许迢迢翻了个白眼，避开摄像头，悄悄在沈拂耳边道："你打算明天怎么办？"

沈拂擦着手中的盘子："明天再说吧。"

"我想和向凌云一起，你懂吧，待会儿选礼物时能不能让我先选？"

许迢迢有点小心机，但做的事情不让人讨厌，这会儿还坦诚得让人觉得有点可爱。

沈拂看了她一眼，想说点什么，又咽下了——许迢迢未必想听到她说那些。沈拂道："好，我会让你先选。"

许迢迢听了喜笑颜开："行，那我会帮你选个最贵的。"

沈拂差点噎住。

她想赚钱的心思很明显？

最后一句许迢迢没压声量，弹幕观众差点笑疯了：哈哈哈，许迢迢要笑死我。

---

① 网络用语，指含蓄地表达对某个人或者某件事的批评。

是的，沈拂你别怀疑人生了，很明显。

左玟和顾清霜关系更好，平时总当着许迢迢的面说悄悄话，或者是一块儿去喝下午茶，压根儿没有叫上许迢迢的意思。

许迢迢其实没有和沈拂有多熟，现在要说的话也没那么要紧，完全可以待会儿选礼物的时候再说，但她就想让左玟感受一下这种"三个人一块儿，只剩一个人尴尬"的感受。

都一把年纪了，还玩小学生那一套，要不要脸？

让她们插花、喝茶都不带她。

想到这里，她掐了一下沈拂："你白天能不能出现？要么有事出去，要么就是在房间睡大觉。"

沈拂："？"

话题是不是太跳跃了？

这边顾清霜正在后采，和前几天一样，进入她自己的直播间和粉丝互动。

本来今天的话题几乎全是褚为、温铮寒，再加上他们两个刚才在别墅外又发生了那么剑拔弩张的一幕，顾清霜的直播间几乎全在问褚为怎么会突然和温铮寒撕起来了。

"嗯……这是能说的吗？"顾清霜为难地看了节目组一眼。

"我猜是为了沈拂。"

旁边的摄制组眉头一皱，想要阻止已经来不及了。

顾清霜继续小声道："褚为可能是觉得温铮寒为了左玟欺负沈拂？

"上次温铮寒把沈拂叫进储藏室，褚为看见了，我猜，当时温铮寒可能是在作为前辈训斥沈拂。"

顾清霜完全是猜的。

当天她看见了沈拂被温铮寒叫进储藏室，也发现了当晚褚为脸色一直很难看，然后到今天，褚为又和温铮寒戗了起来。

那不是这样是怎样？温铮寒以前又不认识沈拂，总不可能进去叙旧？

左玟说温铮寒是为了她来这档节目的，把她当成"白月光"，而左玟和沈拂又有竞争，那天赶海 PK 还差点被气哭了。

那温铮寒肯定是非常有男人气概地去出头了啊。

这是什么惊天大秘密？？？

直播间的粉丝全都傻了，没想到顾清霜这么敢说，还真的问什么就答什么。

顾清霜才无所谓——自己只是个局外人。

现在说出来，为温铮寒和左玫的CP推波助澜一把，左玫姐会谢谢自己，他们的CP粉也会对自己有好感。

唯一受伤的可能是褚为和沈拂。但这两人，一个一边对自己示好，一边放不下沈拂，蛋糕同时送给两个人，渣男；另一个在节目上收到了三个男人的短信，也不是什么好人。

还在看厨房和看男嘉宾挑选礼物的弹幕观众几乎全都来了。

总算捋清楚了，所以是褚为想和沈拂复合，沈拂拒绝，但褚为不死心。那天沈拂PK结束后赢了左玫，温铮寒叫她到储藏室，想以前辈的身份压她，褚为知道了，就开始对温铮寒不爽？

这样看来，褚为好深情啊，简直是赶着"倒贴"。褚为粉丝之前还说沈拂对他死缠烂打，说反了吧？？？我现在怀疑当年沈拂的黑料也有问题，之后说不定还有反转。

怪不得那天下棋褚为一直看某处，刚才我去查了下别墅的地形图，那边可不就是储藏室吗？

全都对上了，鸡皮疙瘩起来了。

他俩还是很甜，呜呜呜，谢谢小霜提供"糖"。

就只有我认为，因为自己喜欢的人PK输了就去教训对面的女生，这种行为很令人下头[1]吗？忽然对温铮寒好感骤降……不过前提是顾清霜说的是真的。

同上，是觉得沈拂地位低好欺负？

一时之间弹幕简直乱成一片。

几家粉丝因为顾清霜的三言两语在弹幕里仿佛华山论剑。

---

[1] 网络用语，有扫兴，破坏已有气氛，泼冷水的意思。

四个嘉宾也迅速上了热搜。

褚为粉丝快气死了，亏他们家前几天还为顾清霜说话，顾清霜居然出卖他们哥。

这几天他们脸确实被褚为亲自"打"肿了，但只要他们不承认，褚为想追回沈拂这件事就不存在。

然而现在顾清霜居然亲自出来证明？

最后一片代表死鸭子嘴硬的布也被强行扯下了！

热搜都快让微博瘫痪了，嘉宾们因为被收了手机，丝毫不知情。

顾清霜从后采室走出来，看了那边洗碗的几个人一眼，自然也不会主动说。

摄制组扛着摄像机目瞪口呆。

"之前还说如果他们太平静，我们要不要编造一点剧本，这完全不用给剧本了啊。"

导演喃喃道："咱们节目就没从热搜下来过，赚疯了啊！！"

"赚疯了。"王轩衡他哥在办公室里也忍不住拍大腿。

他在王轩衡投这档综艺之前还不看好，觉得这小子突然去插手娱乐行业干什么，还听江家那小子的话，设定那么大的积分奖池，不赔到裤子脱光都算好的。

八成又是被姓江的欺负了。

可万万没想到，这节目收视率一天比一天高，现在都破十年来的综艺纪录了！

就是不太明白为什么投资分红人之中有个姓沈的。

男嘉宾买好礼物回到别墅时，摄制组看着褚为和温铮寒欲言又止。

褚为和温铮寒都有点莫名其妙。

两人从电梯出来时，褚为故意挤了温铮寒一下。

温铮寒西装外套被挤得皱成一团，好脾气都快装不下去了，脸色难看得要命。

两个傻子。

江恕抱着礼物盒子，皱眉睨了前面两人一眼。

他更加嚣张，直接从后面把两人一把推开，挤了出去。

褚为和温铮寒一齐无语。

他又是怎么回事？这莫名其妙且贯彻始终的敌意？

褚为换鞋进客厅，自然下意识先找沈拂在哪里。

弹幕观众原先不知道他每次在客厅里找什么，现在知道了真相，直接顺着他的视线看到了在洗手池边安静洗碗的沈拂。

啊啊啊我要哭了，谁懂？

有路人发：极致的 be 美学①，也不过如此。

当年恋情曝光，两人分手，数年后，在恋爱综艺上重逢，男生放不下，女生那里却一切都时过境迁。所以综艺第一天时褚为才会去敲沈拂的门，第二天才会数次邀请她出去散步，第三天才会在春日约会里选择沈拂，之后发短信环节、"黑暗三分钟"环节，每一次，兜兜转转，他的选择都是她！

前面的，你还忘了"蛋糕事件"——为了小心翼翼地送出那份蛋糕，他甚至做了两份。

天哪，这是什么不能破镜重圆的小说情节！

所以归根结底还得怪褚为粉丝吧，当年两人分开了，现在又天天嘲沈拂，谁知人家根本不搭理你哥，是你哥旧情难忘。一群"恶婆婆"！

褚为的一群粉丝脸都绿了。

事情到底是怎么发展到这个地步的？

啊！！！为什么？？？

褚为粉丝发点什么都被骂了回来。

一群粉丝简直六神无主。

几个群主含泪道："到了现在这个地步，与其被骂'发疯''低情商''不尊重前辈'，还不如被路人以为他'为情所困''红眼文学②'男主角，

---

① 又称悲剧美学，指悲剧、遗憾带来深刻的印象，从而产生一种美的艺术感。
② 网络用语，指一种网络流行的有低情商男主角的文学作品。

说不定还能吸引一拨路人。"

"不说和这群路人一起起哄，但现在不能拦着他们。"

江恕走过去，戴上一双手套，把沈拂挤到一边："你这洗的，有一个洗干净了吗？剩下的我来。"

听听，这说的是人话吗？

"你会你来。"沈拂顿时来气。

江恕把沈拂赶回房间，站到沈拂的位置继续洗盘子，然后慢条斯理地抬头，瞪了褚为一眼："再看把你眼珠子挖出来。"

这话说的声音可不小。

褚为："？"

弹幕观众猝不及防噎了一下：？

江恕为什么对褚为敌意这么深？

我也发现了。之前褚为粉丝还说两人私下肯定成为朋友了呢。

就听褚为粉丝吹吧，整天不是努力挽尊，就是被"打脸"，我都替他们尴尬。

褚为粉丝完全不敢吭声。

本来指望他们哥哥像对温铮寒一样，对江恕怼回去，谁知褚为只是皱着眉看了江恕一眼，然后默默走开了。

褚为粉丝："……"

眼见弹幕观众还在嘲，褚为几个粉丝群的群主泪都流了下来，赶紧催促打字快的粉丝去转移话题。

一个小粉丝于是发：别吵了，就我一个人好奇待会儿沈拂会不会选到褚为送的礼物吗？

这句弹幕一发出去，弹幕重点居然真的立刻被转移了：我也好奇。

破镜难圆啊，看沈拂的态度，显然不想复合了，选到了也是尴尬。但是选不到，褚为又要神情落寞地独自做蛋糕了。

哭了，好虐！

"时间怎么就走到了晚霞，我们笑着说没有办法。"

褚为粉丝群主恨不得揪起小粉丝的衣领，晃一晃他脑袋里的水："让你转移话题，没让你参与组 CP！！"

小粉丝夙夙地缩了缩脑袋："但现在只有这个办法能转移话题啊。"

说得……竟然有一点点对？！

打不过就加入。

褚为粉丝群主含泪在弹幕里发：当年分开不是两个人的错，都怪万恶的经纪公司！

褚为的经纪公司叫雷霆经纪公司，以培养偶像艺人闻名，而褚为又是近几年最出众的 C 位①艺人，公司分给他的自然也是最雷厉风行、最有手段的经纪人。

当年把矛盾都转移到沈拂头上，正是他的经纪人王霆的手笔。

本来只是打算让褚为上个综艺节目吸点粉，万万没想到事情会发展到这一步。

但王霆倒是并不急。

偶像艺人到了一定年纪，必须转型。现在褚为一发疯，反而显得他深情，可以帮助他成功转型。

现在唯一的问题是——

上层打来了电话："那几家媒体不会乱说话吧？"

"应该不会。"王霆道，"都陈年旧事了，那几家媒体犯得着和我们过不去吗？"

"不是听说梁晓春拒了 *C&F*，直接接了二线女刊 *H-vane*（Human fashion vane）的封面吗？沈拂的时尚资源看起来增加了很多啊。"

"那算什么，她极限也就是拍二线了。咱们家褚为一线男刊都上过。"虽然这么说，但王霆心里其实虚得很，"放心好了，老板，影响不了什么。"

"那就好，褚为现在是公司最赚钱的，不能让他倒下去了。"

别墅这边，选礼物环节终于正式开始。

几个男嘉宾坐在客厅里。

褚为身体前倾，不自觉地将拇指抵在唇下，紧张到谁都看得出来。

---

① 指某一个人在团队中处于核心位置。

温铮寒现在看他就像看个不定时炸弹，之前看着那么谨慎、腼腆，谁知道发起疯来不管不顾的，或者说他本性如此，之前的乖巧都是装出来的？

不就因为沈拂看不上他，心到自己这边来了吗？

至于无能狂怒①成这样吗？

除了他，姓江的脑子也有点毛病。

温铮寒烦躁地扯了扯领带，干脆独自在餐桌边坐下来。

向凌云坐在沙发中间，拿着一杯红酒，一副闲云野鹤、事情尽在掌握之中的样子。

江恕站在开放式厨房里，百无聊赖地拿菜刀雕一根萝卜，虽然看不清他墨镜后的眼，但他似乎并不紧张，自信满满。

弹幕观众把男嘉宾研究了一圈。

好像只有褚为非常紧张啊，温铮寒也有点不自在，其他两个人都很淡定。

好好奇江总会送什么东西，名表？名包？香水？都有点送烂了，何况节目组要求消费控制在一千块以内，这能送什么？

女嘉宾被节目组带到衣帽间。

玻璃桌子上摆着五份包装好的大小不同的礼物。

许迢迢数了下："咦，不对劲，怎么有五份？"

节目组道："其中四份是四位男嘉宾送的，还有一份是节目组准备的，选中了节目组准备的那份的女嘉宾，会和一位飞行男嘉宾一起完成明天的任务。"

新增规则？

也就是说，这一环节很有可能有一个男嘉宾不被选到，然后明天就只能独自待在别墅？？？

哈哈哈哈，怪不得褚为那么紧张，本来被沈拂选到的概率是四分之一，现在变成五分之一了。

---

① 网络用语，指某人没有一点能力，又不知道自省，一旦遇到暂时无法处理的问题就开始暴怒，而不想处理方法。

那江恕为什么那么淡定，是觉得自己一定不会落选？他到底送了什么啊？可恶！

"先抓阄吧，"节目组道，"决定一下谁先选礼物。"

几张标了顺序的字条被放进纸箱。

很快抓阄结果出来，许迢迢看了眼手里的字条，高兴到蹦起来："我第一个耶，哇，运气真好。"

顾清霜也笑了笑，展开手里的字条："我第二个。"

沈拂："三。"

左玫竭力微笑，但神色还是掩饰不住地有些难看："那我就是最后一个选了，唉，今天手气有点背。"

她环顾了另外三个人一圈。一般这种情况下，会有女嘉宾装模作样地出来说愿意和她换一下，表现一下善良才对，毕竟摄制组还在拍着呢。

可万万没想到，许迢迢直接将头扭了过去，还像听不懂一样对着节目组眉开眼笑。

沈拂面无表情，望着对面那堵墙，仿佛在神游。

顾清霜倒是小心翼翼地回应了她的视线，但是捏着字条，一副很为难的样子。上次约会就落选了，这次好不容易抽中了第二，怎么能换？

左玫咬碎了牙，简直气得心口疼。

节目组道："那手气最好的许迢迢老师，你来把礼物拆开吧。"

许迢迢兴高采烈地走过去，表演了一个徒手撕包装。

一共五份礼物。

最大的盒子里装着一个半人高的洋娃娃，穿着粉色裙子，头上戴的发饰还会亮。

许迢迢一眼看上，但还是忍着心动继续往下拆。

第二份黑色包装是一瓶香水，是一个价格控制在一千以内的小众牌子，显得很有格调。

第三份是一块卡通手表，虽然看起来卡通，但做工精致，价格很贵。

第四份是一个车子模型，酷炫的黑红色非常拉风，还可以组装成变形金刚。

第五份包装最为精致，看起来也最贵，打开之前大家期待无比，但是打开后，东西让包括沈拂在内的女嘉宾都沉默了。

"这是什么？"

一块巨大的姜。

我居然一个都猜不到，这些礼物到底哪个是哪个的啊？

有大神出来分析：首先盲猜车子模型是江总送的，香水最有品位，很有可能是温铮寒送的，卡通手表和洋娃娃可能是向凌云和褚为送的，就是不知道他俩分别对应哪一个了。

那最后一份莫名其妙的呢？哪个缺心眼男嘉宾送礼物会送生姜？

肯定是节目组送的。这个环节说是会出现男嘉宾落单的情况，但节目组还是手下留情了，故意把送的礼物设置得这么一言难尽，所以最后八成还是四男四女都能配对成功。

弹幕观众分析的，也正是几个女嘉宾心中所想的。

许迢迢第一个选，在洋娃娃和卡通手表中间猜不出到底哪个是向凌云送的。

她纠结了大半天，左玫忍不住轻轻咳一声："时间拖得太久，晚上睡觉时间就少了呢。"

要你管。许迢迢在心里骂道。

最后她还是遵从本心，拿走了洋娃娃。

左玫视线一直紧盯那瓶香水，只要香水没被选走，就没关系。

顾清霜知道左玫想选温铮寒的礼物，因此手直接伸向了酷炫的赛车模型。

啊啊这次顾清霜和江恕成了一组？？期待哭了。

接下来是沈拂了。

沈拂走到剩下的三样东西面前。

左玫见她似乎打算选那瓶香水，心提到嗓子眼了，就差喊出来："不要啊——"

幸好沈拂看了她一眼，选择了那块卡通手表。

左玫终于放下了心，笑吟吟地走过去取走香水。

选完了，现在能够确定，温铮寒和左玟一组，顾清霜和江恕一组，如果洋娃娃是向凌云送的话，沈拂手上那块表就是……

沈拂选到的是褚为！前面谁说这种盲选环节最容易出变故了？这变故不就来了吗？！褚为，你的爱情来了啊！

褚为粉丝非常不爽褚为被安上"倒贴"的标签，但总比被骂发疯好，只能含泪：啊是是是。

女嘉宾选完，带着礼物去了客厅。

弹幕观众刚发：那这次的盲选其实也算是有惊无险了啊，大家都如愿以偿。

就见客厅的几个男嘉宾脸色齐齐一变。

江恕直接站了起来。他身形高大，非常具有压迫力。

怎、怎么了？

节目组宣布结果："洋娃娃是向凌云老师买的，明天许迢迢老师和向凌云老师一组。"

许迢迢面色一乐，她选对了！

有人喜，有人惊。

节目组又道："香水是节目组提供的，左玟老师明天将和飞行嘉宾一组。"

"什么？？？"左玟差点失声。

不是温铮寒送的香水吗？

"温铮寒老师送的礼物是卡通手表，在沈拂老师手上。"

啊啊啊啊，全都乱了。

温铮寒看了沈拂一眼，点了点头。

沈拂看了眼手上的手表，心想：又不值几个钱，现在扔掉还来得及吗？

顾清霜见她们的结果都宣布得差不多了，松了口气，那自己手上这份赛车模型总该是江恕的吧。参加节目这么多天，总算能称心如意一次，如果明天能和江恕一组的话，一定可以碰撞出一些……

节目组："赛车模型是褚为老师送的礼物。"

顾清霜："……"

褚为内心是崩溃的。他送赛车模型是为了装成江恕啊，想着沈拂不会选他，但总会给江恕一个机会吧！送赛车模型被选中的概率绝对大！

可怎么千算万算，沈拂还是和温铮寒一组了？！

江恕脸色最黑。

那剩下一份——

江恕从节目组手里拿起无人问津的那份礼物，恨铁不成钢地看向沈拂："这难道暗示得还不够明显吗？"

沈拂心想：明显在哪里？傻子的气息最浓厚？

江恕哀怨且愤怒地将那块巨大的姜拿起来，指着姜："姜——江恕，不就是我吗？"

江总，别逼我笑，真的。

没发现江恕是对着沈拂说的吗？他总戴着墨镜，看不清他眼神，但这一次很清楚了，他就差把姜拿到沈拂眼睛底下去了。

你们终于发现了吗，事实上，他刚才掉厨卫，也好像是因为厨卫盯着沈拂看。

"厨卫"是谁？

褚为。

褚为粉丝恨不得抄起键盘打死前面打错字的。

你们才感觉啊？我从隐藏任务那件事起就感觉江总对沈拂不太对劲了。

当时弹幕观众的意思是说江恕聪明，早就发现了有隐藏任务。

那后来发生的种种呢？互发短信他也发给沈拂了。

"黑暗三分钟"时不知道到底发生了什么事，暂且不提。最近他实在表现得太明显了吧？

还有，他每次都把海鲜转过来，但我仔细观察了下，他一口没吃啊，莫名其妙。

你们这么一说……

但暂时确实没有什么非常肯定的证据。

《限时心动》最开始开播时，全网传的关于江恕和沈拂过去不和的小道消息实在在观众心中留下了难以磨灭的印象，以至于现在即便有些观众感觉到哪里不太对劲，都不敢下结论。

只是好奇心又不可避免地加重了一些。

有没有可能，一开始的小道消息就是假的？

不知道，但最开始两人互怼，又像是确实互看不顺眼啊。可恶，我现在好想知道两个人以前发生了什么，真的没有大神能去查一下吗？不知道一天，我抓耳挠腮一天。

弹幕观众这边激烈地八卦，节目组宣布礼物选择环节结束。

在场八个人，除了温铮寒和许迢迢对这次的结果非常满意，其他人都非常不满。

顾清霜前脚刚在后采环节出卖了褚为——虽然褚为还不知道。但她看着褚为的脸，还是非常不自在。

而褚为一屁股在沙发上坐下，头顶黑雾已经快要冒出来了。

沈拂这个环节可以不和他一组，但为什么刚好抽中和温铮寒一组？！

两人心里不爽，两家粉丝也在互相嘲讽。

世事难料啊。

前两天还一家亲的两家，就这么反目成仇。

左玫走过去问节目组飞行嘉宾的事情，没问出个结果。节目组为了收视率，一些比较重要的悬念捂得非常严实。

左玫心情烦躁，看了温铮寒一眼，索性先回了房间。

现在沈拂和温铮寒是一组，借助温铮寒的知名度，想必沈拂明天会进行得非常顺利。

自己知名度曾经其实和温铮寒不相上下，但近些年没怎么露面，确实失去了很多路人粉。

如果这次又输了的话……

不，不会输的。

既然是飞行嘉宾，地位应该不低。

自己和飞行嘉宾加起来，路人缘怎么着也要比沈拂强得多。

左玫粉丝看着左玫低落，心里也不好受，撑还在八卦沈拂和江恕的弹幕观众：沈拂粉丝又在那儿幻想，江恕怎么可能对你们家有"箭头"？若真有"箭头"，我直播吞箭。

"温左"CP粉也是气得要死：温铮寒皱了下眉欸，很不想和沈拂一组吧。

我们讨论关你们啥事，烦人。

分析剧情走向的明明是一群路人，却被左玫粉丝定义成沈拂粉丝，心中一阵厌烦，也没继续讨论的兴趣了，纷纷扫兴地散了。

但不管怎样，这次礼物选择环节CP完全被打乱，不知道又会发生什么变幻莫测的剧情，弹幕观众还是非常期待的。

江恕黑着脸走到节目组那边，提出昨晚"黑暗三分钟"环节的奖励还没给沈拂。

他不说，导演差点都忘记这件事了。

今天一天真是发生了太多惊心动魄的事，热搜一天上八百遍，哪儿还记得昨天江恕脖子上那个圈？

导演先让摄制组停止这边的录制，再招招手让沈拂过来。

"沈拂老师，那你现在可以向江先生提一个不算过分的要求，江先生必须满足。"

导演说完，又看了下江恕的神色。

救命，戴着墨镜，看不出来。

但如果太过分了他会生气的吧。

于是导演再次向沈拂强调了一句："不能太强人所难哦。"

江恕忍不住瞪了这傻子导演一眼——怎么就不能强人所难了？他就喜欢被为难。

沈拂也都快忘了这事，明显愣了一下："嗯。"

提什么要求呢？

沈拂脑子里自然第一个出现"给钱"两个字，但这是能说的吗？

要求他爱上自己？可心里没真正喜欢，是不算攻略成功的。自己还是得赚那钱。

沈拂在脑子里想了一圈，最后抬眼看江恕："你泡杯咖啡给我吧，待会儿送过来。"

导演松了口气，看来沈拂还是识趣的。

谁知就听江恕不可置信地道："就这？"

导演："……"

"就这。"沈拂莫名其妙地看了他一眼。

简单点不好吗？眉梢挑那么高，摆出一副想打架的样子干什么？

江恕咬牙："你不想索要点更有价值的东西？"

他千辛万苦把圈弄脖子上，不是为了让她只要求一杯咖啡的。

沈拂敷衍道："这已经很有价值了。"

江恕耳根一红——她什么意思？

是敷衍？还是说自己即便泡杯咖啡也很有价值？

想半天想不明白。

江恕瞪了导演一眼，骂骂咧咧地去泡咖啡了。

导演："……"

今天的环节比较多，到了这个点已经晚上十点多了，见嘉宾们脸色都有点难看的样子，导演提前让摄制组收拾收拾，撤了摄像机，好让嘉宾们早点休息。

褚为视线到处搜寻沈拂的身影，但沈拂让江恕去做咖啡后，就直接回房了。

褚为只觉得挫败，又开始思索起温铮寒的问题来。

温铮寒这渣男两边逢迎，左玟知道吗？自己或许可以从左玟入手，让她提防着点温铮寒，或者说管着点温铮寒？

但褚为平素就是个尊敬前辈的性子，如果不是被温铮寒气到了，也不会开口掉人。让他去和左玟这种出道比他早十年的前辈说那种诋毁别人的话，他又做不出来。

不知道明天具体是去哪个地方录制。

说不定明天会有机会和沈拂单独聊聊。

温铮寒冷冷看了眼还在纠结的褚为，也回房间了。

这两人现在已经是明面上不和了。

摄制组带着摄像机撤走后，客厅里只剩下苦恼地抓着头发的褚为和系着围裙笨手笨脚做咖啡的江恕。

两人对视一眼，互相觉得对方是傻子。

褚为：做个咖啡，把咖啡粉漏得厨台里到处都是。

江恕：还试图冒充自己送赛车模型，门外汉，连款都不会选，儿童玩的赛车模型谁看得上？

褚为顶着江恕眼里的"傻子"标签，苦恼地回了房间。

客厅安静下来，江恕又捣鼓了半天，总算做好了一杯乱七八糟的咖啡——咖啡最上面的爱心像个三角形，总之看不出来形状，他倒出来一点，尝了一口，被苦得直皱眉，于是又加了包糖进去。

再倒出来一点尝一下，又甜得要命。

江恕："……"

大约捣鼓到四处的灯都关了，只剩房间长廊的那条地灯还亮着时，江恕总算端着咖啡，过去敲了下沈拂的房间。

门很快被打开，沈拂穿着浴袍，看了他一眼："这么快？"

江恕很不爽，挑眉："小事一桩，你以为我要做到明天去？"

"那给我吧。"沈拂伸手。

江恕顿了下，才将咖啡交到她手上。

他满腹心事，想说点什么，但沈拂接过咖啡后，房门就在他面前关上了。

江恕："……"

这就关门了？？江恕像条被猛然踢了一脚的狗。

他记起来第一天褚为来敲门，沈拂也是直接关门的。

江恕脸都黑了，忍不住抬手就要敲门。

但抬起手后，手慢慢握成拳，顿了下，又放了下来。

他转身就走。走了几步想想还是火冒三丈，委屈又恼火，没忍住又倒退回去。

正欲再一次抬手敲门，这时门开了。

沈拂打开门，嘴边有一圈淡淡的咖啡渍，像是一圈茸茸的毛。

去尝咖啡了？江恕心情总算阴转晴了点。

"好苦。"沈拂道，"你怎么还在外面，还有事吗？"

江恕手插裤兜，冷哼："没事就不能在外面？走廊可是公共的。"

沈拂打断他："选到了手表纯属意外，明天我只会努力赚积分，不会发生别的事情。"

江恕一愣。

沈拂接着再问："你还有别的事吗？"

江恕："没、没有。"

房门再一次在他面前缓缓关上。

江恕站了许久，转过身来往自己房间方向走时，耳根却发红，嘴角忍不住翘了起来，越翘越高。

江恕回到房间，往床上一躺，丢了墨镜，长腿支开，看着天花板发呆。

被丢在一边的电话猝不及防地响了起来，江恕摸来，按下接听键。

王轩衡那傻子在电话那边叫嚷："你知道今天收视率和股票分别涨了多少吗？我今天攒了个局，有好几个说想追投……"

说到一半，王轩衡感觉江恕根本没在听他说话："你在听吗？你不会接了电话又睡大觉，故意坑我吧？"

"她向我解释了。"江恕忽然吐出这么一句莫名其妙的话来。

王轩衡一头雾水："你间歇性神经病又犯了？"

江恕不吭声。王轩衡只当他在听，继续道："继续说我下午攒的局，有好几个说想追投，亿为单位，你猜——"

江恕忽然一巴掌拍在自己脸上，指缝透出俊脸的红色。

"可她主动向我解释了啊！"

王轩衡：无语，有病。

翌日，直播开始的时候，除了江恕，其余七个嘉宾全都已经上了一架私人飞机。

观众一打开直播就被震撼到了。

厉害了，节目组是真的有钱啊。

这是要去哪儿？我还以为这个环节会在本市录呢。

不只是观众疑惑，登上私人飞机的嘉宾们也无比困惑。

左玫最为担心，忍不住去问了下摄制组，到底目的地在哪儿，却只得到了一个含糊的说法。

说接下来需要飞行五个小时，飞行嘉宾已经先行抵达了，请嘉宾们先在飞机上休息，中午餐节目组会提供。

飞行嘉宾到底是谁啊？节目组好能瞒。

五个小时？？国内有那么长的航线吗？

许迢迢坐在靠窗的位子补妆，瞥了左玫一眼："左玫姐，你别担心了，去哪儿都行，反正节目组这么多人跟着呢，担心什么。"

"迢迢，心太大可不是个好习惯。"左玫合上手里的书，面上带着笑，但话里藏话，半点不含糊，"既然来参加了节目，就认真对待，你还抱着拍戏时玩的心态呢？"

许迢迢被呛了一下，感觉自己一个人应付不了左玫。

"不知道目的地才刺激呢。"她扭头看向后座，试图把总是不吭声的沈拂拉入"战局"："是吧，沈拂？"

沈拂戴上眼罩，用衣服蒙住脸，直接头一歪睡着了。

许迢迢："……"

节目刚开始时嘉宾们还很客气、疏离，但时间一长，哪儿还能一直装下去？

沈拂却直接"隐身"了。

弹幕观众有点哭笑不得：沈拂还真是一心赚钱，赚钱之外的事情全部装死啊。

飞行时间有整整五个小时，摄像头安装得又没有别墅里那么密集，简直是一个绝佳的私聊机会。

褚为心不在焉地翻了翻手里的《飞行注意事项》，朝女嘉宾那边看了一眼。

左玫附近的位子还空着。他拿起册子，装作漫不经心地走了过去："姐，要一份看看吗？"

左玫猜不出他的来意，接过来："好。"

褚为顺势在她身边坐下。

弹幕观众已经急了：褚为干啥呢？我还在等温铮寒坐过来呢。

其他人猜不出来褚为要干什么。

向凌云揭开盖在脸上的渔夫帽，朝他那边瞟了眼，倒是能猜个七八成。

想促成左玫和温铮寒，使得没人和他争沈拂？

但沈拂的"箭头"在谁身上，这家伙完全弄错了啊。

向凌云又把帽子盖了回去，继续抱臂，闭目养神。

人类的悲欢并不相通，他只觉得褚为愚蠢且眼神有问题。

温铮寒走进休息室，扫了一眼，发现沈拂身边的位子还空着。

铮哥是想去玫姐旁边坐吧？我兴奋起来了，赌一个，他会像江总一样直接走过去叫褚为起来。

我也押注。

这两句刚出现在屏幕上，弹幕观众就见温铮寒径直走到了沈拂旁边坐下。

弹幕观众齐齐无语。

温铮寒刚上节目时的确打算好好帮左玫复出，但这几天发生了太多的事，他的耐心几乎已经告竭了。

褚为如跳梁小丑般，在他这里无关紧要。

他最想弄清楚的是沈拂把他的奖杯卖了的事。

她到底想干什么？小性子使够了没？

"睡着了？"温铮寒从工作人员手上接过一盘切好的芒果，淡淡地瞥了沈拂一眼。

他声音不低，前面一排的许迢迢都下意识扭头看了一眼，沈拂想继续装睡也很困难。

沈拂不得不把蒙在头上的衣服拽下来。

阻人睡觉，天打雷劈。

果然给个台阶立马就下了。

温铮寒松了口气，这段时间以来心中一些说不清、道不明的躁意也消散了些许。

他眼里含笑，把果盘递给沈拂。

弹幕里简直满屏都是问号。

温铮寒在干吗？？？

他和沈拂又有什么交集？为什么多此一举来关心沈拂？

顾清霜不是说他之前在储藏室批评过沈拂吗？可能事后也觉得自己过分了，现在来表达一下前辈对晚辈的关心吧，说实话温铮寒人真的挺好，他可能是这个节目上唯一一个在乎每个人情绪的人吧。

沈拂应该受宠若惊吧。

这弹幕刚出现，就见沈拂起身，眼也不抬，穿着牛仔裤的长腿从椅背上跨了过去，头也不回地去了另一个休息室。

找到一个角落，她用毛毯把自己一裹，继续把外套蒙在脑袋上睡大觉。

受宠若惊？

实在太过震惊，弹幕里一时之间都空白了下。

震惊我全家！沈拂这又是在干什么？？？

她是真的不怕得罪人啊。

温铮寒回头看了沈拂一眼，脸色也略难看。

冷静了一下，他还是没追上去。

现在还不是找机会私聊的时候，等下了飞机再说。

原本以为温铮寒会不高兴的人却又被"打脸"了——温铮寒似乎早就预料到沈拂会这样，虽然神色略有不愉，却并没有多少意外的感觉。

总之就是很微妙，不太像是一个前辈被不礼貌的后辈冒犯了时会出现的反应。

弹幕观众只觉得一头雾水。

是我漏看了吗？为什么感觉哪里都不太对劲啊？

我也觉得，而且有没有人发现，自从"牵手事件"后，温铮寒和左玫已经很久都没同框了。

这么一说，更多人反应过来。

我早就想说了，但怕说出来后被打。昨晚选礼物环节，节目组宣布左玫选到了飞行嘉宾的礼物，温铮寒也没什么表情。反而沈拂选到了他的礼物后，他才有点愉悦的样子……

疑惑的种子在更多人心中生根发芽。

路人们现在只觉得整个节目走向都雾蒙蒙的。

说好的沈拂是地位最低、最不讨喜、最不可能有人选的女嘉宾呢？

她不仅有人选，还每次都是好几个"箭头"一起扎她啊！

说好的褚为对沈拂不胜其烦呢？

他根本就是沈拂的跟班啊！

说好的温铮寒和左玫情比金坚、无人能拆呢？

温铮寒的态度越来越让人觉得哪里有问题了啊！

说好的温铮寒讨厌沈拂，为了左玫教训沈拂呢？

刚才那情势，分明是沈拂看都不想看温铮寒一眼吧？！

这种疑惑一直持续到五个小时后，飞机终于降落在机场。

由于所要前往的地方是小城镇，较为偏僻，节目组让大家登上一架直升机。

整整五个小时，沈拂除了吃饭，都在睡大觉。而温铮寒居然回头看她好几次，全程和左玫没有任何交流。

左玫心里也为温铮寒逐渐转变的态度气急。她心里认定了是沈拂从中作梗，但被这么多摄像头拍着，暂时想不出来应对之策。

直升机又飞了一小段时间。

"各位嘉宾，咱们到达目的地了。"摄制组出来提醒流程，打破了暗流涌动的局面。

"什么到达目的地了？直升机都还没降落。"许迢迢往窗外看了眼。

褚为也皱了皱眉——他们是恋爱综艺，又不是求生综艺，这节目策划案到底是哪个脑子有洞的人想出来的？

"这是我们今天设计的一个小环节，现在直升机悬停，距离地面高度并不高，我们给各位嘉宾准备了保护措施，下面还有缓冲气囊，第一个有勇气下去的将会奖励——"

话没说完，穿好救生服和做好保护措施的沈拂已经跳了下去！

工作人员："啊？"

顾清霜捂住嘴，差点尖叫出声。

弹幕观众也一阵震惊：嗷嗷！好飒！

但这就是常年拍古风偶像剧的好处——根本不恐高。沈拂从缓冲气囊上爬起来，拍了拍裤腿，期待地仰头，等着节目组把奖励说完。

工作人员战战兢兢地继续道："会奖励地图。"

沈拂："……"

不早说，还以为奖励一分呢。

沈拂跳下来后，三个男嘉宾也不得不跳，否则面子上岂不是很难看？

向凌云和温铮寒还好，到底是常年拍戏的，有些柔韧度和功底在身上，咬咬牙也下来了。

褚为脸色就白到像纸一样了。

"直接让直升机降落吧。"顾清霜往下看了眼，双腿发软。

只有第一个跳的有奖励，接下来跳的又没有奖励。男嘉宾是为了好胜心才跳下去，她们可不跳。

于是在左玫和顾清霜的要求下，节目组将直升机降落在了地面上。

弹幕观众看着沈拂从节目组手上拿到了地图，还没缓过神：沈拂到底是个什么——

想说"奇特的物种"，但又感觉是贬义词，于是卡在了这里。

反正就……很牛。

她几乎就没按照弹幕观众的预期行过事，总能给人带来意外的刺激。

综艺自开播以来，观众们眼球不被她吸引也难。

嘉宾们从直升机上下来，缓了半天后，才开始看向周围。

弹幕观众也终于发现了一件很重要的事：这到底是抵达了哪里啊？为什么还需要地图？

而且他们看起来很冷，许迢迢哈出来的气都是白的。

节目组开始发棉服和鞋子，给每人一件军大衣和一双长靴，道："现在我们已经抵达了翠路基亚的一个小镇子，旅游通行证我们已经协商拿到了，大家放心，这次我们的综艺环节会在这里直播，四组嘉宾同时作为打工人在这里赚钱。明晚约会结束，回到别墅之前，节目组会统计 PK 排名。当然，这一次活动较为困难，因此第一名会有三分奖励。"

三分？沈拂眼前一亮。

翠路基亚？左玫眼前一黑。

什么情况啊？竟然根本已经不在国内了？！那她的知名度还能起个啥作用！节目组策划人是不是脑子有包？

顾清霜和许迢迢也一言难尽地看着节目组："你们真的叫《限时心动》，而不叫《限时尖叫》吗？"

褚为和向凌云面面相觑，虽然他们对是否能正常约会并不太在乎，但也没想过要跑到国外来进行为期一天的赚钱体验。

无论在国内多少粉丝都没用。在这里谁认识他们？

翠路基亚？什么鬼地方？听都没听说过。

怪不得节目组要千瞒万瞒，昨晚要是告知今天的行程，八个嘉宾可能会请假七个。

"是接壤 E 国的一个旅游城市哦。"节目组道，"语言的事情也不用担心，我们为你们每组准备了一个随行翻译，需要任何协助，都可以让他帮忙联络。"

只有温铮寒脸色好点。

刚才沈拂拿到了地图，他们接下来算是领先了另外三组一步。

嘉宾们不爽，弹幕观众却看得期待死了：之前国内有这种类型的综艺环节吗？好像很少见欸。

在翠路基亚那种穷地方一天之内能赚多少钱？难道要他们去洗盘子？别说一天之内找不找得到这种工作了，就算找得到，也赚不到几个钱吧。所以接下来不是靠粉丝数量和认知度，而是完全靠智商？

靠智商啊，我有点看好沈拂。

同上，她总有点不走寻常路。

其他几家粉丝看到这种言论，非常不爽：笑死，沈拂上次赶海赢了，粉丝就傲气起来了。这次可不是只和左玫比，还有另外五人呢。

而且沈拂和温铮寒一组，就算她赢了，绝大部分功劳也是温铮寒的吧？

一直不吭声的沈拂拿着两张地图，忽然举手："我有个问题。"

导演道："沈拂老师请说。"

沈拂道："我把地图分一张给温铮寒，我和他能不能分开走？就当作有五组嘉宾。"

整整三分呢，上次被江恕分走一半也就算了，如果这次被温铮寒分走一半，她感觉她整个人生，甚至整个人的品德、志向，都要被毁掉了。

温铮寒脸慢慢地黑了。

从来都被捧着的温铮寒粉丝，脸也慢慢绿了。

世界上居然还有人不想和他们铮哥一组？

只有褚为没忍住笑了出来："噗。"

"嗯，我不该笑的，是吗？"

褚为揉了揉脸，努力将幸灾乐祸的情绪收了回去。

节目组为难地看了温铮寒一眼，道："可以分开积分，但同一组的嘉宾必须共同行动。

"因为和我们一起过来的只有五个翻译员，其中一名跟随摄制组，只有四人可以提供给嘉宾组。如果分开走的话，翻译人员就不够了。"

听见可以分开积分，沈拂就没异议了。

她把手里地图一卷，点了点头："那走吧。"

温铮寒忍不住看了她一眼，一时之间竟然不确定她刚才是故意引起他注意，还是真的想分开走。

看什么看？

沈拂顿了顿，忍痛递了一张地图给他。

温铮寒："……"

一行嘉宾分成四组，分别走向节目组提供的四辆吉普车。

除了左玫那组的飞行嘉宾还在镇上等待，其他两组嘉宾都有交流，许迢迢正问向凌云刚才跳下来时的感受，两人一边走一边聊天。

就只有沈拂、温铮寒这一组静得像陌生人一样。

温铮寒拿着地图，看着沈拂一声不吭地拢着军大衣上车的背影，心里只觉得有哪里越来越不对劲，抓不住什么的感觉越来越重。

四组嘉宾，加上节目组和物资，一共六辆吉普车，浩浩荡荡地沿着公路往前开。

左玫降下车窗，往外面看了眼。

公路两侧全是一望无际的黑土地，每隔几十米有一个白色麻布袋，放一些农作物，偶尔有一些弯腰种植的本地人。与其说是旅游城市，不如说是旅游城市附近的一个乡村小镇。又穷又落后，语言还不通。

这种地方，即便是天王巨星来了，也没人认识。别说赚到一分钱了，让当地人打发叫花子一样打赏给他们一点恐怕都困难。

她脸色越来越难看。

可嘉宾越觉得任务难，弹幕观众就越被吊起胃口：别说嘉宾想不出怎么在这种地方赚到钱了，就连我也想不出来。

车子也没开多久，很快就正式抵达了节目组所说的此次直播拍摄的小镇。说是小镇，其实也并不小，几座山连在一起，到处都是矮房子，居住的外国人很多。只是这个地方地广人稀，显得较为空旷。

节目组和当地人有过提前沟通，有两个本地人前来接待。

到达地点后，四组嘉宾正式分开，被节目组送到了小镇上的四个地点。

左玫这一组位于第一个地点。

"左玫老师，这是今天的飞行嘉宾，那瓶香水是他亲自挑选的。"摄制组的工作人员打开车门，示意左玫下车。

飞行嘉宾总算露面了，节目组瞒我们瞒得好苦。

那瓶香水送得还蛮有品位的，目测是个地位还不低的偶像型男嘉宾，到底是谁啊？

左玫心里也和弹幕观众想的一样，对飞行嘉宾抱了十足的期望。

然后车门一打开，映入眼帘的就是一个裹着军大衣像个绿粽子的络腮胡胖子。

络腮胡胖子好奇地探过头来："是你啊。"

左玫："……"

弹幕观众震惊。

龚导？？？

哈哈哈哈哈哈，对不起，左玫的表情好难看，但我真的笑得肚子疼。

龚宽伸出手握了握左玫的手，倒是非常热情："好久不见啊师妹，咱们上次见面还在你的婚礼上吧？"

还提婚礼？不知道她已经离婚了吗？

左玫的表情一言难尽，但还得挤出笑容："确实很久不见，香水是龚导您送的？"

"是啊。"龚宽问，"是不是很有品位？"

确实有品位，以至于被所有人都当成是温铮寒送的，哈哈哈。

弹幕里的左玫粉丝在风中凌乱。

不求来个大帅哥，至少来个长得能看的吧？

然而龚宽在导演界的地位还不低，他们粉丝还得替左玫捧着他。

有什么好笑的吗？龚导不好吗？为人正派、风趣，期待龚导和玫姐合作。

前面的，别指望龚导那个赛博朋克的大项目了，昨天没看微博吗？他好像已经打算和沈拂合作了。

龚宽道："沈拂不是正在参加这档综艺吗？我本来想着来探她的班，但你们节目组刚好说缺一名飞行嘉宾，我就过来了。"

"本来还以为会是沈拂抽中我的香水呢。"龚宽扼腕，一副错失知音的样子。

这人故意的吧？！在她面前频繁提起沈拂。

左玫非常勉强地笑道："那还真是挺遗憾的。"

龚宽又道："不过听说你们这个环节是分组 PK，师妹你放心好了，我会全力帮你的。"

左玫已经不想说话了，径直朝节目组搭起来的临时歇脚点那里走，含笑道："那就拜托师兄了。"

左玫这一组的临时歇脚点搭在一个小广场上，四周有一些当地小孩在玩闹，这个地方不是很富裕，小孩们要么穿着过大的西装外套，要么就穿着过短的棉衣、棉裤。

左玫和龚宽坐下来，看着周围的人群，简直一筹莫展。

他们这一群异国明星到了这里，当地人顶多是好奇地瞅两眼，甚至瞅都不瞅，直接绕着走。

居然没一个人认识左玫和龚宽吗？这两人在国内也算是艺人行业和导演行业的顶级了。

前面的仿佛在做梦，别说左玫了，就算是八个嘉宾一块儿站在这里，恐怕也没人认识。

正如弹幕观众所说，其他三组，包括沈拂和温铮寒那一组在内，也都是相同的情况。

当地人根本对他们不感兴趣。

"你会什么乐器吗？"左玫问龚宽。

娱乐行业的人，即便是从事导演的，多少都有些艺术细胞，一般的乐器都涉猎了一些。龚宽道："我会点吉他。"

左玫起身，让翻译去问问翠路基亚的民谣，并把乐谱搜出来，然后自己去吉普车内拿了吉他和麦克风等设备。

左玫还是有点东西的啊，知道先问清楚当地民谣，好多吸引点人过来。

不过也有人吐槽：怎么每次艺人参加这种赚钱的综艺环节，都是在路边卖唱？除了这个就没其他的办法了吗？

吐槽归吐槽，但想想也知道，一天之内总不可能在当地找到什么零工。

而且当明星的，自诩高人一等，怎么会真的去洗盘子、种田、当搬运工？也就只有这样赚钱比较快了。

然而万万没想到，接下来完全是一次滑铁卢。

左玫是有功底在的，歌唱得很好听，虽然不是当地方言，但调子是对的。

龚宽弹奏得也没问题。

可周围的人群还是聚过来瞅两眼，就不太感兴趣地散开了。

左玫唱得嗓子都哑了，放在一边桌上的帽子里，居然一分钱都没有。

"润润嗓子吧，左玫老师。"摄制组递了杯水过来。

左玫喝了口水，看了眼时间，只觉得又焦虑又心急。

偏偏这次 PK 环节，四组嘉宾地点分开了，也看不到沈拂那边进展如何。

"你说这里的人怎么对我们的表演完全不感兴趣？"她不得不和龚宽商量。

龚宽弹了两三个小时，手指头都肿了，兴致也变得寥寥："每个地方有每个地方的文化，其他国家的街头文化在这里不一定盛行。"

弹幕观众都看得着急：好困难啊，这根本没办法完成任务吧？

很多人不禁想换到沈拂那边去看看她有什么办法，但这次是在外地，直播设备没那么好，算是半直播半录制的，所以只能挨个儿看。

笑死我了，褚为和顾清霜已经开始摆烂①了。

褚为和顾清霜被放下的地点是当地一处坡道。

两人之间的关系僵硬，只表面还维持着礼貌。顾清霜提出要先四处看看当地情况，于是带着翻译和摄制组七弯八拐。褚为跟着不是，不跟着也不是，毕竟只有一个翻译，只能硬着头皮跟上了。

结果一行人走着走着，直接拐进巷子里，找不到一开始的歇脚点了。

摄制组都两眼一抹黑，弹幕观众大多是被逗乐的。

许迢迢和向凌云这边情况倒是好得多。

视角切换过去的时候，他们正在陪一群孩子荡秋千。他们被放下来的地点是一所学校附近，很多小孩见节目组的人穿着不错，都围过来想吃糖。

许迢迢和向凌云通过翻译，勉强和当地人沟通上了几句。但是也没想出来有什么办法从当地人手里赚到钱。

"感觉他们生活都不算富裕欸。"许迢迢目露怜悯，她不只没赚到钱，还没忍住让随行的摄制组把兜里带的当地货币都分给了附近的小孩。

许迢迢好加分，虽然输了PK，但是很有爱心。

会不会节目组真正测试的是这个？看哪组嘉宾能掏钱给当地人？《限时心动》片尾不是说有慈善捐献环节吗？

虽然这也不是没有可能，但大多数弹幕观众还是持相反意见。

前面的，你当这是面试环节，看有没有面试者会扶起地上的扫把啊？多少年前的老一套了，节目组还玩，那就真的是老土。

沈拂呢？她那一组到底什么情况？

弹幕观众将前面三组都看过了，发现在这种情况下要完成节目组的任务几乎不可能，对沈拂所在的最后一组的好奇心便越发重。

镜头终于切换到了沈拂这一组。

---

① 网络用语，指事情已经无法向好的方向发展，于是就干脆不再采取措施加以控制，而是任由其往坏的方向继续发展下去。

沈拂和温铮寒被放下的地点比前面三组更加偏僻，是公路尽头的一处农田。附近除了一些正在耕种的当地人，几乎就再也没有人影。天气冷，还下了些雾蒙蒙的雨。

　　下车后沈拂拢紧了外套。

　　温铮寒的想法原本和左玫一样，到了当地，就算没人认识他们，乐器插上电箱，表演一场，想赚到钱也不难。

　　但下车后，路边走过去的当地人看了他一眼，视线仅仅是在他军大衣下昂贵的夹克上停了一下，就漠然地走了过去。

　　他便发现不是自己想得那么简单。

　　沈拂看了下地图，问了下翻译他们目前所处的位置，发现距离另外一个较大的镇子足足有一百千米。

　　"这么远吗？想徒步到别的地方去肯定是不可能的了。"沈拂问，"那一路上怎么没看到当地人的车？"

　　沈拂这么一问，弹幕观众也发现了：是哦，节目组镜头一路拍过来，几乎就没有除节目组那几辆吉普车之外的车，只有田里有几辆不能跑长途的推土机。

　　没有车，当地人怎么去外面买物资？

　　温铮寒看着脚下的田地，思索了会儿，道："我们可以找当地人问一问。"

　　然而他抬起头，发现沈拂早就带着翻译去找最近的当地人了。

　　不过弹幕观众此时全神贯注，都在等着看沈拂怎么做，几乎都没注意到这个微妙的细节。

　　温铮寒眉头微微蹙起，走了过去。

　　沈拂正在问那个当地人："这地是你的吗？"

　　翻译将她的意思转达过去。

　　当地人是个戴了顶蓝色帽子的老头，上身穿着件较为崭新的蓝色工装外套，下面却是条灰扑扑的裤子，看起来较为不和谐，像是东拼西凑地搭在一起似的。

　　老头点点头，疑惑地看着外来人："你们要收吗？"

　　沈拂问："收什么？"

翻译和老头聊了几句后，说："他说隔段时间会有人来收土豆。"

节目组虽然告知了嘉宾地点是在翠路基亚的一个小镇，但是具体是哪个小镇，嘉宾们却根本不知道。

既然不知道具体是哪里，自然也就无从了解信息。

弹幕观众终于看懂了一点：对哦，想赚当地人的钱，不得先问清楚当地人是怎么赚钱生活的？

好奇死了，这到底是什么地方啊？

沈拂又问："收你们的土豆，然后付费给你们吗？"

当地人听了翻译的转述，摇了摇头："他们会带来很多东西，我们用土豆换。"

沈拂问："比如什么东西？"

当地人道："各种各样的东西，蓝色的罐子、铁架子、夹克，还有彩虹泡泡。"

他身上不协调的夹克显然就是和过来贸易的商人换来的了。

意思是，这里还在以物换物？

每隔一段时间有商人过来收土豆和其他农作物，然后带来一些衣服和其他物资给当地人？

沈拂一时愣了愣，弹幕观众也震惊了一下。

毕竟现在社会已经很发达了，很少有人见过还停留在"以物换物"阶段的地方。甚至很多 00 后的观众只在游戏里见过这样的流动商人。

怪不得许逼逼付给当地小孩货币，他们都不太感兴趣的样子，可能大人知道，但小孩见得比较少。

沈拂想了想，指着翻译头上的一顶普通的鸭舌帽，问："这种东西你们一般愿意用多少土豆换？"

那个当地人道："他们起码要收二十千克土豆，才会给我们这样一顶帽子。"

二十千克土豆？！拖到外面去卖，可以卖不少钱。

好惨啊。

沈拂问得更仔细："二十千克土豆，是不论大小吗？还是需要按照大小收？比如现在有大土豆、中等的土豆、更小点的土豆。"

翻译把她的话转达给那个当地人。

当地人摇了摇头，苦笑着说："小点的他们都不要啦。"

怪不得穷啊，当地人好不容易种出的农作物，都被低价收走了。甚至都没有价，就只丢一些外面不要的破衣服在这里。

这种情况实在出乎弹幕观众的意料。

能看直播的不说有钱，至少有一个智能设备在手，以前都没想过居然还有这么贫穷的地方，即使知道，但是以前都没兴趣了解。

前几组嘉宾落地时，周围的当地人虽然穿着朴素，但也都看起来轻松、悠闲。观众也无从看出来他们的生活方式居然还停留在最原始的程度。

本来弹幕里大批的人等着看沈拂丢脸，但居然被这反转剧情吸引住了，一时之间忘了去绞尽脑汁地嘲沈拂。

有弹幕观众问：所以沈拂会怎么做？

当地人已经这么穷了，怎么可能从他们身上赚到钱？

温铮寒也在思考这个问题："其他几组估计也会任务失败，不如放弃PK，早点去和他们会合。"

沈拂却径直去找摄制组。

温铮寒说得对啊，她要干什么？

沈拂问摄制组的工作人员："如果其他几组嘉宾不用车的话，能不能把空着的吉普车全借给我们？"

工作人员道："这倒不是不可以，我们先去沟通一下。"

啊，我猜到沈拂要干什么了。

镇子并不大，没过一会儿摄制组就把能开来的车子全都开来了，除了左玫那组——说是放了乐器设备，不能淋雨，没能借过来——其他两组的都借了过来。

褚为那组还在兜圈，车子就停在歇脚点，于是工作人员直接开了过来。

许迢迢和向凌云也跟过来了，好奇地看着这大阵仗。

弹幕观众快要笑死了：褚为和顾清霜怎么没过来？不会还在迷路吧，哈哈哈哈。

雨中，沈拂和节目组协商好，让几个翻译去和当地的人商量，把几乎整个镇子管事的人都聚集了起来。

没过一会儿，当地人同意了，帮忙把土豆，以及其他农作物一袋子一袋子地往节目组的车上搬运。

"地窖里还有很多！！"

听说有异国人要高价买土豆，镇上有些中年妇女也跑来了，希望沈拂和节目组能把她们放了太久卖不出去的土豆也买走。

但吉普车能存放物资的地儿就那么大，哪儿放得了全镇存下来的农作物？

只能先把公路旁边的这一批收走。

有个白头发的本地老太太过来哀求："我无依无靠，也没有土豆，能帮忙带个刨丝器吗？"

节目组倒是相当配合，把几辆车全部装上土豆等农作物后，就浩浩荡荡地开车去镇外卖了。

出发之前，许多当地人都试图和几个翻译沟通，让他们帮忙带自己需要的东西回来。

他们完全把沈拂一行人当成了外地来的商人。有的中年妇女想要一条丝巾，有的小孩仅仅想要一块糖。

以前都是流动商人从外面随便买了二手衣服和物资，来镇上换。当地人想要，就得拿大量的土豆来换。

那些衣服、鞋子往往并不合身，小孩只能穿大人的鞋子，滑稽且难受。带来的物资里常常根本没有他们想要的东西。他们想要一个花盆，但往往在商人带来的物资里可能只翻到一片塑料瓦。这还是头一回可以提前说好想要什么，再让商人买回来。

一百多千米开快点来回也就几小时。

快傍晚的时候，节目组的工作人员已经带着翻译开车回来了。

带出去的是土豆等农作物，带回来的却是满满的物资。除此之外，还有剩余的钱。当地人开心得要命，一反刚开始漠然的态度，不停地说"谢谢"，全都扑上来找自己想要的东西。

跟着许超超和向凌云过来的十几个小孩穿插其中，像寻宝一般。

许迢迢和向凌云走过来，看着沈拂拿着一小把钞票在数，震惊地问："这也能行？"

对啊！这也能行？！！

弹幕观众也震惊了：不是说要赚到当地人的钱，才算PK胜利吗？这赚的不是镇外人的钱吗？

不能说赚的是外面的钱吧？本身土豆就是从这些镇上买的呀，只不过拉出去卖掉。而且感觉这件事还挺有意义的，当地人看起来都好高兴啊。

同上。看得我想去玩基建游戏了，有没有那种带着全镇人发家致富的游戏？

而且你们没发现节目组全力配合吗？我怀疑一开始节目组说"需要任何协助"，就是在这儿等着吧。

那个要刨丝器的老太太呢？呜呜呜，工作人员千万不要忘了买啊。

不知道为什么，弹幕观众莫名对这群当地人产生了一些同情。

或许是因为自己随手可得的一个气球，在他们那里却是罕见品。

有的家庭可以用农作物换物资，然而像那个老太太一样，没有劳作能力的呢？

沈拂在人群中找了找，随即走过去，从军大衣兜里掏出了一把刨丝器，递给挤不进去的老婆婆。

老婆婆含泪说了句什么，但是没有翻译。

沈拂听不懂，弹幕观众也听不懂。

似乎意识到沈拂听不懂，老婆婆抓住她的手，使劲点了点头，眼神中的感激溢于言表。

从来都在争吵的弹幕观众，这会儿却停止了动作且泪目了一秒。

想起我奶奶了，唉。

待老婆婆一走，沈拂转过身。

弹幕观众原以为她又要干什么出其不意的事情，结果就见她抓紧时间继续数起了手里还没数完的钞票。

噗。

弹幕观众顿时又破涕，泪目变成了笑。

第 5 章

藏匿心跳

限时心动 　　　 ［非夏日］ 限定 FEIXIARI · XIANDING 　　　 MINGGUIZAIJIU AUTHOR

　　沈拂数完手里的钱，去节目组那边做了个登记，把三个积分确切地拿到手后，就把这些钱分给围上来的小孩了。

　　这下弹幕里努力想憋出几句话的人连骂都没法骂。

　　沈拂分出去大部分钱，手上还是留下了两个硬币，做个"到此一行"的纪念。毕竟要不是因为节目，这辈子她和其他嘉宾可能都不会到这个小镇上来。

　　而观众们也不会发现世界上还有这么一小片仿佛被世界遗忘了的地方。到处都是争吵、毁誉、名利、内卷，这里居然还有这么一些人，想要的不过是一个能吹大的彩色气球、一个好用的刨丝器、一条好看些的丝巾。

　　弹幕观众看着周围的田野、追逐的小孩，以及远处渐渐落下去的夕阳，感觉心都被洗涤了一遍。

　　我爱上这个综艺了，从此不再骂策划。

　　许迢迢眼馋地凑过来看着沈拂手里的钱。

　　沈拂看了她一眼："想要？"

　　许迢迢点头："能不能分我一个硬币？我也想留个纪念。"

　　沈拂倒是无所谓，递了一个给她。

　　许迢迢郑重其事地告诉她："待会儿回旅社，别说这是你给我的，就和他们说这是我赚的，这样我好歹也能混个第二名吧。"

　　沈拂："……"

　　弹幕观众快要笑死了：许迢迢真有你的，我们都听到了喂！

　　大声"密谋"。

　　许迢迢粉丝也对沈拂生出了几分好感。其实综艺刚开播时弹幕和论坛里骂沈拂的那些人完全是在造谣吧。都说"日久见人心"，可现在看了这么久，沈拂虽然性格冷了点，但很可爱嘛。

奔跑的灯塔：好了别啰唆，快进到回旅社和为哥见面。

弹幕观众：？

褚为几个群里的粉丝："？"

"奔跑的灯塔"一边啃西瓜一边瞥了眼右上角。

哦，又忘了切换小号啊。

忘了就忘了吧，他现在就要光明正大地喜欢沈拂。

沈拂看看我哥吧！求求了！他真的没那么差啊！反正恋爱综艺都要谈恋爱的，不如和我哥破镜重圆吧！

褚为粉丝："……"

谁能把这傻子揪出来踢出粉丝群，他分明已经从褚为粉丝变成沈拂粉丝了吧？！

容晓臻坐在宿舍里想：还真是有粉丝的地方就不可能彻底和谐啊。

但褚为粉丝在这里哭天抢地个什么呢，以前沈拂就看不上你们家，现在更看不上啊。

群里有人笑死，截图弹幕里"奔跑的灯塔"的言论，发在群里："想得到我们妹妹的青睐？下辈子！"

弹幕观众吵吵嚷嚷，节目组一行人已经出发去另一个城市的旅社了。

路上左玟这一组才得知沈拂那边再一次完成了任务。

"怎么可能？她怎么做到的？"左玟脸色难看，迅速在心里分析了一下——沈拂在国内知名度本就不高，在这里就更不可能有粉丝了，难道是温铮寒在这边有粉丝，帮上了忙？

节目组工作人员把始末说了一下，左玟彻底愣住了。

怎么还能这样？

不，不是不可以这样，其实她也是可以想到的，只是在娱乐行业待得太久，思维竟然也固化了，想到的都是利用名气、地位去赚钱，竟然忘记了自己也可以做个普通人。其实只要按照正常人的思维去想一想，就很容易想到，当地人是怎么赚钱的，他们就该怎么赚钱。

龚宽倒是显得有点高兴，拍了下大腿，催促司机道："怎么还不开快点？沈拂他们什么时候到旅社？"

左玫："……"

她今天就是毁在这个胳膊肘往外拐的飞行嘉宾身上了！半点招都没有！这是沈拂请来的间谍吧？！

那个办法一定是温铮寒和沈拂两个人讨论出来的。

如果有人和她讨论，她一定也可以！

左玫丝毫不知道现在弹幕观众快为了温铮寒和沈拂的事笑死。

怪不得沈拂一开始就要和温铮寒分开计分啊，现在三分全是她一个人的了。

笑死我了，不过老实说，如果我有能力得到奖金，也不愿意和男的分，哪怕对方是帅哥温铮寒也不行啊。

温铮寒和沈拂这一组最先抵达旅社。

这里算是翠路基亚的首都，经济状况比之前做任务的那个小镇要好很多，但条件当然还是比不过国内。节目组努力找了家环境最好的旅社，院墙外面种植着一些花卉，看起来还是比较有氛围感的。

下车的时候，沈拂又一声不吭，直接走在前面。

温铮寒看着她的背影，神色复杂。

上次赶海时，他没有旁观，后来得知沈拂赢了，他便觉得很不可思议。

他们认识的时候，沈拂几乎没表现出来任何的闪光点。她在他面前就一直是个外表精致的"花瓶"。她记忆力非常好，看两遍剧本就能记住，在剧组非常拼命，什么下水戏都亲自拍，演技不错，但沉迷于赚钱——这些都是他自己探班时发现的。

他一开始以为沈拂是故意不在他面前表露这些，等着他自己慢慢发现。毕竟这也是吸引男人的手段之一。

但今天他突然满腹疑惑。

她从什么时候变成观察力这么强的一个人？那条路上没有车，他都没注意到，她直接就注意到了？

如果是在等着他慢慢发现她的优点，她之前也没有留下任何蛛丝马迹啊。反而像是一直藏着，不在他面前表露出来，或者说，根本就是在他面前演一个"花瓶"！

温铮寒越想越不对劲，又觉得自己多虑了，沈拂为什么要骗自己？《戏如银河》里的狗血剧情，只是戏而已，怎么可能在现实中发生？

但这些疑虑弄得他满腹心事。

在飞机上他还只是想找沈拂单独聊聊，如果她还在闹别扭，就哄哄她，消除误会，但他现在就是一心想弄清楚是怎么回事。

温铮寒避开镜头，对导演招了招手。

导演赶紧跑过来。

听了温铮寒的话后，导演又疑惑又为难，温铮寒想私下和沈拂聊什么？他不是为了左玫才上这档节目的吗？难道又要像顾清霜说的在储藏室里那样，训斥沈拂？

"温老师，您这样我很为难。"导演摆手拒绝。

不管怎样，投资方让他们照顾着点沈拂。以沈拂做噱头是一回事，让沈拂在节目上挨骂又是另一回事了。上次温铮寒训斥沈拂，他们不知道，这次提前知道了，一定要拦住。

"都说了嘉宾不能在镜头外的地方私聊，您这样，真的是为难我们了。"

温铮寒莫名其妙："这点小事都不行？"

导演愁眉苦脸："私聊也不是不可以，稍微批评她几句也不是不行，但不能骂太狠了啊。"

温铮寒一头雾水："我骂她干什么？"

导演："啊？"

温铮寒发现自己和这位导演说话真是鸡同鸭讲，耐心尽失，蹙着眉直接进了旅社。

导演摸不着头脑，跟在他后面进去。

摄制组还在不识趣地跟着，温铮寒只有想办法把沈拂叫到角落私聊。

沈拂正拎着行李上楼。

温铮寒脱掉军大衣随手扔在一楼沙发上，漫步过去，帮她拎了起来，快步上楼："我来吧，你住哪间房？"

左玫粉丝还没从左玫的挫败中缓过神来呢，就看见这一幕，顿时表情都有点僵住了。

弹幕里的"温左"CP粉都无语了。

"温左"CP粉一边安慰自己一边发：只是绅士风度吧。

免费劳动力不用白不用，沈拂没管他，指了指二楼尽头的房间。

温铮寒单手插兜，把箱子推到房间门口，淡淡道："半小时后记得下去吃饭。"

沈拂点了点头，正要开门进去，就见温铮寒还没走，不由得疑惑地看了他一眼："你还有事？"

温铮寒本来还在思考怎么才能不动声色地避开观众，把沈拂叫出去单独聊聊，可猛然瞥见褚为和顾清霜从楼下走过来，褚为居然毫不掩饰地朝这边看过来。

温铮寒的眼神猛然变了变。

是啊，褚为都破罐子破摔发疯了，自己又为什么要避开观众？

以他现在功成名就的情况，要明目张胆地追求谁，观众管得着吗？

何况这本来就是恋爱综艺，感情复杂多变。他一开始是答应要帮左玫复出，但答应的东西的确也做到了。

他现在怀疑沈拂自开播以来对他这种爱答不理的态度，都是因为被褚为这小子的穷追不舍动摇了。他如果再不行动，就真的要被撬墙脚了。

弹幕观众根本不知道温铮寒在想什么，只见温铮寒隐晦不明地朝楼下看了眼。

是不是在看左玫来了没？

这弹幕刚出现在屏幕上，观众们就见温铮寒皱眉问沈拂："吃完饭后要不要出去走走？我有事要说。"

沈拂缓缓皱眉，道："不。"

紧接着，门在温铮寒面前砰地关上了。

温铮寒猝不及防，还下意识闭了一下眼睛。

观众：这场景好像似曾相识，仿佛一瞬间梦回开播第一天的褚为。

而温铮寒站在房间门口半天愣住没动，也是和那天的褚为如出一辙。只是他比褚为高一点，穿着有品位点，地位高一点。

弹幕观众：不是吧，又一个"倒贴"的啊？！

温铮寒已经顾不上在意观众怎么想的了。

他站在沈拂门外，脸色僵得不能再僵，记忆中，沈拂第一次对他这么冷淡。

褚为和顾清霜从楼梯那边上来。

褚为看了温铮寒一眼，关心地问："怎么了铮哥？你晕车吗？脸色看起来有点糟糕。"

难道是自己对左玫说的那几句话起了作用？温铮寒脚踏两只船翻车了？

让他在储藏间嘲笑自己！自己也不是好惹的！

温铮寒铁青着脸，懒得和他废话，直接匆匆离开。

褚为心情大好，笑眯眯地帮顾清霜把行李拎进房间，才回了自己房间。

温铮寒粉丝气坏了：褚为茶里茶气①的。

褚为粉丝：散发着"茶香"总比散发着"老人香"好，过了二十五就不行了。

温铮寒粉丝：……

几组嘉宾陆续回了旅社。

龚宽一回来就火速上楼敲沈拂的房门，邀请她去楼下院子里谈事情。

看得弹幕里几家粉丝一阵羡慕。

这样看来，龚宽的电影邀约是真的落到沈拂头上了？

之前某瓣还在猜他会请哪个演员呢，把一众适合的一线和二线女明星都猜遍了，硬是没猜到沈拂这个十八线头上去。谁知道沈拂去当了一期《戏如银河》的飞行嘉宾，就把这个项目给搞定了。

不过等沈拂拍了这个，可再也不是十八线了吧。

直接升二线也说不定呢。

---

① 网络用语，指一个人表面楚楚可怜，实际很有心机。

左玫面子上有点挂不住，不想表露情绪，赶紧回房了。

龚宽和她一组，是她的飞行嘉宾，却一回旅社就找沈拂，这是当她不存在？现在的人，无论丑的、帅的，真是一个比一个没绅士风度了。

一开始她以为自己来这个节目是降级碾压——四个女嘉宾，谁的地位有她的高？谁的实绩有她的多？她肯上这个综艺，实在是抬举节目组和其他嘉宾了。结果别说众星捧月了，就连温铮寒最近的态度都有明显变化。

左玫一肚子气。她的经纪人看着直播，更加着急。

一手好牌怎么就被左玫打了个稀巴烂？

不消片刻，经纪人一个电话打了过来："玫姐，铮哥到底怎么回事？刚才他被沈拂关在门外，现在都上热搜了。"

"什么？"左玫气得站了起来。

经纪人愣了一下："你不知道啊？"

"我上哪儿知道？！我刚才还和龚宽在车子上！"

经纪人也顾不上影响不影响左玫的心情了："上节目前，你说你们多年的情分，他肯定会全力帮你……"

左玫压着火气："你现在这是在怨我？都什么时候了，不赶紧想办法，我养你们是吃白饭的？"

经纪人顿时不敢说话了。

左玫冷静了一下，缓缓坐回了床上："先别着急。"

男人最容易被激起胜负欲，得不到的才最想要。温铮寒现在三番两次将态度偏向沈拂，多半是因为褚为。等到真的得到了沈拂，他可能又未必那么"上头"了。

这样一想，沈拂可真是有好手段，太会把握男人心理了。

"欲擒故纵"的道理谁都懂，可万万没想到她用得那么炉火纯青。

自己何不向她学一学？

温铮寒站在二楼阳台上，淡淡地看着底下院子里正在和龚宽说话的沈拂，心里也产生了一丝怀疑。

难道沈拂是故意的？如果是真的打算和他一刀两断，对他毫不在意，反而做不出来用一道门将他关在门外的行为吧？她明知道越是这样，越是让他内心波动。

所以现在选择权落到了他手里。

她是想看看他会退一步，还是干脆挑明了追上去？

温铮寒与褚为那种半路出道的偶像艺人不同，他家底丰厚，进入娱乐行业后更是顺风顺水、名利双收，从来都是他想要什么，就会有什么送到他手上，还从未有人需要他费心去追求过。

若是往日，察觉了沈拂这么点"以退为进"的小心思，以他冷清的性子，多半置之不理，偏不满足。

可不知道为什么，连日以来沈拂的态度仿佛在他心头飘了一层厚厚的乌云，让他心情烦躁，有些东西即将从手中溜走的感觉越来越强烈，令他很难冷静旁观。

他垂眸，心想：要不然这一次就如沈拂的意？

很快到了晚餐时间，嘉宾们陆续在餐桌旁坐下。

江恕因为礼物环节没人选，这次没有来，坐在沈拂旁边的就变成了龚宽。

弹幕里有人吐槽：我每次吃饭时看这综艺，江总换成了龚导，我现在饭都快吃不下了。

笑死，龚导很有才华的好不好？不过确实建议节目组考虑一下正在吃饭的观众，少把镜头对准龚导那张大盘子脸拍。

没有江恕，就没了那种莫名其妙的压迫感，褚为感觉轻松了一大截。他起身拿起公筷，夹了一只虾，放进沈拂碗里："沈拂，这个好吃。"

褚为要出击了吗？

我就说，前几天嘉宾都太端庄了，搞得我都快忘了这是恋爱综艺，像褚为现在这样坦坦荡荡地追人多好。

在餐桌上这样示好，无异于向所有人宣示心意。

果不其然，其他嘉宾全都看了过来。

沈拂本来吃得正香，这下饭都要吃不下了。

温铮寒粉丝趁机道：这才是标准的追人，别有点风吹草动就把"追人"这种词往我哥头上套，我哥对你们沈拂根本不感兴趣好吗？

这话刚说完，温铮寒忽然站了起来，倒了杯热咖啡，端过来放在沈拂手边，然后回到位子上坐下，淡淡地看了沈拂一眼，道："这边天气冷，吃海鲜容易胃疼，别吃了，喝点热的。"

温铮寒粉丝不吭声了。

沈拂吃饭的胃口已经倒了十分之三。

褚为粉丝快要笑死了：啧啧啧，这不比我哥更殷勤？

还没等这句弹幕显示完，褚为猛然起身，走过来把她旁边的咖啡端起来，走到池子那边倒掉了。

褚为粉丝沉默了。

褚为重新泡了杯热茶，放回沈拂桌上，微笑道："温铮寒说得对，还是别吃海鲜了。不过旅社老板说茶叶是当地特色，与其喝没滋没味的陈年咖啡，不如尝尝这里的茶。"

温铮寒粉丝：呵呵，还是你哥更胜一筹。

话说完两秒钟，温铮寒拿起褚为的茶，直接倒了。

"'茶臭'四溢的，我给你泡杯红糖水。"

温铮寒粉丝心如死灰。

褚为脸色难看，猛地瞪向温铮寒，温铮寒冷静地看着他，皮笑肉不笑。

现场一瞬间剑拔弩张。

龚宽震惊地看着两个人，又瞅了沈拂一眼，见沈拂没有要解释的意思，他忍不住问左玫："他们是情敌？"

左玫气得五官都扭曲了，还得维持着表情，装作若无其事。

顾清霜一脸震惊，也忍不住看了左玫一眼。

等等，左玫不是说温铮寒是为了她才上这档综艺的吗？

现在又是什么情况？

餐桌上一时无比寂静。

顾清霜猛然意识到自己好像弄错了什么。

不只是她，弹幕观众也缓缓发现了一个真相：有没有可能，褚为这几天对温铮寒阴阳怪气，不是因为温铮寒训斥了沈拂，而是因为——温铮寒看上了沈拂？

绝了啊。

啊啊啊啊，这样好像更说得通！

左玫粉丝和"温左"CP粉也反应过来了，在弹幕里狂怒、发疯：什么鬼啊？温铮寒是不是渣男？是不是？前脚对左玫好，后脚这又是在干什么？中间一点转折都没有？！莫名其妙！！

我喜欢上这对CP真是倒了大霉，"神仙"爱情？"神仙"个啥！

左玫太可怜了吧，现在的人真的靠不住啊！！！

温铮寒粉丝本来也因为温铮寒的举动而震惊，但见这群CP粉骂人，顿时忍不住开骂：说喜欢的是你们，现在骂人的也是你们。我哥前面对左玫完全是绅士风度的照顾，你们脑补个啥啊。

"碧海蓝天"早就觉得事情会这样发展了：也不是完全没转折，早就感觉温铮寒和左玫之间很微妙了。

褚为粉丝趁乱插嘴：温铮寒藏得这么深，还不如我哥man呢。

弹幕里顿时乱成一团。

终于有路人忍不住劝架：哈哈哈，两个沈拂的"后宫"的粉丝别吵了，再吵我就看不见沈拂怎么选了。

"后宫"什么"后宫"啊！！！

温铮寒粉丝憋屈极了，可偏偏无法反驳。

温铮寒什么时候对别人这样过？就算对左玫也没这么争风吃醋过。居然还用他那双"尊贵"的手去给沈拂泡茶！！！

这也就算了，但沈拂还无动于衷的样子。

气死了！！！

餐桌上的人正僵持，完全不知道怎么收场之时，外面的院子里忽然传来了吉普车停下来的引擎声。

几个嘉宾的注意力被转移，一扭头就见江恕穿着军大衣风尘仆仆地从外面赶过来，可能来得太匆忙，发胶都没抹，只戴了副墨镜。

江恕怎么突然来了？他来是……

然后就见江恕大步流星走到沈拂旁边，拿起筷子把虾囫囵吃掉，然后抢走温铮寒那杯红糖水，一口气喝了。

喝完了顺便瞪了正在朝这边看的向凌云一眼。

沈拂拿着筷子："……"

温铮寒和褚为："……"

向凌云："……"

江恕这行为和"两人正在打架，他跑过来打了一人一拳"有什么区别？别人上综艺他上"拳击场"，每天都是 1vs3①？向凌云又哪儿惹他了？

"谢了。"江恕把杯底朝下倒了倒，示意自己喝完了。他从旁边拖了张椅子过来，在首席坐下，扭头对节目组道："这里添一副碗筷。"

说完，他打量了站在旁边的温铮寒和褚为一眼："愣着干吗？还要给我倒一杯？"

褚为决定先不和这个疯子对立上，赶紧回座位坐下了。

温铮寒则脸色难看地盯了江恕一眼："这是首席。"

"我知道啊。"江恕挑眉，"你是想和我挤挤，还是想给我上菜？"

温铮寒："……"

龚宽已经后悔来这档节目当什么飞行嘉宾了，在《戏如银河》上，他地位最高说了算，在这里根本没人理他！而且到处是无声的硝烟，他都快被无故波及了。

工伤，严重的工伤！

他正要说点什么来打破这暗流涌动的局面，瞥见旁边沈拂在平静地、自顾自地吃饭，仿佛一切和她无关，神游在外。他脑子里忽然灵感闪现，冒出一个绝佳的念头。

"沈拂，我想到我们刚刚讨论的艾丽碧丝应该是什么人设了！"

龚宽筹拍的东西本身就不是一部电影，而是一个属于国内的赛博朋克英雄宇宙，是一个全新的故事体系。

刚才在院子里，他和沈拂说了一下自己的想法之后，有好几个关于反派女艾丽碧丝的人设提议都被沈拂否决了，美艳的人加沉痛的过去，这些

---

① 1 对 3，"vs"为单词"versus"的简写，意为一人同时与三人对抗。

西方电影拍过太多，实在过于老套。

沈拂总算分了一点心给他："什么？"

龚宽神采飞扬："她就像太阳照着的一座美丽的雕像。"

沈拂来了点兴趣："雕像？"

龚宽继续道："你想，一座美丽的雕像有万千人朝圣，或者说有无数人为它前仆后继，阳光照在它身上，人们看到的是它美丽、圣洁的一面，却看不到它的阴暗面。不只如此，他们更不知道自己都站在它的阴影之中，即将被它的阴影吞噬。

"我们干脆把她塑造成不知道自己罪恶的那一种人，然而她的无知与美丽恰恰是最大的罪恶。当然，这样的人设太不真实，观众不会喜欢，我们还得为她设置一个反差点。"

"反差？"沈拂思索了下，"不如让她寻找一只驴。"

龚宽愣了下："为什么？"

沈拂道："感觉在你的设定基础上加上这一点，会比较有意思。"

龚宽眼睛一亮："万千男人为艾丽碧丝心动，为她而来，为她的圣洁跪倒的同时，被她的阴暗吞噬。可从一开始艾丽碧丝出现在这个故事里，就是为了寻找她小时候养的一只驴。这些人不计后果地帮她寻找，想得到她的青睐，打得脸红耳热，万万没想到，她想找的居然只是一只驴！有意思！"

沈拂道："按照你的设定，这应该还是一只赛博朋克驴。"

龚宽灵感瞬间来了，丢下碗筷，跑上楼去和编剧打电话了。

餐桌上其他人："……"

弹幕观众的表情非常微妙。

温铮寒和褚为在这里打得脸红耳热，她在那里和别人讨论一只驴？！

等等，这设定怎么有点耳熟？

这顿晚餐在非常微妙的气氛中度过，接下来没有人说一句话。

江恕被自家的私人飞机送过来，路上看直播，看着温铮寒和沈拂一组后气得什么都没吃，这会儿是真的饿了，添了好几碗饭。

沈拂看他狼吞虎咽，扭头看了眼摄制组，趁着镜头没拍到这边，倒了杯热水放在他旁边。

江恕抽出空冷笑："茶和咖啡我都不喝，红糖水也不喝。"

沈拂：不喝算了，渴不死你。

温铮寒脸色铁青了一整顿饭。

他走过去和摄制组打了声招呼，这一回导演见他脸色实在难看，终于识趣地不再跟拍他。

观众发现温铮寒短暂地从直播镜头里消失了。

沈拂吃完饭后，起身帮节目组把餐桌上的垃圾倒掉。

江恕一边往嘴里塞饭一边道："等一下，我和你一起。"

"吃你的吧。"沈拂把没什么人碰过的菜移到他面前。

沈拂拎着两袋垃圾出去。

旅社后面有个池塘，她倒完垃圾从那边绕回来，刚走到路灯下，就见温铮寒靠在墙上神情隐晦不明地看着她。

"你欠我一个解释。"温铮寒直起身。

与其猜来猜去，不如直接问。

他实在想不通，为什么上综艺后沈拂像变了个人一样。上综艺之前的分手，他以为只是因为她一时闹脾气，可万万没想到，事情越来越超出他的掌控。

沈拂左右看了看，发现没有摄影师跟上来。

温铮寒淡淡道："不用看了，我让节目组别拍了。"

简直拍得他火大。

"你真想知道？"沈拂问。

温铮寒定定地看着她，心中一瞬间以为沈拂有什么苦衷。

难道是自家老爷子给她钱，让她不准再靠近自己？还是左玫在背后搞了什么鬼？否则实在难以解释她现在的漠然。

温铮寒觉得自己已经拿出毕生的耐心："沈拂，你说，我听着，无论发生了什么……"

沈拂摊出手掌心："五千万，转银行卡还是支付软件？"

温铮寒："？"

沈拂跨踏道："软件不知道能不能转这么大金额，还是卡吧，先款后货。"

"什么意思？"温铮寒冷若冰霜的表情差点没绷住。

沈拂诚恳道："意思就是说你给我打五千万我就告诉你。"

"你在开玩笑吧？"温铮寒蹙眉道。

"没有？"沈拂转身就走，"那我走了。"

温铮寒实在被她脸上那副"三个亿没有也就算了，怎么混这么多年五千万也没有"的表情给气到了，拽住她的手腕，道："等等。"

温铮寒给自己助理打了电话，让他立刻给沈拂卡里转钱。

助理虽然不知道发生了什么，但是听着电话那头温铮寒气急败坏的语气，半点也不敢耽误。

等沈拂这边查收了账款后，温铮寒冷冷地问："现在可以说出你的苦衷了？"

沈拂数完了数，抬头道："嗯，可以。

"看好了。"

沈拂说完，看温铮寒的眼神立马一变，路灯下，那双眼睛仿佛漾着清波，盛满了爱意："没关系，被当成替身也没关系，只要是你……"

温铮寒呼吸一窒。

是的，他认识的沈拂回来了。

温铮寒下意识往前走了一步。

然而下一秒，沈拂已经恢复了面无表情的状态。

"是这样吗？"她漠然地抬眼。

空气陡然静得仿佛一根针掉下来都听得见。

温铮寒整个人仿佛被雷劈了一样。

他的世界从来没有这么崩塌过。

沈拂抬手在他眼前挥了挥，见他没有反应，转身就走："外面太冷了，那你先转悠转悠？

"我先进去了，再演需要再付钱，不讲价，还是三分钟五千万。"

温铮寒看着她背影，差点一口气没提上来。

不远处，拎着垃圾过来的褚为把手里的两袋垃圾掉在了地上。

好半天，他才震惊地从地上捡起来。

所以说……沈拂和温铮寒那段恋情，沈拂只是在演？

这样的话，他赢了啊！

好歹沈拂对他付出过真情实感啊！

褚为看了眼温铮寒震惊的背影，忽然幸灾乐祸。

节目组半天都找不到温铮寒，又发现旅社外消失了一辆吉普车，吓得差点当场报警。

这要是在国内倒是无所谓，但这是在国外，万一温铮寒出点什么事，他们整个节目组都不够赔的！

好在没过多久，外面终于传来了车子开回来的声音。

导演连忙迎上去。

温铮寒指了指手中的塑料袋，道："买东西去了。"

导演还以为是自己迟迟不撤摄像师，弄恼了温铮寒，哪里还敢多说话，赶紧赔笑："没事没事。"

温铮寒径直上楼了。

虽然他说是买东西去了，但节目组谁看不出来他气压极低？倒不像是出去买东西，而像是专门吹了一会儿冷风，等冷静下来才回来。

幸好直播早就结束了，不然要是被观众看到温铮寒的脸色，他的粉丝八成要震惊。

温铮寒表情阴沉、森冷，哪里和平时的温文尔雅沾半点关系？

温铮寒是从旅社外的楼梯上楼的，专门避开了其他嘉宾。

他这会儿心情极差，最好不要让他看见褚为那张欠揍的卷毛奶狗脸。不然他不敢保证自己不会做出什么违背人设的事来。

褚为捏着一罐啤酒，迟迟没上楼，就是在幸灾乐祸，想等温铮寒回来时，再给他添堵。

谁料等了老半天，楼上直接传来了关门声。

褚为震惊地扭头。

竟然绕路回房间？！孬种！

节目组早就习惯嘉宾之间暗流涌动的局面了。

毕竟恋爱综艺嘛，没有暗流涌动才要完呢。

本来今天晚上策划还准备了聊天篝火晚会，"聊聊你的初恋""你认为在场的异性嘉宾谁对你感兴趣"之类的夺笋①话题。

但是晚餐时温铮寒和褚为就已经开始明枪暗箭了，继续办的话，今晚可能真的要发生肢体冲突。于是暂时取消了今晚的活动。

工作人员拿着未完成的节目流程表，叹息道："这些用不上，好可惜啊。"

导演："谁说用不上了？得用上啊，过两天，等这氛围好转点就赶紧继续。"

工作人员："不是您说的怕半夜被这几家嘉宾粉丝套麻布袋子打？"

《限时心动》综艺开播才七天，导演和策划已经被骂上热搜不下五次了！这绝对破了以前的综艺历史纪录！

"让他们打！"导演抹着眼泪，"痛苦我一人，成就收视率啊。"

节目组早习惯了嘉宾们在镜头关闭后就不说话的古怪氛围，旅社的外国人却不知道到底什么情况。

这个地方天气冷，旅社煮好了当地特色的姜水，想给这一群人送过去，但左看看右看看看不知道该先给谁倒。

戴着毛毡帽的外国服务员想了想，一溜小跑，跑到了沈拂面前，先给她倒上了，还用方言说了句"请用"。

他刚才见两个男人都争先恐后给这个女孩夹菜。

想必这一群人中，这个女孩地位最高吧。没想到啊，年纪轻轻的，真人不露相。他嘀咕着对沈拂竖起了大拇指。

其他人："……"

许迢迢见气氛尴尬，笑了笑，试着解围："他们这里给客人倒茶还看颜值？"

顾清霜："……"

气氛一下子更古怪了。

_____

① 网络用语，为"多损"的谐音，意为挖苦别人。

好在一个翻译员站起来与外国服务员耳语几句，服务员赶紧挨个儿倒上。

但左玫的脸色已经差得不能再差了。

沈拂喝完了那杯姜茶，站起来，对导演道："我先去休息了。"

"行。"导演道，"今天直播结束得早，接下来没什么事了，大家都去休息吧。"

"查完了吗？"江恕也站起身，满脸的不爽，"还是没我的房间？"

导演吓了一跳——他怎么差点把这尊"佛"给忘了。

节目组既然来这里，当然是有提前规划的，来多少人就开了多少间房。

嘉宾是一人一间，工作人员全都是两人一间。订完房后这家旅社已经满了。

这个地方地广人稀，再要开车去找其他住的地方，又是一件难事。现在江恕不按常理出牌，突然自个儿出现，哪有多余的房间？

"要不然我和几个工作人员挤挤，给您匀出一间单人房？"导演小心翼翼道。

江恕睡哪儿倒是无所谓，他比较在意的是，沈拂怎么问都不问一句他有没有房间？万一没有房间，外面零下几摄氏度，他只能睡车子里呢？

江恕墨镜后的眼睛飞快地瞥了沈拂一眼，摆摆手，一副非常与人为善的样子："没、关、系！车里有空调，我睡车里也一样……"

他话都没说完，沈拂跟没听到他的话一样，眼皮子都没抬一下就上楼了。

江恕："……"

导演惊喜道："真的吗江总？那我不给您腾了？"

谁还没有点老寒腿？江恕年纪轻轻、人高马大，把房间让给自己这种有老婆有孩子的怎么了？

江恕滑下墨镜挂在高挺的鼻梁上，阴沉沉地瞟了导演一眼。

翌日，节目组怎么来的就怎么回去的。

飞机上，节目组先对嘉宾们宣布了一下接下来的第三环节和第四环节。

"前两轮都涉及约会选择，观众可能会看得疲劳，所以第三环节我们放松放松，做一期游戏综艺。到时候会有几个飞行嘉宾加入，进行一期

'捉迷藏'的游戏。具体规则到时候再宣布，还是按照惯例，获胜的会有积分。

"第四环节是'春日限定画报拍摄'，我们会让女嘉宾蒙着眼，去摸男嘉宾的手或者其他部位，来选择男嘉宾。组成 CP 的两人会以'泳池''健身房''厨房''床上'为拍摄场景，进行画报拍摄，完成后的画报会由观众投票，票数最多的一组获胜……"

除了沈拂，其他人昨晚几乎没有休息好。本来大家全程都昏昏欲睡，听到第四环节的内容，忽然都清醒了过来。

通过摸手或其他部位辨认男嘉宾，从而进行选择？男人的手不都差不多吗？能有什么区别？

其他部位又是什么部位？难不成摸脸？但大家都是两只眼睛和一张嘴巴的人，蒙上了眼睛还怎么分辨出来？果然重点是在头发上吧？节目组这一次提前宣布，是在给他们时间提前准备？

褚为下意识摸了摸自己的栗色卷发，觉得自己凭这头发就很好被辨认了。

等一下，问题是——

沈拂如果认出是自己，肯定不会选自己啊！所以现在他应该和上次送赛车模型一样反向思考，干脆把头发做成江恕的造型，或者向凌云的也可以！

这两人和沈拂没关系，反而被沈拂选中的概率更大。毕竟，按照昨晚看到的那情况，现在沈拂选温铮寒的可能性也几乎为零。

褚为摸出手机就开始给助理发短信，让他预约造型师。

发到一半忍不住扭头去看了江恕一眼。

江恕抱臂闭目养神，一睁开眼就对上前面褚为鬼鬼祟祟的视线，好像还拿着手机要偷拍自己。

经历过上次的"赛车模型事件"后，江恕瞬间反应过来褚为想干什么。

冒充上瘾了是吧？

江恕火冒三丈地瞪了回去，恶狠狠地抬起一只手，把自己一头利落的漆黑短发揉成鬼都看不出来的造型，顺便对褚为翻了个白眼。

褚为："……"

向凌云坐在最后方，半睁开假寐的眼，看了前面两人一眼。

向凌云现在非常怀疑褚为的智商，能到今天这位置真的是纯粹靠运气吧。

先错找了温铮寒，现在又错找了这位江先生？

三个选项选一个正确答案，他死活要选两个错误的。

沈拂就坐在江恕旁边，戴着眼罩半睡不睡的，一摘下眼罩就目睹了一切。

江恕弄乱了短发，见沈拂醒了，想到刚才导演说有可能是认手，又把手伸到她面前，动作缓慢，希望她能记住自己的手，于是伸出一根手指头道："这是几？"

沈拂盯着眼前那只熟悉的、修长有力的、冷白的手，短暂地沉默了两秒："二。"

江恕："……"

不只嘉宾在异国没有睡好，昨晚温铮寒粉丝也失眠了一整夜。

温铮寒和左玫的 CP 粉里真情实感的大有人在，甚至左玫结婚时，他们还在论坛开帖幻想温铮寒去抢婚。

这已经不是随便看看普通恋爱综艺的路人 CP 粉了。自从牵手的惩罚开始，温铮寒就不再和左玫同框，甚至多次避开左玫，这就已经让很多"温左"CP 粉不解和不满。昨天他居然还当众和褚为做出争抢沈拂的行为！这直接激怒了他和左玫的那群 CP 粉。

一整晚，综艺论坛、各大娱乐版块，甚至微博某瓣，都吵得很厉害，还有很多直接宣布支持左玫。

"渣男行为！"

"玫姐真的委屈死了，餐桌上居然一直没人理。"

"真心疼死我了，相信温铮寒不如相信母猪会上树！"

但温铮寒粉丝仅仅用了一晚，就将这场风波给平息了。

"温左"CP 粉丝不少，超话排名前十，也有好几个群，中间又混了不少左玫的粉丝。

这么多人，争不过温铮寒的粉丝，内心怨怼无法疏解。

匡悦奕刚在梁晓春那里吃了闭门羹。

沈拂十八岁和公司签约，二十岁正式拍剧。十八到二十岁，短暂地参加过一个四人女团，传闻原本C位是匡悦奕，后来不知道怎么换成了沈拂。

沈拂参加《限时心动》以来，粉丝量在短短一周内已经从几百万涨到了一千三百万。而匡悦奕现在还是个粉丝几十万，发微博都只有十几条评论的无人问津的小透明[1]。

今天《限时心动》节目组给梁晓春打来电话，说第三环节是"捉迷藏"游戏，每个嘉宾可以邀请一个好朋友参加。

这消息传到公司后，整个公司无论是练习生还是已经出道的艺人，都挤破了头想去当沈拂的这个被邀请的"朋友"。

大家都知道现在这档综艺的收视率和热度火爆无比，每天上热搜八百遍不带重样的。哪怕只能上一期，露露脸，可能也抵得上他们一年的曝光量。更别说，如果在节目组讨点巧、吸点粉，可能就直接借此机会翻身了。

很多小艺人都羡慕坏了，经过梁晓春办公室时，都忍不住多看挂在外面的沈拂照片两眼。心想，早知道会这样，要是之前和沈拂成为朋友，就好了。

可是以前沈拂不是在剧组就是在保姆车上，忙得要死。他们哪里能和她见得上面呢？

别看以前沈拂在行业内只是个十八线艺人，但春秋影视本身就是小作坊，沈拂这样的，在公司也算师姐了。公司里大多数小艺人没见过沈拂，心里只是羡慕。

毕竟差距太大——人不会去嫉妒远在天边的人。

但匡悦奕就不一样了。

沈拂明明曾经和她就是一个级别的人，现在怎么升到她"看不见"的地位了呢？

她想起刚才梁晓春冷淡的表情："这次飞行嘉宾，我不会让你上，你自己心里清楚为什么。"

---

[1] 网络用语，指存在感较低或没有存在感的人。

她差点失控，问："那会让谁上？"

梁晓春道："这个你就不用管了。"

匡悦奕指甲似乎快戳进掌心。她知道梁晓春会让谁上，八成是万歌。万歌是和沈拂关系最好的人，上了综艺肯定会帮着沈拂，尽量让沈拂大放异彩。

说到底，还是为了沈拂。梁晓春总是这样偏心。自己就完全没有途径可以抓住这唯一一次机会吗？

粉丝之间的纷争，嘉宾一无所知。

下午三点左右，大家终于又回到了熟悉的别墅。拖着行李箱还没进电梯，有一只柯基犬蹿出来，在草坪上围着大家嗅来嗅去。

节目组介绍道："这是咱们综艺的新成员，大家可以给它取个名字。"

昨晚在国外没休息好，今天一大清早又赶飞机，即便是顾清霜这样本身就养狗的人士也兴致寥寥，一心只想赶紧回房间休息。

节目组见温铮寒走在最前面，想起他昨天难看的脸色，努力想要消融尴尬的氛围，便道："铮哥，你好像也养狗？帮忙给它取个名字吧。"

温铮寒看了草坪上的柯基犬一眼，敷衍道："看它挺爱闹的，就叫小闹吧。"

褚为笑了一声，道："为什么不叫小假，或者小演？"

温铮寒脸色勃然不悦。

走在倒数第二个的沈拂：这俩货又来了，还有完没完？

节目组听不懂这话。弹幕观众也听不懂，缓缓打出问号。

他们在说什么？

虽然听不懂，但总觉得气氛很微妙。

"你爱叫什么叫什么。"温铮寒冷冷道，说完下意识朝后面的沈拂投去一眼。

不过视线还没落到沈拂身上，就被身形修长的江恕给挡了个严实。

江恕懒懒地拿着一摞报纸，遮住照向额头的阳光，用看傻子的眼神看了他一眼："还走不走？不走能不能先滚开？"

弹幕观众已经懒得管江恕为什么骂人了。

一开始褚为粉丝发现他们哥哥被江恕骂，会愤怒；一开始温铮寒粉丝发现温铮寒被江恕骂，也会愤怒。后来发现他的挑衅似乎是1vs3、无差别攻击，忽然就不恼火了。

反正大家的哥哥在他眼里都是傻子，包括向凌云也是。

忽然就微妙地得到了安慰……

温铮寒冷冷地拖着行李箱进了电梯，顾清霜怕晒，紧跟着进去。

左玫不知道为什么没跟着进。

下一个是褚为，但他为了表示自己的敌意，硬是站着不动，让几个工作人员先上去。

排队在最末尾的向凌云视线落在沈拂光洁的后脖颈上。阳光落在那里，显得那里格外白，像是一碰就会泛红。

他视线忽然收了收。为了强迫自己移开眼睛，他蹲下来摸了摸地上的扑腾的狗。

弹幕里向凌云的粉丝无比欣慰：感觉只有凌哥正常一点。

加上八位飞行嘉宾，一共有十六个人来录这一期"捉迷藏"。

规则节目组事先已经告知了嘉宾和观众。

十六个人会被分成两组，捉方和藏方。在为期一小时的时间内，捉方只要将藏方全都找出来，就算获胜；藏方只要有一个人能躲过一小时的"追捕"，就算全体获胜。

除此之外，藏方还可以易容，假扮成不起眼的物品等。捉方背上则会背着一个小背包，小背包上面有按钮，如果被藏方突袭后拍到，会直接被淘汰出局。

"那藏方一直躲在某个地方不动，不是就能稳赢吗？"

针对这个漏洞，节目组设置出一个"缩圈"的规则，每过十分钟，就会关闭一部分场地区域。

区域关闭后还停留在该区域的藏方也会直接被淘汰出局。这就强迫藏方必须不断进行移动，而移动的时候最容易被捉方抓到。

节目组把规则提前说明，顿时把观众的好奇心提得老高。

听起来当藏方比较刺激啊，祈祷我哥是藏方。

听说飞行嘉宾邀请的都是八个嘉宾的朋友，到底都有谁？

翌日直播开始的时候，八个飞行嘉宾已经在现场了。

温铮寒邀请的是封导，不愧是温铮寒，这种大咖也能邀请过来参加游戏。向凌云邀请的是尤贤，不错啊，这是个搞笑艺人，待会儿应该挺好玩的。褚为邀请的是前队友，这是为了击破上次直播时说他靠着前队友出名的谣言吗？

左玫邀请的是她的闺密夏玉云，同样是结婚后息影，只不过区别在于左玫现在离婚了想复出。

许迢迢干脆没邀请人。

前面邀请的都是比较知名的，也没什么污点的艺人，弹幕观众点评一下也就过了。

大家的视线都放在了剩下的几个飞行嘉宾身上。

顾清霜邀请的是她哥哥顾之岛，一个不太爱露面的作曲家。他坐在沈拂对面，正一言不发地喝茶，看起来像个沉默寡言的人。

沙发上没位子坐了，王轩衡只能坐在沙发扶手上。他学着江恕戴了副深蓝的墨镜，对沈拂打了声招呼。

江恕十分嫌弃，一把将他从旁边推了下去。

王轩衡在节目组震惊的目光中爬起来。

导演缓缓咽了口口水："这个人的声音怎么听起来那么像电话里的那位投资方？"

沈拂记得他，当时跟在江恕屁股后头，玩滑板摔得鼻青脸肿，现在也继承了家业当上霸道总裁了？

太久没见，沈拂打量了王轩衡好几眼，打量到江恕忍不住反手把那副墨镜从王轩衡脸上扯下来："别看丑东西，会变丑。"

沈拂不由自主地看了江恕一眼。

真的有"菩萨"愿意数十年如一日地和你做朋友？

江恕不明所以，以为沈拂乖乖听话，得意地调整了下自己靠在沙发上的坐姿，把完美的下颌线露出来。

沈拂："……"

王轩衡在江恕耳边压低声音："沈拂是不是觉得我变帅了？"

江恕开始后悔自己怎么就请了这么个糟心玩意儿过来："再多说一个字把你嘴剁了。"

因为还没戴麦，弹幕观众丝毫不知道他们在说什么，正讨论得火热。

帅哥果然都是和帅哥一起玩的吗？江恕旁边的朋友也简直帅得可以出道！！！

扫了一圈，还是江恕颜值一骑绝尘，不过考虑到他性格太差，给他扣十分，一分钟内我要知道他这个朋友的资料，这位朋友性格看起来可以处，加十分。

沈拂和梁晓春通过电话之后，请来的是同公司的万歌。

万歌在娱乐行业混了五年，根本没想过自己有一天居然能和这么一群地位这么牛的人坐在同一张沙发上！简直就是"神仙打架"！

她整个人拘谨得不停往沈拂身后靠。

沈拂将手放在她肩膀上。她下意识扭头看了一眼沈拂一贯神游的状态，屏住呼吸一阵后，这才敢缓缓吐出一口气。

匡悦奕瞥了万歌一眼，心中不屑——早说了，请自己来就是了，万歌这副胆小如鼠的性格能成什么事？就算给她这个机会，她也只会沦为背景板。

怎么回事？为什么沈拂公司来了两个人？

有人解释：好像沈拂左边那个胆子小的是沈拂请来的，另一个应该是节目组请来的，因为许迢迢没请人嘛，就少了一个嘉宾。这个叫匡悦奕的是个女团成员，八成是被拉来凑数的。

摄制组那边也有工作人员在私底下问匡悦奕是谁。

导演耸耸肩："左玫公司让上的。"

反正刚好少一个嘉宾，这位女团成员还不要出场费，就让她来了。刚好也可以卖左玫公司一个人情。

鉴于嘉宾们对别墅太过熟悉，节目组把场馆安排在了游乐场。

沈拂是藏方，跟着节目组提前过去化妆、做造型。

江恕好巧不巧抽中了捉方，不大开心地抱臂靠在玄关处，在褚为和顾之岛这两个藏方离开别墅时，一人瞪了一眼。

弹幕观众：哈哈哈哈，来了来了，无差别攻击又来了。

顾之岛皱眉看了江恕一眼。

褚为赶紧拉着顾之岛进电梯，小声道："别管他，这位江总咱们惹不起。"

顿了顿，褚为又道："顾哥，是我连累你了。"

顾之岛在词曲界地位很有分量，褚为之前虽然没见过他本人，但褚为公司买过顾之岛的歌，褚为还唱过。所以褚为自认为在男嘉宾中，自己和顾之岛是有几分亲近感的。

"什么意思？"顾之岛问。

电梯里没有摄像师跟过来，褚为低声道："因为我和沈拂的关系，他在针对我。"

顾之岛皱眉："他也在追沈小姐？"

褚为："你没看前几天的直播吗？"

顾之岛属于特别宅的那一批人，摇摇头："不感兴趣。"

"也不算追吧。我也不知道他怎么想的，反正江恕一直自视甚高，看谁都不顺眼。"

褚为思索了一下，笃定道："我感觉他应该是被沈拂的脸吸引住了，但是这种脾气配上沈拂，怎么可能长久呢？"

顾之岛一直没吭声，快出电梯时忽然道："放心吧，你没有连累我。"

褚为："啊？"

顾之岛深深地看了他一眼："你最好不要和我待一块儿，可能反而我会连累你。"

说完，他拍开褚为搭在他肩膀上的手，大步走远了。

褚为心想：说什么呢这哥，这种事还要抢着背锅？这艺术家是不是脾气太好了？

苦温铮寒这种伪君子久矣，好不容易发现一个正常人，褚为如获至宝，赶紧追上去。

游乐园一共被分成五个区，里面除了游玩的路人、各种抓着气球的穿玩偶服的人，还有一些卖西瓜、冷饮的小摊贩。

弹幕观众参与度很高：如果藏方躲进玩偶服里，和其他真的穿玩偶服的人混在一起，岂不是很难被找到？

这一点你想得到，你以为捉方想不到？到时候挨个儿掀玩偶头套，一掀一个准。

但游乐场这么大，挨个儿掀玩偶头套也很有难度。于是褚为还是选择了钻进一只恐龙玩偶服里，假扮成卖气球的游乐场工作人员。

沈拂正在那边化妆。

她要化成什么？

等妆容慢慢显露出来后，弹幕观众震惊了：榴莲？

沈拂戴上空的榴莲壳子，蜷缩在水果摊下，水果摊两边全是罩布，挡住了她的身体，她把脸朝下，几乎和所有的榴莲混为一体。

不亲手摸一摸，根本发现不了这是个假榴莲。

弹幕观众快要笑死了：被可爱到了。

万歌则快要急哭了，眼看其他嘉宾都找到了躲藏的方式，她还不知道该扮成什么。到时候如果第一个被捉方抓到，一定会被观众骂"拖后腿"。

弹幕观众看她的时候已经开始不耐烦了：沈拂这个朋友不行啊，只会红眼圈吗？

万歌想不出来办法，过来找沈拂。

沈拂看了看游乐园的地图，在上面画了几笔，确定了一个位置后，带她来到一个戏台底下，道："你直接躲进去不要出声，能躲多久就躲多久。"

"这样、这样能行吗？"万歌又想哭了，"万一缩圈，不还是第一批被淘汰的？"

沈拂道："至少下面凉快，可以待着休息。"

万歌六神无主，想了想，点了点头，躲了进去。

沈拂这是教她偷懒？可是这样小透明不就完全没镜头了吗？

而且小透明说得对，万一缩圈，她还是第一个被淘汰的啊，沈拂出的什么损招？

本来弹幕观众还在合理猜测剧情走向，但不知道为什么突然有人说了一句：不愧是霸凌的人。

对沈拂刚有些好感的路人纷纷问：什么意思？

难道沈拂还有什么事是他们不知道的？

我只是翻出来一个几年前的旧帖，有内部人员爆料说春秋娱乐里有个艺人带头霸凌而已。

弹幕观众的话说得模棱两可：当时本来团内 C 位是匡悦奕的，后来不知道为什么变成了沈拂，你们自己想想为什么。

说话越言辞凿凿，反而越显得像假的。

说话越语焉不详，捕风捉影，信的人反而越多。

再然后，三人成虎，只要一重复，谣言就会变成事实。

沈拂丝毫不知道弹幕观众又因为自己吵了起来。

她安排好万歌的位置后，就径直回到自己的水果摊，原地装榴莲。她没打算躲多久，既然要做 MVP^①，待会儿肯定要主动出击的。

时间一到，捉方很快入场。

几乎是立马就传出来"封导 out""许迢迢 out"的广播声。

许迢迢还没躲好就被向凌云抓了。

弹幕观众注意力总算稍稍被转移：笑死，怪不得许迢迢不邀请人，她完全是游戏黑洞^②。

天气有点热，左玫和夏玉云背着节目组提供的按钮包很不舒服，选择先去冷饮店坐一下，抹着防晒霜聊天："反正有一个小时呢，我们就等着他们躲得受不了出来就行了。"

弹幕里有人无语：都抱着这种心态还玩什么游戏？

但迅速被左玫粉丝掉了回去：要你管，这样才是最聪明的做法好吗……

话没说完，冷饮店前水果摊上的一颗"榴莲"忽然站了起来。

---

① 泛指在比赛中表现极为出色，为团队争取胜利扮演着重要角色的人。
② 网络用语，指的是玩游戏时玩得不好，老是输的人。

夏玉云无意瞥了一眼，顿时被吓得魂飞魄散："那是什么东西？？？"

她一不小心踩了左玫的长裙一脚，两人差点摔跤。

"榴莲"已经飞奔过来，轻而易举地啪啪拍下两人背上的按钮。

沈拂一手"杀"一个，不留情面。"杀"完拍了拍手上的灰尘，继续回到水果摊的榴莲堆中龟缩。

左玫和夏玉云甚至没看清楚刚刚到底是个什么玩意儿。

"那是什么啊？！"

"我也不知道！"

两人满脸震惊地左看右看，但因为被淘汰了，直接被节目组带走了。

弹幕里顿时被一片"哈哈哈哈哈"给淹没了。

左玫粉丝混在其中，气急败坏地想继续引导刚才霸凌的话题，却迅速被冲散。

弹幕观众快要笑死了：吓死我了，刚刚看藏方一开始就被淘汰了两个，还以为藏方要输了，果然PK还得靠沈拂。

沈拂呢？

再一看，沈拂又消失在一堆榴莲中了。

她还真的敬业啊，今天气温得有三十摄氏度了吧。

游乐场广播里传出来通知："左玫、夏玉云，被沈拂双杀①了。"

"就是你说的沈拂？还挺厉害。"尤贤顿时来了兴趣，"刚才左玫和夏玉云朝哪边走的？"

是挺牛的，总能给人意外。向凌云笑了笑，道："冷饮店。"

那么沈拂应该也在那边。尤贤立刻拽着向凌云往那边走："去会会。"

江恕背着按钮包，感觉一切都很烦。他和王轩衡因为长得太帅正在被游客围观，还被堵在游乐场入口。

游乐场里的游客提前被节目组叮嘱过，不要干扰明星的活动。但由于江恕和王轩衡此前没有在镜头前露过脸，严格来说算素人，一群游客不知道他们是谁，又很好奇，忍不住上前来求合照。

---

① 网络用语，意为在短时间内连续淘汰两位玩家。

眼瞧着向凌云和他的好朋友朝水果摊和冷饮店那边走，江恕怕他们把沈拂揪住了，把王轩衡往游客堆里一推，自个儿迈开长腿追了上去。

"你过去干吗呀？"王轩衡吼道，"小心被沈拂拍了。"

江恕不屑，心里说：那是你，沈拂对我怎么着也会留一点情面。

刚这样想，他背上就冒烟了。

江恕转过身，沈拂戴着榴莲头套面无表情地看着他。

因为他太高，沈拂还踮了下脚："你死了。"

江恕："……"

哈哈哈哈哈哈哈。

那边向凌云和尤贤正在找人。

弹幕观众急了：江总愣着干什么，还不赶紧发挥余力，喊队友过来？

然而只见江恕不知道是没反应过来，还是怎么样——墨镜后的眼睛他们也看不清——他居然接过沈拂摘下来的榴莲头套，转身朝另一边走了。

向凌云和尤贤看见江恕拿着个榴莲在人群中穿梭，下意识拨开人群走过去。

刚要和江恕说话，两人身后齐齐冒烟。

沈拂按完就走，绝不多留。

两人转过身，只看见沈拂消失在人群中的背影。两人："……"

哈哈哈哈哈哈哈哈。

弹幕观众快要笑疯了：看向凌云和贤哥的表情。

五杀了！

广播里传来"沈拂五杀"的通知，王轩衡置身人海，只觉得自己非常危险。自己一个抓人的竟然混成了被抓的。

当年和沈拂玩游戏，无论玩什么沈拂总是赢，大家从来不让江恕和她一组，她出谋，江恕出力，根本无敌了。

当然，不让江恕和她一组，大家可能输得更快——江恕总在出卖队友。

王轩衡无头苍蝇般一阵乱撞，背后的按钮一不小心撞到了路人。

他背后也冒烟了。

弹幕观众快要笑死了：被沈拂的支配吓到了？

一转眼，捉方损失惨重，竟然只剩下温铮寒和匡悦奕两人。

温铮寒根本无心玩游戏。

那晚在翠路基亚，沈拂的话犹在耳边。他开始是震惊，随后是愤怒，可冷静了两天后，越想越觉得不对劲——

沈拂说她以前对自己都是在演戏。可她为什么要大费周章地对自己演一出深情戏码呢？

为钱？温铮寒自认他给沈拂的钱并没有多少，而且沈拂赚钱能力不差。

为了报复？可温铮寒调查过，温家和沈家根本毫无瓜葛。

温铮寒无论如何也无法相信之前一切都是演的。

沈拂演技真有那么好？真的从未陷进去过？

他渐渐开始怀疑，是不是因为自己辜负了沈拂，她才故意那样说、那样做来伤害自己？

所以现在，如果他放弃挽回，那么一切到此为止；如果他想要挽回，接下来的剧情就是追妻火葬场①了。温铮寒高傲惯了，不可能像褚为一样低头。

但是想到一切会到此为止，他心里又堵得厉害。他心烦意乱，没有继续玩游戏的意思，索性也找了个路人撞上自己背后的按钮，把自己淘汰了。

接二连三听到淘汰的通知，匡悦奕万万没想到，捉方居然只剩下自己一个人了！

势单力薄，有点危险。

但是这样也好，只剩下自己一个人，观众就能看到自己力挽狂澜了。前面沈拂居然五杀，那么自己出去，第一个目标就要找她。别的人现在可能还藏着，但她肯定还在外面走动。

这样想着，匡悦奕谨慎地从古玩店走出去。

"好巧。"身后忽然传来一个声音。

沈拂！

匡悦奕悚然一惊！

---

① 网络用语，指男主角一开始对于女主角没有感觉，但是在相处的过程中又对女主角产生了好感，最后费尽心思，想要追求女主角的情况。

然而还没等她扭头，沈拂就眼疾手快地把她的按钮拍了。

哈哈哈哈哈。

弹幕观众代入沈拂视角简直爽得要命：这才半小时捉方全淘汰了？

沈拂怎么知道匡悦奕在这里？

其实还挺好分析的——游乐场缩圈之后就只剩下三个区域，A区只有小孩子的游乐设施，藏身的地方比较少，所以捉方也不会在这里。B区是江恕他们被淘汰的区域，那就只可能是C区了。匡悦奕今天出来时穿了古装，去别的地方都很违和，大概率就是待在古玩店和汉服店之类的地方了。而且你们仔细观察周围路人的眼神。

其他几个躲着的人甚至还没来得及出来。除了刚开始就被淘汰的封导和许迢迢，以及在缩圈的时候来不及出来的顾清霜，其他藏方竟然都还"活"着。

褚为在玩偶服里快热晕了，这会儿才摘下头套。

这就完了？都没他的事啊！

想象中，一群捉方攻击他，他穿着玩偶服负隅顽抗的场景呢？

再一看万歌，也正从戏台底下爬出来。

在底下乘了凉，猛然发现自己赢了，她也是满脸惊喜。

前面说沈拂故意害人家的呢？这分明是沈拂算好的缩圈中心位置，才让她在这儿躲着的。

而且镜头也不少啊，这不，跟着躲赢了，大家也记住她了。要是一开头就很没用地被抓住了，指不定还要被骂呢。

刚才沈拂拍匡悦奕，也是完全只拍人，不说话。

丝毫看不出所谓"霸凌"的态度。

游戏结束，沈拂又获得了三分。

听到节目组给自己积了分，她一贯面无表情的脸总算多了点情绪。

呜呜呜，拂拂真的有点可爱，听到赢了就开心，这是小孩子心性吧。

瞧瞧这群人，喜欢人家后能把黑的说成白的。

这也能吹？这分明是守财奴听说又赚了钱眼睛放光！

匡悦奕万万没想到，自己历经千辛万苦上了这档节目，却没什么高光时刻①，就这么结束了。

甚至自己镜头还不如一直跟着沈拂，帮沈拂拿包的万歌多！

坐在车上，她盯着沈拂的背影，除了忌妒，还感到一阵无力。

娱乐行业真是残忍啊，分明是一块儿在公司当练习生的，但现在她和沈拂已经天差地别了。

中间只隔着几排座位，沈拂和温铮寒、左玫那样地位的人坐一排，自己和万歌却在最后，和工作人员坐一排。

江恕总感觉背后有人在看，他蹙眉朝后盯了一眼。匡悦奕不小心对上江恕不悦的眼神，吓了一跳，赶紧低头。

同时她感觉哪里有点奇怪——怎么总感觉在哪里见过这位江总？

前几天的直播匡悦奕也看了，打开直播的时候就感觉江恕熟悉。只是他大多数时候都戴着墨镜，她怎么也想不起来。可此时她想起了点什么，猛然一个激灵。

怪不得眼熟。她见过他！

一群嘉宾回到别墅。

沈拂听见系统好不容易上线，顾不上和节目组打招呼，径直回了房间。

"你又考试去了？"

"考核没通过。"系统有气无力，"现在系统界都太内卷了，有的系统刚生产出来三年就带了几个宿主，我都快十七岁了，只带了你这一个，还没带出来。人家宿主也争气，什么职场的，什么豪门的，有的半年就完成任务了，你居然拖到了现在。

"你最近怎么样？"

沈拂数了数自己之前存的钱，加上最近上综艺赚到的："够了，综艺结束应该能赚到一半的钱，剩下的再找公司借一部分，应该差不多了。"

"怎么不直接攻略江恕？"系统搞不清楚沈拂的想法，"我感觉攻略他应该没那么难，你都不试一下。"

---

① 网络用语，指巅峰时刻、精彩时刻的意思。

沈拂拒绝尝试："丢脸的事情我不想做第二遍。"

系统："啥意思？"

沈拂道："意思就是说我感觉还是赚钱比较稳妥。"

江恕现在变化好像是挺大的，然而沈拂还是捉摸不透他的想法。

她还记得当年，他可是憎恶她到连她半夜口渴下楼倒水都要瞪她。刚进江家时，沈拂以为他很讨厌自己，后来又有些动摇，觉得是不是并没有那么讨厌，再后来离开江家时，沈拂确定了，他就是很讨厌自己。

可是这一次重逢，他们好像也能不提她离开江家之前那桩尴尬的事，勉强作为朋友和平相处？

沈拂又动摇了。

是不是说明，现在的江恕，已经不像年少时那样看待自己了？

沈拂略微有些心烦意乱。

和系统说完最近的情况，等系统下线后，她才打开房门，出去准备晚餐。

这边王轩衡进了江恕的房间，到处打量，有点诧异："摄像头呢？不是每个房间都有摄像头吗？"

江恕不以为意，进浴室换衣服："早摘掉扔了。"

"不愧是你。"王轩衡竖起大拇指。

"这还留着呢。"王轩衡忽然瞥见江恕的黑色行李箱里的一堆黑色衣服和一副墨镜中间放着格外违和的一个粉色水杯。

"当你家啊，乱逛？给我滚出去。"江恕恼火道。他头发都来不及吹，大步流星地出来把行李箱一把关上。

他要把人丢出去。

王轩衡努力扒住门框："你行行好，外面走廊有摄像头，你现在把我丢出去，明天我就要被家里那群老东西骂，而且有人以为我和你不和，可能还要想办法把我从公司里踢掉。"

江恕黑着脸看他一眼，这才放开他："就站在这儿，别乱碰。"

沈拂当年在江家说走就走，什么也没留下。

江恕像要死了一样病恹恹地躺了一个月。

她走得果断，只有学校的桌子忘了收拾，剩下一个忘记带走的水杯。

说起"沈拂为什么会开始用水杯"这件事，又是一件离谱的往事。

王轩衡："谁让你吼她呢。"

江恕也想起了几年前某个晚上的事。他们同处一栋别墅，老爷子飞国外处理事情去了，管家和保姆到晚上也回家了。他半夜打游戏打到一半，出去找零食，一进厨房就撞见了沈拂。

月光从纱窗透进来，夏夜凉如水。

她身上的睡衣是一件旧的棉布 T 恤和七分长裤，松松垮垮的，抬起手倒水时，衣服下的曲线一览无余。

那时候江恕面红耳赤，立刻别开头，转身就走。

结果被吧台绊了一跤，差点摔个狗吃屎。

她听见动静，还对江恕道歉："我马上上去。"

这是上不上去的问题吗？这是她出现在他家的问题！

江恕又羞又恼，更气的是，不知道为什么自己血液流动忽然加速，脸烫得像发烧一样。

而且她再朝他走近一步，他心就要蹦出来了！

他扭头狠狠瞪了她一眼。

沈拂一愣，立马跑上楼了。

再接下来，她就开始去哪儿都带着她的水杯了。

晚上想喝水也不再下楼。

十七岁时候的江恕还是个从不考虑别人感受，目空一切的天之骄子，他觉得心里不是滋味，想道歉，可又不知道从哪里开始说起。

因为就连他自己都不知道那晚心脏狂跳是因为什么。

后来等他一点点厘清头绪，改掉坏脾气，人都已经走了。

飞行嘉宾在吃晚饭之前就要离开。

匡悦奕见沈拂从房间里走出来，没忍住，从沙发上站起来，主动迎过去。

沈拂又不是不知道周围这些人的小心机，只是平时能不搭理就不搭理罢了，于是装作没看见，径直和她擦肩而过，走到厨房吧台后面去了。

匡悦奕尴尬了一秒。但镜头还拍着呢，她很快调整了过来。

她笑着走过去，主动和沈拂打招呼："沈拂，飞行嘉宾马上要走了，陪我聊聊？"

沈拂抬头看她，思索了下："好。"

匡悦奕之前看过直播，知道储藏间没有摄像头，便和沈拂先去别墅外散了会儿步，一路沉默，最后绕进储藏间才开始说正事。

匡悦奕幽幽地看着沈拂，问："你知道我为什么能上节目吗？"

沈拂："不太感兴趣。"

虽然心里已经站了队，但见沈拂总是对身边一切的陷害漠不关心的样子，匡悦奕还是忍不住咬了咬牙。

这样显得，无论是以前还是现在，她真的很像一个小丑。

那边左玫放下插花的手，对身边的摄像师使了个眼色。

她的经纪人说了，匡悦奕和沈拂有仇，她不用自己出手，只需要坐收渔翁之利就行。现在两人进了储藏间，肯定是吵起来了，这时候不直播还等什么时候？

"我不用过去，玫姐。"

摄像师小声对她道："被观众发现储藏间没摄像头后，导演就放上了，只是还没来得及告诉你们嘉宾。"

"这样吗？"左玫放下了心，继续悠闲地插起了花。

与此同时，弹幕观众看着沈拂和匡悦奕在储藏室说话，也全都无比震惊。

储藏室有摄像头直播了？她们知道吗？

肯定不知道，完了完了要完，感觉又是热搜预备。

下一秒，匡悦奕道："是影华传媒联系我，把我送上综艺的。"

匡悦奕根本不知道储藏室有摄像头，见沈拂不吭声，继续说："当年我和另外几个队友排挤你，是我们不对，但毕竟事情已经过去了这么久，你综艺结束能不能和梁姐说一说……"

弹幕观众震惊了：下午是不是有人说沈拂霸凌别人来着？

来不及去思考为什么左玫经纪公司要送一个和沈拂有过节的艺人上节目，弹幕观众就被匡悦奕亲口说的话给惊到了。

见沈拂一直不说话，匡悦奕心里也没底。

来综艺之前，她确实是打算如果在春秋影视待不下去，这次帮了左玫，就能转去左玫的公司，但在车上认出江恕后，她猛然改变了主意。

那位会放过背叛沈拂的人？

"你还记得你被关在门外，高烧的那次吗？你不是一醒来就发现自己在医院？"匡悦奕努力向沈拂示好。

沈拂果然眼睛动了动，总算对她的话提起一点兴趣。

确实有这么回事，不过都好几年了，是沈拂刚进行业里的时候。

她发烧也不是因为被匡悦奕和其他室友关在门外，而是她自己跳舞后吹了冷风，回到宿舍时已经在发烧了。

但是醒来后躺在医院不说，梁晓春还直接把匡悦奕等人给雪藏了，再也不给她们任何资源。

匡悦奕从兜里摸出手机，递给沈拂："那时候拍的。"

沈拂视线落在手机屏幕上，猛然一愣。

不仅她愣住了，努力看清楚到底是什么的弹幕观众也目瞪口呆了。

啊？什么？

虽然隔着屏幕，从这个角度又很难看清楚，但还是勉强能认出来，急匆匆把沈拂抱走的人身形高大，天天看直播的人非常熟悉，是江恕的背影。

三年前，江恕带走了沈拂。看沈拂的表情，她不知道。

问题来了，五年前不是有小道消息说沈拂被赶出了江家吗？

那到底发生了什么啊？

一时之间，观众的注意力完全被转移了，连"左玫和她经纪公司有可能在对付沈拂"这样的事情都顾不上讨论，整个屏幕上全都是表达震惊和好奇得抓心挠肝的问号。

江恕和沈拂，曾经到底是什么关系？

刚去搜索完回来，江氏没有涉及娱乐行业，春秋影视的控股人也和"江"这个姓没关系，所以江恕不可能是刚好路过那里并公主抱了沈拂。

汇报完毕。

救命！我也想办法搜索了下，在匡悦奕说的这件事情里，沈拂进医院的时间应该是三年前，也就是20×9年8月15日左右，看梁晓春的微博当时发了"陪艺人打点滴"，先盲猜一下，艺人就是沈拂。然后我查了下江氏官网在20×9年8月的动态，国际商业合作事项比较多，这时候江恕应该已经继承了家业吧？继续盲猜一下，他在M国——所以他在国外是怎么刚好"英雄救美"的？除非知道发生了什么事，心急如焚，跨越两万千米赶回来！！以上全是随意猜测，不负任何责任，不保真。

收视率即时飙升，涨得比去年牛市的股价还夸张。

节目组人都傻了。

各大论坛和某瓣关于《限时心动》的走向分析本来就有上百个版块在讨论，刚刚储藏室那么一小段剧情又瞬间开拓出了十几个新的版块。

各个平台一瞬间多了"沈拂江恕"的标签，这个标签后来居上，排名疯狂往上升。

和之前直播上每天都在发生的新鲜修罗场不同，那只会令观众产生好奇——接下来还会发生什么？

虽然也像马吃胡萝卜一样吸引着观众往后看，但除粉丝以外的大多数路人也就看个乐呵而已。

可沈拂和江恕的这张照片一出，则令观众抓心挠肝地想知道两人到底发生过什么。

到底发生过什么？为什么小道消息说沈拂被江恕厌恶，现在两人上综艺时也像是不怎么对付、说话针锋相对的样子，但沈拂生病的时候又是江恕跑过去将她送去医院的？

希区柯克说悬念就是两个人坐在餐桌两端，告诉观众桌子底下有炸弹，现在这都不是告诉他们这些观众有炸弹了，而是告诉他们炸弹已经爆炸过了！

简直好奇死了啊！

先别急，说不定真是巧合呢，偶然撞见以前认识的朋友生病晕倒，旁边又刚好没有别的可以出力的男性，所以搭把手把人送医院……

上面的，你自己觉得可能吗？春秋影视里，不说工作人员了，光是男练习生都有几十号人好吧，至于麻烦恰好路过的江总？而且江恕是被随随便便请求一下就会伸出援手的性格？谁还记得之前顾清霜有事问他，他就差在墨镜上写上"别烦我"三个字了。

　　江恕对其他人：你们全是傻子。江恕对沈拂：好吧我是傻子。

　　哈哈哈哈，上面的，你要笑死我。

　　之前好几回江恕和沈拂之间氛围异常，弹幕观众就提出过质疑，只是每每都被见不得沈拂有热度的人给"摁"下去了。

　　现在一群好奇心重的路人终于忍不住了。

　　我早就想说这两人不对劲了！春日约会的隐藏任务江恕一声不吭地替沈拂完成了，礼物选择环节他也是朝沈拂去的，后来三番五次撑裙为暂且不提，就没人发现他匆匆赶到翠路基亚那天，也是直接拉了椅子坐在沈拂旁边的吗？！

　　之前弹幕里有人好奇过为什么在别墅里，江恕非要占餐桌的那个位子，别人坐了，他还要臭着脸撅人。

　　一开始有粉丝说因为对面有顾清霜，他是冲顾清霜来的，后来见他对顾清霜完全不感兴趣后，又有褚为粉丝在那里挽尊说江恕可能习惯了固定位子，不喜欢改变——好，这个解释可以接受。但在翠路基亚那晚，他为什么也要坐在沈拂旁边啊！

　　翠路基亚他坐的可不是固定位子啊！

　　你们才发现啊……赌一百包辣条，这两人以前绝对发生过什么，绝对不仅仅是互相看不惯的敌人关系。

　　我的八卦之魂熊熊燃烧，可恶，以前两人不是在国内念的高中吗，就没有知道点内幕的？

　　正在这时，一个从未见过的 ID 号为 4525245 的路人突然发言：我实验室的师兄好像曾经读过那所高中，可能会知道点什么，等我去问问。问完回来后，最晚下周一论坛见。

　　观众里的"扫地僧"来了，你师兄认识江总身边的人，从现在开始就是我师兄了。

ID号4525245开的帖子一瞬间回帖人数高达八千多，全是在等真相的。

弹幕里讨论江恕和沈拂的热度终于降了一点，话题才缓缓回到左玫的经纪公司上来。

问题来了，左玫的经纪公司为什么要送匡悦奕上节目？

而且下午的时候还有人说沈拂霸凌过匡悦奕，没想到完全相反吧，某家回旋镖扎自个儿身上了，笑死。

左玫在露台上插花，还完全不知情呢。

搁在一边的手提包里，手机忽然振动了一下，估计是经纪人来报喜的。

她对旁边的节目组笑了一下："朋友打来的，我回房间接个电话。"

摄制组的一群人根本不敢说话。

"左玫让咱们把匡悦奕送上节目，现在坑到了她自己，怎么办？咱们不会被记恨吧？"

制片人抹了把脸："这怎么能怪到咱们头上啊，她让咱们办的事情咱们也办妥了啊。"

左玫回到房间，一接电话，那头的经纪人焦头烂额地说："匡悦奕真是个猪队友啊！"

问清楚刚才在储藏间到底发生了什么事，左玫脸色发白，一屁股坐在了床上："还不都怪你，找的什么人？设的什么局？你这样的人在宫斗戏里活不过三集！"

经纪人被劈头盖脸一通骂，想说的话顿时全都咽了回去。

心里想，请匡悦奕上综艺之前和你沟通过没有？你不是也知道？现在翻车了就把锅全推到公司头上？

"现在怎么办？"左玫怒道，"说话啊！"

经纪人吸了口气，道："接下来你就装作不知道，我会把你完全择干净。"

左玫复出后人气的确不如从前，但瘦死的骆驼比马大，她还是公司里最赚钱的顶梁柱。

别说高层不可能现在放弃她了，经纪人带了她这么多年，好不容易把她带成了"金字招牌"，也不可能眼看着她就这么摔在区区一个沈拂脚下。

散了吧。

弹幕里有人说：影华传媒官博说清楚是怎么回事了。

说是匡悦奕口中所说的影华传媒将她送上综艺，完全是一场误会。

原来影华传媒有个高层人员是匡悦奕的亲戚，帮助匡悦奕纯属个人行为，与公司无关。

影华传媒不仅向大家道歉，而且会对该以权谋私的高层做出处理。

匡悦奕全然不知自己在网上掀起的惊涛骇浪。

她出储藏间时，骂声无数。

故意的吧，半个字不提自己是通过亲戚来的，一开口就是影华传媒，是不是故意给左玫扣锅？

而且原来真正霸凌沈拂的人是她……

节目组将一切看在眼里。

左玫从房间出来，脚步轻快地捧着一束花，脸上还带着笑，仿佛回房间只是去换了身衣服。

几个工作人员都忍不住看了她一眼："能爬到这个位置的都有两把刷子啊。"

网上都在热议今天的事，只有沈拂粉丝眼泪汪汪。

一些新喜欢上沈拂的人忍不住去翻找一些沈拂以前的物料。

那个所谓的女团其实根本没成立起来，刚宣布完，没几个月就黄了，队友各自单飞①。所以沈拂在拍偶像剧之前，物料极少。就连元老粉手里也只有零星几张她以前的路透图②，还是当时别家粉丝不小心拍到的。

路透图上沈拂和几个队友在练舞室压腿，脸上干干净净，还是一贯的平静，和现在没什么区别。

看到这些早期的照片，有的粉丝觉得被"治愈"到——虽然以前难，但沈拂好像都无所谓的样子。不愧是他们妹妹。

有的多愁善感的粉丝更加被虐到。从这些照片上根本看不出来沈拂被几个队友排挤了！这一件事他们不知道，那还有多少处境艰难的事他们也

---

① 网络用语，指艺人等脱离原来的组合、团体等，独立进行活动。

② 网络用语，指通过非官方渠道曝光出来的明星图片。

不知道?

　　总而言之就是……喜欢得更加死心塌地了。

　　沈拂从储藏室出来,回到开放式厨房那边继续清洗蔬菜。

　　今天是她和褚为做晚餐。

　　褚为不知道发生什么事,只感觉摄制组眼神古怪,短短十分钟内可能又有哪位嘉宾发生什么上了三次热搜的事吧。

　　热搜这种事,上着上着就习惯了。

　　自从上了这档综艺,在场的谁不是热搜常客?

　　褚为也懒得去打听。

　　他拿着手里的围裙,看向沈拂,试图破冰:"要不要我给你系上?"

　　沈拂仿佛在神游,拎着菜篮子从他身边擦肩而过了。

　　褚为:"……"

　　沈拂有的时候一副神游在外的样子,是为了躲避其他嘉宾的修罗场。

　　但这会儿她是真的在神游。

　　江恕?怎么可能呢?

　　要不是匡悦奕拿出那张从宿舍门口拍到的照片,沈拂还真不知道那天江恕来过公司。

　　他来干什么?

　　路过?总不可能是老爷子让他插手娱乐产业吧。

　　还是说因为自己生病了,梁晓春找到自己手机里的紧急联系人拨了过去?

　　那会儿刚离开江家没一年,江恕的确还是自己的紧急联系人。

　　后来就不是了。

　　那梁晓春怎么没和她说过?

　　只能等晚上回房间再找机会问梁晓春了。

　　沈拂倒是没有像弹幕里那样猜测那么多。

　　送到医院而已,又不是多大的事。

　　要是江恕这货等任何一个人昏倒在地,她也会赶紧把对方公主抱起来送医院。当然,抱不抱得起来就另说了。

她奇怪的是，为什么在节目上重逢后，江恕没提起过这事？

这不像他。

按照他的性格，不是应该借此机会损自己两句吗？

沈拂本以为他会冷笑着说些"非要离开江家，吃到苦头了吧"之类的话。

江恕和王轩衡从房间里出来，也感觉到了微妙的气氛。

"那我走了。"王轩衡走到电梯，见向凌云在沙发那边拿着一杯红酒，忍不住提醒江恕道，"这里居然有一整层酒窖，你拿饮料别拿错了啊。"

一个江恕，一个沈拂，这两人也是凑到一起去了。

酒品都无敌差。

江恕倒是算了，喝了酒顶多就是大爷变小媳妇；沈拂则离谱，平时看着白白嫩嫩，喝醉了居然还会扳着人脑袋强吻。

"我智障吗？酒和气泡水分不清？"

江恕不知道他在这里婆婆妈妈个什么劲。

见他老是盯着沈拂看，江恕不爽地把他踹进电梯，让他麻利地滚了。

褚为和沈拂没搭上话，见顾之岛走过来，尴尬地和顾之岛打了个招呼："你们飞行嘉宾要走啦？"

"嗯，下次见。"顾之岛说话间看了沈拂一眼。

飞行嘉宾陆续全走了，别墅里又剩下八个人。

江恕在玄关鞋柜处回头，朝开放式厨房那边瞅了眼。

他想过去和沈拂说话，但一时之间没想好用什么借口。

眼瞧着褚为一而再，再而三，锲而不舍地试图和沈拂说话，他终于忍不住大步流星走过去。

他挤到中间，没话找话："饭怎么还没好？"

沈拂："你是饭桶吗？"

江恕忍不住皱眉："你在撑我？"

为什么突然像是对他有一肚子气的样子？下午玩"捉迷藏"游戏时他还帮她了呢。

沈拂："……"

哦，"非要离开江家，吃到苦头了吧"好像是自己刚刚脑补的，江恕没说过。

刚刚差点脑补得一肚子火。

沈拂平复了一下内心翻涌的各种情绪，道："去那边等着吧，我会尽快的。"

江恕又问："有什么需要我帮忙的吗？"

还没等沈拂回答，褚为就飞快道："没有。"

江恕臭了脸，透过墨镜瞪了褚为一眼。

问的是沈拂，你插什么嘴？

你帮忙？待会儿厨房都炸了。

沈拂内心疯狂吐槽江恕，但面上不显。

她也不是很擅长做饭，不过这个环节也就应付一下，做两三道菜就行了。八个人至少十道菜，节目组不可能全让嘉宾做。

"去沙发上坐着等吧。"沈拂朝沙发努努嘴。

江恕怎么听都觉得像是赶他走。

真走了放褚为和她单独在这里，他又不放心。

"围裙没系上。"江恕指了下沈拂背后松散的围裙带子。

"哦。"沈拂没什么反应。

怎么还不走？

江恕走过去，抬手要给沈拂系个蝴蝶结。

沈拂不用看就知道肯定要系出个又丑又歪的蝴蝶结，内心默默无语，用干净的那只手随手将头发扎起来，方便他系。

江恕系上后就走了。

褚为在一边："……"

弹幕观众：啊啊啊啊啊——

什么情况啊？为什么那么自然啊？

而且这两人根本没意识到他们很自然？

FeiXiaRi XianDing

第 6 章

春日限定

限时心动 ✂ [非夏日] 限定 FEIXIARI · XIANDING　MINGGUIZAIJIU AUTHOR

一顿晚餐吃得像是嘉宾之间互相"送葬"。

综艺刚开播那几天大家彼此之间还会客气寒暄一下，现在只剩下了寒气。

工作人员还担心嘉宾们过于沉默会影响收视率。导演却半点不急——光把这群人放在一块儿，观众就能看得津津有味。

褚为是不是刻意把椅子拉得远离了温铮寒一点？他做得还真是明显啊。

笑死，褚为除了奖项少一点，其他的不比温铮寒差好不好？

更多的人在研究沈拂和江恕。

江恕的手肘刚才碰了沈拂一下，是不是故意的？

你们真的脑补得太厉害了吧，八人位本来就挤，时不时碰到再正常不过了。

本来每隔两天就有一次心意短信互发环节，但上次惩罚、奖励兑现环节温铮寒借故推辞，节目组怕再来一次观众会骂，所以就默默地把这个环节取消了，并临时改成了"任意门"选择环节。

晚餐时节目组宣布了规则："此选择环节会在明晚进行。"

如果说短信互发环节，是选择你感兴趣的人的话，那么"任意门"环节就是完全相反的，选出你认为对你感兴趣的人。

这规则一说出来，弹幕观众都兴奋了。

之前一直不知道嘉宾们心里到底怎么想的，只能通过他们的行为揣测，这下就能让局势更加明朗了。

餐桌上的嘉宾们心里则不以为意。

这环节能看得出来什么？

他们难道就真的会按照心里认为的去选吗？

褚为瞥了温铮寒一眼。

就拿温铮寒来说，虽然他知道了沈拂之前一直在骗他，但难道真的认为沈拂对他半点好感也没有吗？温铮寒这个不要脸的，内心肯定觉得沈拂对他多少还是有点兴趣的吧。

即便是这样，明晚他会当着观众的面选沈拂吗？为了维护自尊心，肯定不会啊。如果有"无"的选项，大家只怕都会选"无"吧。

女嘉宾们也是这么想的，明晚直接选"无"就行了。

他们都没把这个环节当回事。

一度冷场，晚饭就这么吃得差不多了。

左玫对面是温铮寒，他居然全程冷淡，和她没有任何交流。

这还是综艺自开播以来头一回。

之前无论怎么样，出于答应帮她复出的承诺，他多少都会回应她的眼神。

难道是公司送匡悦奕上综艺的事，被他知道了？

不，这事还只在网络上发酵，和外界沟通困难的嘉宾不可能这么快就知道这件事。而且公司立马就危机公关了，把她撇得一干二净，温铮寒不至于怪到她头上来。

那是为什么？

左玫只觉得从翠路基亚回来后，温铮寒就一直脸色不大好，还经常盯着沈拂，眼神隐晦不明。

肯定是被沈拂三番五次的冷待给骗了。

顾清霜就坐在温铮寒的旁边，左玫的斜对面，眼睛一转，也察觉了两人之间变僵的氛围。

眼见温铮寒吃完晚饭拉开椅子便要走，顾清霜连忙抬头问他："铮哥，待会儿我和玫姐打算上楼看电影，你要不要一块儿来？"

反正温铮寒完全不可能对自己有意思，自己对他这类型的也没感觉，不如帮左玫一把。

左玫会感激自己的。

温铮寒刚要说话,左玫便神色淡淡地开口道:"我俩看的喜剧类型,他不会感兴趣的,就咱俩看吧。"

温铮寒皱了皱眉,干脆一句话没说,回房间去了。

他走了左玫也没抬头。

顾清霜疑惑地看了左玫一眼。

怎么她还主动把人往外推?

左玫自顾自地继续吃青菜,心里冷笑。

欲擒故纵,还当谁不会了?

越冷落他,他才越上心。

弹幕里的"温左"CP粉越来越焦急。

完了,温铮寒和左玫怎么感觉正朝着 be[①]的方向一路狂飙?

褚为对温铮寒和左玫那点事不太感兴趣,他端着碗,悄悄地打量着餐桌上的人,也在琢磨自己的处境。

综艺已经开播十天了。还有二十天,他不能一直这么被动。

目前温铮寒已经明确地站在了他的对立立场,和他水火不容;江恕脑子里不知道到底在想什么,总之也不可能和他站在同一边。

那就只剩下向凌云可能会帮他了。

顾清霜正是因为和左玫关系好,所以才会时不时地帮左玫找机会,自己也需要这么一个朋友。

向凌云对沈拂没有兴趣,和自己没有利益冲突,他追的许迢迢还和沈拂关系较好,能在沈拂面前说上话——简直是做自己"僚机"的绝佳人选。

这样想着,褚为扭头对向凌云道:"哥,待会儿一起去健身?"

几个男嘉宾自从上了综艺,他们之间一直暗流涌动且关系无比生硬。

褚为和温铮寒聊不来,和江恕之间更是仿佛跨越了次元。

他主动拉近关系,向凌云自然也不会拒绝:"行啊。"

两人吃完饭就去了健身房。

---

① 指悲剧结局。

弹幕观众看得欣慰无比：男嘉宾总算有正常相处的了。

这边温铮寒洗完澡从房间里出来，见到褚为和向凌云忽然勾肩搭背朝健身房走，立刻皱起了眉。

多大年纪了，还玩拉帮结派那一套？

温铮寒确实还没从那晚沈拂给的打击中缓过来，但这不代表他能容忍褚为在他眼皮子底下搞这些小动作。

他很清楚褚为的心思——向凌云是唯一的局外人，和向凌云拉拢关系，就能联手起来对付自己了。

温铮寒不屑理会褚为，但也不想日后出现什么游戏环节时这两人互帮互助，自己一人落于人后。

他突然一拐，也朝健身房走了过去。

弹幕里有人发：哟，两个"后宫"又要在健身房撞上了。

温铮寒粉丝暴躁得要命："后宫"什么啊"后宫"！

不就是在翠路基亚的那几天温铮寒仿佛脑子被驴踢了一般，亲手拆了和左玫的 CP，还对沈拂示好了几回吗？

弹幕里的"后宫"眼就过不去了？！

回国后这两天温铮寒根本没理会过沈拂！

温铮寒粉丝无力辩解：那天八成有什么误会！

褚为粉丝早就躺平了，见温铮寒粉丝居然还在挣扎，努力安抚——其实是幸灾乐祸：弟弟这样就不好了，小心你们家温铮寒得不到拂拂的疼爱呢。

温铮寒粉丝：……

如果手边有脏话模板，此时一定满屏都是温铮寒粉丝粘贴的脏话。

健身房里。

褚为和向凌云刚上跑步机，温铮寒就打开玻璃门进来了，上了另外一台跑步机。

什么鬼？他怎么也跟来了？

抢女人不说，连男人也要抢？

褚为扭头瞥了温铮寒一眼，正对上温铮寒冷淡的眼。

温铮寒无视褚为的"眼刀"，一边在跑步机上轻松跑动，一边对向凌云道："小向，晚上要不要一起看球赛？"

向凌云："……"

褚为呵呵一笑："温铮寒，我已经和凌哥约了晚上一块儿打游戏，你们球赛可以看转播，不急于今晚看吧。"

温铮寒："什么游戏？不如一起打。"

褚为微笑道："年轻人的游戏，哥可能参与不进来。"

温铮寒神色转冷："褚为，你最近是不是太放飞自我了？"

眼见局势一触即发，向凌云压力山大，连忙关掉跑步机跳下去："两位继续运动，我突然想起来许迢迢约我去超市买东西。"

说完他就赶紧离开了健身房，留下褚为和温铮寒仿佛空气凝固。

逛超市？好甜！

是要买什么吗？

别墅里上次买的食材已经不够用了，许迢迢叫上沈拂一块儿去超市，缺个拎东西的男嘉宾，就顺便叫上向凌云了。

江恕吃完晚饭没离开，就等着一块儿去。

沈拂和许迢迢在玄关处换鞋，见江恕也手插裤袋散漫地跟了过来，许迢迢道："哎，不缺人了啊。"

江恕一脸"因为比较闲所以才随手帮个忙，不用放在心上"的表情："我开车。"

多一个帅哥，还是巨帅的那种，四人一起在超市出现直接可以表演一出乱世风云的戏。许迢迢脑补了一下，有点兴奋，赶紧道："好，那一起吧。"

之前镜头一直没给到嘉宾的脚。

此时弹幕观众才看清，那双男士的"暴富"拖鞋，居然穿在江恕脚上。

和沈拂脚上的"暴富"，刚好是一对。

啊？巧合还是？

四个人一离开别墅，别墅里顿时冷清下来。

褚为在健身房和温铮寒僵持了会儿，听见外面有声音，赶紧去窗边一看。

这四个人出去逛超市，不叫上他？

褚为迅速一溜烟地换鞋，追到电梯那边去。

温铮寒心想：这小子也是完全破罐子破摔，开始没脸没皮地追人了啊。

楼下。

江恕打开车门，示意沈拂上车。

向凌云看了眼他，又看了眼他拉风的新车，那种输人一等的感觉又来了，车子是，墨镜也是。

向凌云咳了声，看向沈拂和许迢迢："你们，要坐谁的车？"

即便是顾及自己的面子，也应该有个女生来自己车上吧……

刚这样想着，许迢迢激动地道："我坐江先生的车吧。"

而沈拂已经被江恕塞进了他的副驾驶座。

向凌云：所以自己要一个人开车去超市？？？

向凌云一阵透心凉，索性将车钥匙塞回裤兜里，敲了敲江恕后座的车窗，道："开两辆车确实麻烦，干脆劳烦江恕把我们一块儿载过去吧。"

江恕从后视镜中瞥了他一眼，虽然心里有点不爽，但是许迢迢也在后座，如果载沈拂的同时载其他女生，显得自己有点不守男德，放向凌云进来坐在后座上，中和一下也好。

江恕很不情愿地开了车门。

向凌云进来，褚为也赶紧跟在他身后挤了进来："我也一起去！"

江恕墨镜后的眼睛这下彻底变了："你们两个加起来三百斤，轮胎都要爆了，给我滚出去。"

褚为偏不，牢牢抓住向凌云的胳膊，腿一收，把车门猛地关上。

三个人就这么挤在后座。许迢迢倒是无所谓，她又不占地儿，被挤在中间的向凌云脸色就难看了，心里骂了褚为和江恕八百句。

沈拂靠在副驾驶座背上，没忍住打了个呵欠："再磨蹭下去快十点了。"

江恕看了沈拂一眼，视线落在她的疲倦表情上，这才忍了忍，将车子开了出去。

他招呼也不打一声，车子猛然一个横移，向凌云和褚为的后脑勺顿时撞在后座背上，疼得眼冒金星。

两人不约而同地开始在心里骂江恕的祖宗十八代。

摄制组跟不上，只拍到了一串尾气。

弹幕观众也就看不见车子里发生了什么，还在感慨：这车子开得真猛。

向凌云粉丝：江恕脾气不好，但刚才还是给我哥开了车门欸，我哥也爱车，而且还对沈拂没意思，两人说不定能成为朋友。

和江恕关系好，以后下了节目的确就能多很多资源。

褚为粉丝心里不禁酸溜溜的。

这边万歌回了公司，被叫进办公室，出来时眉开眼笑。

《限时心动》天天上热搜，她虽然是个小透明，但是上了一期节目，也吸了点粉，微博一下午涨了好几万粉丝。

这不，立马就有剧组联系春秋影视，给了她一个女主角身边有剧情转折、有心路历程的重要小宫女角色。比起以前的配角，这露脸机会可就多了。

公司其他还没出道的练习生听了这事，羡慕极了："多演几次主角身边的小人物，迟早就能演主角了啊。"

万歌的颜值不够，演主角可能还有点困难，但是说不定日后也能混个固定配角当当。

娱乐行业表面看起来光鲜，其实竞争可大了，多少人摸爬滚打到四五十岁还没有个能露脸的角色。

有人忍不住道："早知道就和沈拂搞好关系了。"

那样今天上节目后一步飞升的人说不定就是他们了。

至于匡悦奕，那可就惨了，背着公司私下联络其他公司，现在还待在高层办公室没出来，可能会被解约吧。

有人翻着沈拂不停涨粉的微博主页，看得眼红，恨不得当场和沈拂互换人生："她上这综艺之后，不会成为咱们公司一姐吧？"

"资源比以前好很多是肯定的，但一姐还不至于吧，她马上就要拍杂志，销量都不一定有多少呢。"旁边的人分析道，"时尚行业也是会看数据的，要是她这次杂志销量不好，后续也难说。"

"怎么不至于，我看有了沈拂以后，公司都不怎么看重苏秋月了。"

"嘘。"

前一个人被同伴的"嘘"给吓一跳，抬头一看，苏秋月正从窗外经过呢。

他赶紧噤声。

苏秋月继续往前走，视线扫过走廊两侧的画框，心情极糟。

可不是吗？

之前挂的是她的艺术照，现在都变成了沈拂的大幅杂志宣传照了。

翌日，沈拂被助理接过去，抽空拍了 *H-vane* 的杂志。

H-vane 的工作人员对她非常客气。助理受宠若惊，回了公司就对梁晓春感慨："还是大杂志会做人啊。他们今天对我客气得很，端来了八种茶水，龙井茶、香茅柠檬水等，什么都有。"

梁晓春并没开心多少："也别高兴得太早了，现在才哪儿到哪儿啊。"

弹幕里有一条说得很对，这次 *H-vane* 是沈拂获得时尚资源的敲门砖，所以这次的预售销量不仅要高，还要高到离谱，超出所有人预期才行。

这样才算是站稳了第一步。

但沈拂最近新吸的那些粉丝，真的会买杂志吗？

梁晓春心里并没有底。

沈拂拍完杂志，回到别墅，已经是晚上九点了。

她打了个呵欠，瘫坐在沙发上，去房间换衣服的力气也没了。

其他嘉宾陆续被节目组叫到客厅，开始今晚的环节。

观众老早就等着了呢。

容晓臻顺便带着其他粉丝在论坛各处宣传了一下沈拂拍杂志的事。

换作以前可能会被嘲，但现在沈拂的待遇好多了，还冒出好多准备买杂志的路人粉。

节目组先让所有嘉宾去了四楼，然后在温泉室那边弄了八个小房间，每个房间上面贴上嘉宾名牌。八个小房间外，又是一个隔音的大房间，摄制组几乎全都在这儿了。

弹幕观众下午就见节目组进进出出地在这儿捣鼓，一些设备还神秘兮兮地被绸布蒙着，不让他们看，他们都好奇得要命。

此时节目组终于掀开隔音大房间里设备上的布，弹幕里有懂的人叫出声。

测谎仪！

厉害了我的节目组，外国审讯的那种测谎仪都弄了一台过来。

如果说昨天听完规则宣布后，期待的心情是八分，那么现在立刻被节目组这一下提高到了十分！

换句话说，嘉宾们待会儿必须说实话了。

嘉宾们待在四楼，还不知道到底节目组又在弄什么，只觉得有种不好的预感。

出于女士优先的原则，左玫第一个下去。

进了大房间后，节目组提出问题："你觉得在场的异性嘉宾中，谁对你有'箭头'？"

左玫神情淡淡的，回答的是"无"。

弹幕里有人心疼：温铮寒真的莫名其妙，毫无预兆突然转追沈拂，那以前对左玫的好都是装出来的吗？

然而测谎仪响了。

左玫万万没想到旁边那台像是心跳测量仪的东西居然是测谎仪，脸色变了又变。

片刻后，她道："那可能，我猜，顶多温铮寒对我有一些'箭头'吧。"

这次测谎仪没响，左玫松了口气，被节目组送进了贴着温铮寒名牌的那个房间。

接下来是许迢迢和顾清霜。

许迢迢直截了当，大大方方地说觉得向凌云对自己有"箭头"。

顾清霜则说"无"。

轮到两人测谎仪都没响，被分别送进贴着向凌云名牌的房间和一个空的房间。

很快轮到沈拂。

沈拂思索了下，说是褚为。测谎仪也没响。

她进了贴着褚为名牌的房间。

弹幕里正在热议：为什么不提江恕啊？

江恕会说谁啊？

女嘉宾陆续下去后，轮到男嘉宾一个一个地来。

褚为第一个被叫下去。

因为前一个是沈拂，她的视线在测谎仪上停留了一会儿才回答，所以这次节目组为了防止嘉宾过多思考失去真实性，就给测谎仪蒙上了布，让嘉宾以为只是简单的测心跳仪器。

褚为倒是没瞥见测谎仪，节目组问的时候，他理直气壮地回答"沈拂"。

不管怎样，沈拂为他曝光过恋情，好歹对他真情实感过吧。

测谎仪没响，褚为被送进了贴着沈拂名牌的房间。

所以褚为和沈拂这一对是互选？？？彼此都认为对方曾经对自己有"箭头"？

但现在沈拂对褚为的"箭头"已经消失了，真是 be 得很彻底。

第二个被叫下来的男嘉宾是温铮寒。

导演看着上一个的褚为回答录像回放，总觉得规则还不够完善，许迢迢和褚为不是组过 CP 吗，一点感情都没有？褚为怎么不把两个人回答完整？

果然规则还是有漏洞吧！

到了温铮寒这里，提问的方式猛然变了。

"你觉得节目上的异性嘉宾里，有几个人对你有'箭头'？"

温铮寒连日以来心里阴云密布，只想应付了事，随意道："一位。"

他和左玫的 CP 观众是看在眼里的，左玫应该也选了他，这么回答是没问题的。

然而万万没想到刚回答完，旁边的一台仪器就嘀嘀嘀响了起来。

温铮寒脸色黑了一下，陡然反应过来，自己手掌按着的这玩意儿居然是测谎仪？！

弹幕观众也愣了：等等，不是一位那是几位？

温铮寒反应过来节目组又在整幺蛾子，然而直播还在进行，他不可能当场发作。

节目组又提问了一遍，温铮寒这一回咬牙道："两位。"

这次测谎仪总算没响了。

节目组："分别是谁和谁？"

温铮寒脸色难看地回答了左玫和沈拂的名字。

虽然沈拂说以前都是演的，但他无法相信她真的半点真情实意都没有。

"那是送温铮寒进左玫名牌的房间，还是进沈拂名牌的房间啊？"工作人员小声问。

导演也小声回："你蠢啊，送左玫的房间有什么看点，当然是送进沈拂名牌的房间里。那里面不是还有一位吗，当然挤一挤后收视率才更高啊。"

温铮寒被送进了沈拂名牌的房间。

一进去，就和褚为四目相对，两人脸色变得难看。

弹幕里两家粉丝也快晕厥了。

看热闹的路人快笑死了：凑一起喽。

温铮寒粉丝：滚啊！

褚为粉丝很不爽：你们温铮寒是不是过分自信了？我怎么没看出来沈拂对你们家哥哥有意思？沈拂对我们哥有意思还差不多。

温铮寒粉丝：滚啊，谁要和你们这群智障比这些！

温泉房间里略热，褚为和温铮寒各自靠着一面墙壁坐着，气氛又僵又尴尬。

就在这时，两人同时听到门把手动了动，脸色一下子也变得僵硬起来。

不是吧，还有人来？

难道是江恕？他也觉得沈拂喜欢他？

这江总自信过头了吧！

下一秒，带着尴尬表情走进来的是向凌云。

褚为："？"

温铮寒："？"

弹幕观众：？？？？？

江恕不太开心地选了"无"，测谎仪没响。

这环节就这么结束了。

嘉宾们在温泉房热得受不了，回到客厅里。

温铮寒和褚为的视线一直死死定在向凌云身上。向凌云被盯得如坐针毡、如芒在背、如鲠在喉，心中却多少升起了点王者的快感。

这两人还没反应过来为什么沈拂上综艺后一直对他们爱答不理吧，还一直以为自己是局外人吧，居然还在自己面前竞争，试图拉拢自己。

现在傻了吧。

要问向凌云现在的感受，就是扮猪吃老虎，爽。

这两人鹬蚌相争、鱼死网破，殊不知"白月光"竟是自己。

不只是温铮寒和褚为，弹幕观众也陷入了匪夷所思的震惊当中。

什么情况啊？

向凌云和沈拂自从上综艺以来有过交流吗？他怎么也认为沈拂对他有好感？

弹幕观众可全都看着呢，沈拂分明一直对他们唯恐避之不及。

这一点错误都没办法抓。

之前有恋爱综艺会有嘉宾左右逢源，同时和两个异性暧昧，基本上都会被骂。各家粉丝在《限时心动》开播之前，就担心自家艺人也会陷入这样的困境，但没想到可能大家都是名人，在节目上都比较收敛，除了顾清霜刚开始想和谁都接触一下，其他人基本上都是专心致志地接触一个人。

沈拂就更绝了，让人不知道她是来参加恋爱综艺的，还是来参加"金钱连连看"的。

褚为和温铮寒也就罢了，一个是前任，另一个是和沈拂有过互动的人。

那向凌云呢？又是什么给了他这样的错觉？

褚为粉丝虽然一直不喜欢沈拂，但现在的心情就像是被强行抢了蛋糕，一时无语：向凌云也太自信了吧？

顾及都是同行，普信①都没敢说出来呢，当然，向凌云那颜值、那身高也的确不普通就是了。

---

① 网络用语，意为普通却自信，多指令人迷惑的自我欣赏行为。

向凌云粉丝尴尬得要命，只能勉强在弹幕里挽回一点尊严：是不是有什么误会啊？！

不是误会就是节目组故意制造的噱头。

路人们看着原本是温铮寒和褚为两家粉丝的争吵，忽然变成了加上向凌云家粉丝一起的局面，乐得不行：我缺德我先说，综艺开始之前，是哪几家粉丝反复强调，无论是温铮寒、褚为，还是向凌云，都不想和沈拂这种十八线"花瓶"扯上关系？

哟，现在怎么看起来完全相反。沈拂完全不想理你们哥哥，你们哥哥倒是都像是冲着沈拂来的。

三家粉丝心梗得不行。

褚为粉丝已经抱着"打不过就加入，并开始原地摆烂"的心态看戏：就是为沈拂来的怎么样？我哥就是深情的人，他们是被公司拆散的苦命鸳鸯，你们还不准他试图复合啦？

温铮寒粉丝还在试图挣扎：滚啊，这其中肯定有什么误会！

向凌云粉丝冷笑：问的是你觉得谁对你有"箭头"，又不是你对谁有"箭头"，这只能说明沈拂给过我哥错误信号，光这样沈拂粉丝就高兴啦？我哥可从来没表现出过对你家沈拂有兴趣吧？！

褚为粉丝：弟弟，这话可不兴说啊，小心预言啊。

向凌云粉丝：……

弹幕里乱糟糟一片，这边温铮寒和褚为干脆阻止了节目组继续拍，一左一右地把向凌云架上了天台。

三个人在天台上吹了几分钟冷风，试图冷静下来。

向凌云忍不住咳嗽了一下："有事？"

温铮寒回过身，盯着他，冷静地问："向凌云，这其中是不是有什么误会？"

褚为可冷静不了，一把抓住向凌云："哥，你会错意了吧！你怎么这么普信啊？！"

褚为自从破罐子破摔后真没情商。向凌云本来还打算好好说，被他这么一损，脸色登时变得难看，扯开他揪住自己衣服的手："你有病？"

褚为："你才有病呢？你得了脑补的毛病！"

向凌云上前，狠狠地推了他一把："别以为你叫我一声'哥'，我就不会揍你。"

褚为一个趔趄，倒退几步，目测了一下身高，他一米七八，向凌云比他高至少十厘米，褚为心中顿时有点尿，但气势还是不能输，他一把推回去："哟，谁揍谁啊，你真是好大的口气。"

"够了。"温铮寒脸色铁青，"到底怎么回事？"

向凌云原本不打算告诉他们。一是褚为像条疯狗，见谁就咬，他只是上个综艺赚点片酬，根本懒得掺和其中；二是看这两人在外粉丝万千、光鲜亮丽，私下像俩傻子被自己耍得团团转，还挺好玩的。但现在他被褚为气到了，索性也懒得装，干脆撕下那层表面和睦的皮。

"你们想听实话？实话就是沈拂当我女朋友的时候，你们还在穿开裆裤呢！"

"开裆裤呢——

"裤呢——"

天台有回音。

温铮寒和褚为都被这句话惊到了。

女朋友？什么女朋友？他说沈拂做过他的女朋友？

"做你的春秋大梦！"褚为再也忍不住，冲上去就是一拳，"你深更半夜做的梦被你当成现实了吧？向凌云，我以前光知道你自恋，但不知道你这么不要脸，平白无故毁沈拂的清白啊？"

褚为也就只打到了这么一拳。大部分常年在舞台上跳舞的艺人，无论身手还是敏捷度，都比不过拍过武打戏的演员。

向凌云一个过肩摔，将褚为摔在地上。

鼻青脸肿的人顷刻变成了褚为。

向凌云揩了揩嘴角的血，要不是还残存着一丝理智，真想往褚为脸上踩两脚。

温铮寒把两人拉开："疯了？还在节目上呢。"

他把地上的褚为扶起来，把褚为控制住，这才转向向凌云，脸色难看："什么时候的事？"

向凌云："两年前。"

褚为挣扎道："沈拂和我谈的时候，是三年前，你比我晚。"

向凌云："哦，那你真棒，那你那时没穿开裆裤，已经进坟墓了。"

褚为："……"

温铮寒缓缓捋清了到底是怎么一回事后，犹如被谁往头上狠狠砸了一记闷棍。

他没忍住倒退两步，在靠墙的水管管道上坐下来。

冷风中，他脸色铁青。

从出生到现在，活了三十年，从来没有哪一天给他的震撼像现在这么大。

一个月前，上综艺之前，沈拂得知他要为了左玫上这档综艺，帮助左玫复出，向他提出分手。当时他不以为意，翻着手里的剧本，只觉得她又在无理取闹，心中很不耐烦："想走就走，没人会留你。"

沈拂是含着泪出去的。

在综艺上看见沈拂也来了，他第一反应就是"她又要闹什么幺蛾子"，结果没想到根本没有。

现在回忆起来，总觉得她关上他书房的门时，红了的眼睛含着的泪水也很假。

他说为什么家里总有眼药水呢。

温铮寒越想胸口越闷，又震撼又愤怒。

与此同时，他心中升起了一种更加强烈的胜负欲——怎么，他不够好吗？他功成名就，人生顺风顺水，从来都被捧上云端，无人不艳羡，沈拂真的对他从来都没真情实意过？

向凌云倒是对这事看得很开，反过来安慰道："铮哥，你一瞬间老了十岁干什么？前任嘛，谁没有过几个？就算沈拂和我们都谈过，也没什么啊，她一年一个，又没劈腿。"

沈拂漂亮啊，帅哥、美女自由一点怎么了？

褚为本来还在郁闷当中，听见这话差点笑出声来："温铮寒和我们不一样，沈拂和我们是真谈过。和他，是在演戏骗他。"

温铮寒："……"

"真的假的？"向凌云想笑，但看温铮寒仿佛吞了只苍蝇般的表情，又努力憋住了。

"呃，一不小心说出来了。"褚为脸上满是"歉疚"，"铮哥，我不该说的，是不是？"

温铮寒："……"

在天台吹了会儿冷风，三个人也冷静下来了。

现在又不是拍古装剧，一言不合就灭了对方全家。

他们都是有头有脸的人物，不可能因为发现前女朋友是一个人，就真的在这里打得不可开交。虽然此时此刻他们已经互相在心里骂了八百遍，但脸还是要的。

唯一的问题是——

三个人类型完全不同。

温铮寒戴副金丝框眼镜完全可以去演斯文败类，是属于温和儒雅的类型；向凌云就是传统的浓颜系帅哥，长腿薄唇；褚为则是奶系艺人，一头栗色卷发容易让人想起来黏人的小奶狗。

这完全不同的三个类型，沈拂都喜欢？

她口味还真是多变啊。

三个人正互相打量，褚为适当打破了局面："温铮寒，别想了，沈拂一直在骗你，说明她根本不好你这一口。"

温铮寒："……"

褚为继续"补刀"："你以后改人设，走我这个风格，说不定沈拂会对你多一点真情实感，但以你的年龄，走这个风格也来不及了吧？"

温铮寒冷笑："你的粉丝知道你背地里是这种性格吗？再这样下去，你那所剩无几的粉丝都要没了吧？内环的房子还租得起吗？需不需要我开张支票给你？"

向凌云手插裤兜，站在一边，没参与两人的对话，因为心中觉得两人都是傻子。

褚为一个过去式的人有什么好说的？温铮寒一个被骗了一回的又有什么好说的？

沈拂和他们分手时，有像和自己分手时一样彻夜难眠、泪流满面吗？

这样想着，向凌云还是不动声色地瞥了褚为的栗色卷毛一眼。

女孩子真的喜欢这样的？说什么"狗狗款"，呵呵。

就这货，还是沈拂的初恋？他也配？

褚为也忍不住瞅了一眼向凌云的胸肌。

为什么他每天都跑健身房，胸肌就是练不到这么大呢？

沈拂看上了这人的什么？身材？

暗流涌动中，三个人正互相打量，天台的铁门传来被推动的声音。

三人齐齐看去。

这个环节的设备太多了，节目组需要把东西搬到天台上来放置。

沈拂帮忙搬了几个纸箱子上来，她一推开门，就碰上夜色朦胧中迎风站立的三个男人。

沈拂与三人面面相觑。

打扰了。

沈拂默默将纸箱子放在了天台门口，正要退出去，她的连帽衫被人往后拽了一下。

江恕站在她身后。他个高，将她拉开，一伸手就把天台的门关上了。

"干吗？"沈拂理了理自己被拉歪的帽子。

"我好不爽。"江恕说。

沈拂顿了一下。

楼道里一片漆黑，沈拂仰头，看不清他的表情。

但江恕不爽，就有人要遭殃了。

下一秒，江恕把一直插在外套口袋里的一只手拿出来，掏出一把半个巴掌大的铁锁。

沈拂还来不及说什么，江恕就抬手把天台铁门锁上了，他眼皮一抬，随手把钥匙扔了。

沈拂："……"

钥匙不知道掉在哪里，可能跌落到下面的楼层缝隙中去了，在黑暗中发出一声清脆的响声。

天台上，三个男人还一无所知。

安静了一会儿后，褚为忍不住道："你们觉得她刚才在看谁？"

沈拂停了足足两秒，其间一直在和他对视耶。

向凌云抱臂思忖："乌漆墨黑的谁看得清？"

他怀疑是在看他。

温铮寒刚要开口，褚为就道："哈哈，反正不会是你。"

温铮寒："……"

今天这环节一整出来，《限时心动》的收视率算是爆了。

沈拂虽然什么也没说，什么也没做，但一瞬间又上了热搜。

H-vane 杂志拍完她的封面后连夜加班，想趁着这热度赶紧卖一轮。

"沈拂封面的这条微博转发量，都超过一个二线当红女星的转发数量了啊。"杂志社的工作人员惊叹道。

组长戴上眼镜，翻着后台数据："你再看看呢？"

前一位工作人员猛然反应过来，震惊道："她这基本上都是有一个微博用户，就有一个转发啊。"

之前明星卖杂志，看起来有十几万、几十万转发量，实际可能转发量也就一两万而已。

但沈拂封面这条转发中，几乎全是一人一个转发啊。

光这样都能飙升到几十万？这段时间她是吸了多少粉丝？

目前沈拂还没从综艺上下来，还没开始接新戏或是代言广告等，自从上了《限时心动》后，她微博也还没发过一条，还没有途径能证明她的商业价值。

换句话说，现在外界只知道沈拂这段时间反复出现在热搜上，名字变成了频繁出现的词条，还在衡量她到底升到了什么程度。

但只有他们 H-vane 抢在前面，估计出了她目前的商业价值。

"这个月的月刊签沈拂，真签对了。"组长道，"我昨晚想出了一个营销策划，绝对'神之一手'。让他们回来加班！"

这边观众一直到直播结束都没看到三个男嘉宾出现，还以为他们提前休息去了。

还是节目组忙到半夜，把收拾好的装备送到天台上去，才发现天台上还困了三个吹着冷风被冻成狗的男人。

三个人虽然带了手机，但手机里没有节目组的联系方式，只有当时设置的唯一联系人。

这大半夜的，谁丢得了脸给自己朋友打电话，说自己和另外两个男人被关在天台上了啊？

知道的人知道他们上去吵架，不知道的人还以为他们在上面干什么呢。

"哪个傻子把门锁上的？"

这事骂一句也就过了。

直播已经结束了，江恕把沈拂送回房间门口。

江恕看着她。沈拂忍不住先问："你哪儿来的锁？"

江恕从天台上下来后就一副面无表情的样子，他翘了一下嘴角，但并没什么笑意，有点无精打采："你就关心这个？"

那不然呢？沈拂心里说。

她又不关心那三个人。

沉默了一会儿。

房间长廊里就他们两个，很安静，安静到让人有点不敢呼吸。

沈拂看着地上的两个影子，江恕盯着她。

室内有点热，仿佛温泉氤氲的水蒸气也被带过来了。

沈拂觉得后脖颈微微出汗，心里有点无法探究原因的躁意。

她摸了摸出汗的后脖颈。

江恕看了她一眼，又抬头看了眼走廊里温度开得过高的空调。

他道："你进去吧，我去让节目组把温度调低。"

沈拂却没答这话。她站着没动，有一下没一下地摸着后脖颈。江恕便也把双手插在口袋里，站在她面前看着她。

他看着她摸她的后脖颈，放在口袋里的修长手指屈了屈。

"你怎么不进贴了我名牌的房间？"沈拂没忍住，还是问了这话。

不过声音有点小。

江恕一愣。

他足足沉默了半分钟，才问："我为什么要进？"

他有什么资格进？

这是打算彻底将那事揭过不提了？装忘记？

沈拂上节目这么久，心中头一回有了气恼的情绪。

倒也好，要是旧事重提，还怎么相处？

想归想，但沈拂还是忍不住瞪了江恕一眼。

"睡了。"说完她就转身开门。

江恕一句"晚安"没说完，就被关在了门外。

江恕在沈拂房门外又站了很久，才缓缓挪动脚，盯着地上自己被拖长的影子，回了自己房间。

脱掉外套随手扔到一边，他摸出手机砸在床上。

这下他也睡不着了。

旁边手机忽然振动起来，江恕臭着脸把手机摸过来，接通。

那边王轩衡刚看完直播，乐得不行，惊呼道："节目组的策划也是个人才啊，话说你为什么选了'无'？沈拂不喜欢你也就算了，是个明眼人都能看出来顾清霜对你有点意思啊，你完全可以进贴了她名牌的房间啊。"

"顾什么双？"

得，王轩衡就知道江恕连人家的名字都没记住。

"算了，脸已经丢完了，不说了。"王轩衡感觉那边江恕的情绪有些低落，问，"我的好朋友啊，你在琢磨啥呢？"

江恕本来不想说的——他和沈拂之间的事情，说出来的全是他卑微的一面。

但此时刚经历了"在场四个男人，三个都被沈拂喜欢过，唯独自己是个局外人"的悲怆，他心情复杂而低落，忍不住道："沈拂刚才对我说了一句话。"

王轩衡兴致来了，游戏都不打了："怎么着，她让你滚？"

"滚蛋。"江恕恼火道，"大晚上的，你又不想活了是吧？"

王轩衡脖子一凉，缩了缩脖子，赔笑道："那说了什么呢？"

"她问我怎么不进贴了她名牌的房间。"江恕忧伤道，"你说，她这是什么意思？"

王轩衡是看了今天直播的，知道这一环节，嘉宾觉得谁对自己有好感就进谁名牌的房间。

所以沈拂问这话，是在问江恕：怎么，我还以为你自恋地以为我对你有"箭头"呢，原来你没有那么自恋啊。

"我能猜到她的意思。"王轩衡道。

江恕从床上弹坐起来："对吧，你也觉得——"

王轩衡笃定道："因为你以前实在太自恋了，所以现在居然没过去那么自恋了，她很疑惑。"

江恕："……"

江恕又躺了回去，把墨镜戴上，静静地把手机放在胸前，一副死透了的悲怆神情。

王轩衡想起沈拂十五岁刚搬到江家那年，的确是江恕最"孔雀开屏"的一年——他含着金汤匙出生，长得帅又是天才，有什么好收敛的。

如果沈拂生日许愿："希望江恕能原地消失，别来惹我。"江恕都能面红耳赤道："她的愿望和我有关。"

当然，后来就不行了。

现在的江恕总有点虚张声势的样子。

时间在流逝，大家都长大了啊。

王轩衡还想说点什么，电话那边却传来一阵"嘟嘟嘟"的声音。

江恕早把电话挂了。

狗脾气，过了十年还是这个习惯。

经历过昨晚的事，以左玫粉丝为首，一群粉丝更加不痛快了。

褚为在节目刚开播不久后就自爆在追求沈拂，温铮寒态度逐渐变得莫名其妙就罢了，江恕和沈拂过去纠缠不清也暂且不提了，居然一直唯一置身事外的向凌云都好像和沈拂有点关系！

这几个男的都被猪油蒙了心吧？

而且昨晚沈拂上的热搜到了今早还没下来。

早上八点的时候，H-vane 杂志开始了预售倒计时。

本来只是本二线杂志——左玫以前一线都没少上的，不值得去理会，但左玫粉丝和其他不喜欢沈拂的粉丝很明白这本杂志在沈拂事业路上作为敲门砖的意义。

如果这本杂志销量差了，就能证明沈拂最近狂涨的微博粉丝量纯属泡沫，大家仅仅是冲着综艺来的，并没有成为她的粉丝。

相反，如果这本杂志火了，那其他杂志、代言等时尚资源，可就会不断找上沈拂了。

本来沈拂和左玫完全不是一条赛道的，这群粉丝硬是要拿两人比较，就因为几次 PK 中左玫输给了沈拂，就把沈拂当作不共戴天的仇敌。

容晓臻作为粉丝，试图和梁晓春联络。梁晓春这边却淡定得多，让她先别管这些。

梁晓春之前还很着急，担心销量来着，现在半点不急。

这么一看，H-vane 是做了个绝佳的营销计划？

一群粉丝顿时期待上了。

到了下午，H-vane 的杂志封面大图以及宣传终于正式上线了。

群里有人点开预售封面图一看——

这家是收揽了什么营销鬼才？

这几天最引人注目的无非是沈拂和江氏总裁的过去。那天照片一出来后，这两人的超话排名一瞬间升进了国内前十，所有看《限时心动》的人急不可耐地想知道两人过去到底是什么关系。

H-vane 封面是沈拂上次拍的封面照，右下角却以"暗恋"为题，放了一张非常模糊的毕业照，并用小标题写上"翻开杂志满足好奇心"。

这谁不好奇啊？！难不成 H-vane 约到了什么独家采访？？

许多观众纷纷打电话去问，但 H-vane 一直神神秘秘地不接任何来电。

预售链接一放出来，一个小时内售罄。

当天下午。

沈拂的事业浪涛蓄势已久，终于以雷霆之势决堤。

营销号纷纷墙头草一样出来发沈拂的九宫格图片①，文案全是"沈拂的这张神颜图我疯狂吹""内娱生图②巅峰，不服来战""古装清冷仙气女主角第一人"什么的，不知道的还以为他们真的喜欢沈拂好久了呢。

梁晓春这段时间谈的三个代言方终于打来电话，握手合作，并同时官宣，"圈"了沈拂。

沈拂上综艺之前最后发的一条微博，评论量直逼百万。两家二线男刊、一本一线女刊在里面和沈拂粉丝热情互动。

这段时间沈拂的粉丝群也由当时的五六个变成了五六十个。

时尚资源暂时还没跟上，但看热度，沈拂已经是妥妥的二线艺人了。

之前还是声名狼藉的十八线"花瓶"，现在顷刻间跻身二线，梁晓春的电话已经被打爆了。

沈拂以前还是小透明的时期，也存过不少制片人、导演、小演员的手机号码和微信，以前问个问题对方不见得回，但此时她私人手机的微信已经显示消息"999+"了，只不过被节目组收了手机，无法看到而已。

为了不影响沈拂，梁晓春没有和她说这些情况。

不过说了恐怕也影响不到沈拂，她一向只对能赚多少钱感兴趣。

晚上吃完饭，节目组又开始搞事情。

"明天就将进行第四环节的'春日限定画报拍摄'，今晚我们就不给嘉宾们安排太多环节了，只有一场户外茶话会，请嘉宾们移步到露台。"

自从节目开播以来，观众就没见过嘉宾在镜头前闲聊过什么，顶多就是刚开始那几天寒暄寒暄。后来气氛一天比一天差，到了现在，就只剩左玫和顾清霜还会在镜头前插花时闲谈了。

---

① 网络用语，此处指的是在发布微博时，一次性发出九张图片。

② 网络用语，指艺人的没有经过修图软件编辑，直接发布在网络的照片。

显然节目组也觉得需要闲谈闲谈，所以特意安排了这个环节。

露台上有张圆桌。

按照之前餐桌的位子坐，沈拂左边是向凌云，右边是江恕。

江恕戴着墨镜，盯了向凌云好几眼。

趁着摄制组还没把镜头转过来和沈拂去上厕所的工夫，他飞速起身，把露台上的盆栽搬来一盆，放在沈拂和向凌云之间。然后坐回原位，高傲地抱着手臂，若无其事。

向凌云："……"

沈拂一回来就发现左边非常突兀地多了盆盆栽，忍不住看了向凌云一眼。

他想和她隔开，她还不想挨着他坐呢。

摄制组准备好了，镜头已经转了过来。

向凌云想解释已经没机会了。

向凌云和沈拂之间的盆栽放得好奇怪啊。

但是，江恕为什么又坐在沈拂旁边？

嘉宾之间暗流涌动，尤其是在向凌云、褚为和温铮寒之间。

白天向凌云和褚为一直没出来，这会儿才出现在直播镜头中，观众立马发现两人有点不对劲。

向凌云嘴角怎么了？怎么有点破皮？空气太干燥了吧？节目组又不干事？！

褚为呢？戴个恐龙头套干什么？

节目组也是这么问的："褚为老师，你今天怎么戴头套？"

褚为躲在房间里拿冰袋敷了一天的脸，哪儿能说自己脸还没消肿，只能在头套里笑笑："换了个新发型，准备明天给粉丝惊喜，今天就先用头套遮住了。"

粉丝很感动：呜呜，爱你哥哥。

"那么，我们就开门见山了，今晚的环节规则是：打开你们的手机和唯一联系人视频聊天。

"我们会打给各位嘉宾的唯一联系人，然后问唯一联系人一个隐秘问题，这个环节请相关嘉宾回避。"

弹幕观众顿时兴奋起来。

哦哦哦哦哦隐秘，能有多隐秘？

能不能问问江总三年前的公主抱到底怎么回事？

"第一个需要回避的——"导演视线在嘉宾身上转了一圈，"沈拂。"

最近的修罗场都和沈拂有关，最先问和她相关的问题，保准能让收视率飙升。

沈拂把手机交给节目组。

这时候就该庆幸自己设置的唯一联系人是梁晓春了，她应该不会乱说话。

沈拂回自己房间回避去了。

节目组在她手机里找到梁晓春的联系方式，加上微信，用平板电脑大屏把视频电话打了过去，并缺德地投到投影仪屏幕上，方便嘉宾和观众看清楚。

梁晓春接起来后，作为一个经纪人，半点不慌。

快问问那天公主抱的事。

弹幕观众简直急不可耐，抓耳挠腮。

然而节目组看了眼江恕戴墨镜后看不出来什么的脸色，并没问这个问题。

"梁小姐，您需要回答的是，作为沈拂老师的经纪人兼好友，您认为沈拂的理想型是哪种？"

"呃。"梁晓春差点被这个问题呛到了，"沈拂没和我聊过这个问题。"

江恕稍稍放下了点心。

幸好回答不出来，不然要是听到和在场另外三个男人沾边，他不知道他会干出什么来。

导演继续为难："那您觉得呢？就说说您的猜测就行了，和在场四位男嘉宾谁最沾边？"

褚为和向凌云对视一眼，神色都非常微妙。

温铮寒陡然发现自己都插入不了他们的对视了，一时之间脸色还有点难看。

什么意思？这两人已经彻底觉得沈拂不可能在意自己了？

梁晓春视线在四个人中扫了一圈。

褚为，是前任，说他的话，会被他粉丝撕烂。

温铮寒也不行，左玫和他的关系行业内尽人皆知。

江恕——梁晓春视线微顿。

江恕和她对视上，一时之间脊背微微挺直，竟然有点紧张。

下一秒。

梁晓春："我猜可能是向先生那类型的吧。"

江恕也不行，这种人的心思谁能搞得清楚，万一得罪了，就葬送了沈拂的事业。

最好还是避开这几个人，那不就只剩下和沈拂完全没关系的向凌云了吗？

真的假的啊？沈拂的理想型会是向凌云这类型吗？

褚为粉丝有点不爽：这经纪人没眼力见儿啊——沈拂没喜欢过我哥，和我哥谈恋爱干什么啊？

向凌云粉丝莫名有点暗爽。

暗爽的不仅有向凌云的粉丝，还有他本人。

他放下了跷起的二郎腿，对视频里的梁晓春点了点头："您好。"

果然，他就说吧。

沈拂喜欢的类型还得是自己。

"刺啦"一声，椅子在地上滑动的声音突兀响起。

江恕突然离了席。

江恕怎么了？

总感觉他这两天脸色很难看。

江总上节目以后哪天脸色不臭啊？哈哈哈。

第二个轮到许迢迢，节目组问了她朋友她的理想型，她的朋友也说是向凌云。

短短一会儿工夫，向凌云就完成了双杀，很难不在几个男嘉宾中产生一种优越感，腰杆子都直了起来。

他的粉丝也狂妄起来：都说了我们凌哥是"直女杀手"！

褚为和温铮寒心里就不痛快了。

这要是之前还好，沈拂的经纪人说沈拂的理想型是向凌云这类型，他们肯定不会当真，可昨晚刚得知向凌云居然也与沈拂谈过！那搞不好沈拂的"白月光"取向还真是他这类型的。

比较和嫉妒是人类的本能，即便是这两人，也不能逃过。

温铮寒想起那天沈拂在《戏如银河》里演戏的剧情，情不自禁地就找起自己和向凌云有哪些共同点——难不成，沈拂是把自己当成他的替身？

虽然他和向凌云完全没什么相似点，但这个可笑的念头在温铮寒脑子里乍现后，居然挥之不去，完全无法抛诸脑后。

观众只见温铮寒坐在那里，不知道在想什么，脸色越来越青。

褚为就直接得多了，戴着恐龙头套笑了两声："理什么想，问的是朋友，又不是本人，不能作数吧！"

向凌云不悦地看了褚为一眼。他不想暴露自己是沈拂前男友就是因为这个——褚为昨天还跟在他屁股后头叫"哥"，今天已经开始对他阴阳怪气了。

节目组感觉到两人之间不太对劲的气氛，赶紧转移话题："褚为老师说的也是，接下来我们换一个问题。"

换成向凌云的朋友回答，向凌云暂时回避。

"您好，接下来的问题是，您作为向凌云老师的朋友，觉得他在节目上对几位女嘉宾有好感呢？"

"一位。"这朋友冷汗都要掉下来了。

总不能说两位或三位吧，同时对几个人有好感，还不得被骂死？

是许迢迢吧！

许迢迢嘴角也不由自主多了一点笑意。

啊啊啊好甜！！

话题继续接力，转到了温铮寒和左玫身上去。

这两人气氛变僵已久，观众有很多想问的，其中以心态全然崩溃的"温左"CP粉问得最多。

但在这个环节之前，温铮寒就和导演打过招呼，接下来不想被提及太多和左玫的事。

于是导演只问了一些不太刺激的问题。

一直到直播结束沈拂都没出来。

观众又气又笑，恋爱综艺里大家都千方百计寻找和异性相处的机会，沈拂除了PK环节的时候冲得最猛，其他时间都在房间里躲起来睡大觉？

本来有人还想借机嘲几句，但弹幕的内容居然是这样的：爱睡觉的拂拂宝宝好可爱。

多睡点多睡点，姨姨亲亲。

奔跑的灯塔：节目组又没安排新的环节，在房间里多待一会儿怎么了？

江恕离席之后也没再回来，因为他本人不在，节目组无法联系到他朋友，只好在这个环节把他跳过。

直播结束，节目组回大本营去了，大家都睡了，别墅安静无比。

时间一晃到半夜十二点。

沈拂蒙着头睡了个天昏地暗，打开灯，才发现已经深更半夜。

自从上了这档节目她作息都被迫乱了。

待在外面吧，无时无刻不被几道目光盯着，褚为无时无刻不想找点机会和她私聊，左玫的目光看得她也不是很舒服。而且待在直播中多说多错，还是少出现为好。

于是嘉宾们都在外面的时候，她尽量回房间，晚上饿了再去厨房找点东西吃，反正这个点直播早就关了。

沈拂在床上呆坐了会儿，虽然肚子也并没有很饿，但她觉得需要出去吃点东西，这样明天直播开始之前吃早饭就不用和大家一块儿。

她爬起来，披了件外套出去。

沈拂没开灯，免得吵醒别人。房间外面的走廊一路上都有地灯，光亮微弱，但还是看得清路的。

她借着微弱的光摸索到开放式厨房那边，打开冰箱。

刚打开冰箱她就被吓了一跳。

窗户大开，狂风从外面吹进来。江恕蹲在窗台上，没戴墨镜，穿了套深绿色的丝绸睡衣，短发略乡毛，幽幽地看着她。

"你什么时候在这里的？"沈拂拿着面包，转过身惊愕地看着他。

幸好她本身性格比较淡定，不然刚才视线对上的一瞬间真要被吓得尖叫出声。

江恕幽幽道："你从房间出来之前我就在了。"

她每天半夜爬起来吃东西的习惯当他不知道？

"不是，我的意思是，你大半夜在这里干什么？故意吓我啊？"

要不是冰箱打开时照亮了窗台，她都没意识到这里有个人。

江恕皮肤冷白，被冰箱的光一照，显得更加像吸血鬼一样吓人。

江恕盯着她，缓缓道："我要跳楼。"

沈拂以为自己听错了："你间歇性神经病又发作了？"

江恕苦涩地看了沈拂一眼，二话不说在窗台上转了个身，这下他面朝外，睡衣被风吹得鼓起来。

反正直播也关了，大半夜没有别人，丢脸就丢脸吧。

沈拂冷不丁被他吓一跳，一下子就紧张了起来。

来真的？真的发病了？

"等等等等，等一下，江恕，你脑子突然被驴踢了？"

沈拂丢下面包就要冲过去。

江恕伸出一只手："别过来！"

沈拂立刻刹车。

"你被老爷子赶出家门了？还是受了什么刺激？"

江恕扭头看着沈拂，一副因备受冷落而欲言又止的样子。

不会吧，家里真的出事了？

沈拂心里一紧："到底怎么了？有话好好说。"

江恕定定地看了她一眼，语气有几分凄凉："我问你一个问题，你老实回答了，我就下来。"

什么？敢情还和她有关？

沈拂和江恕四目相对，微弱的光亮中，她瞬间脑补了一些父母的上一代爱恨情仇的戏码。

她老早就感到奇怪了，为什么家里出事后，江老爷子这么一个大人物会替自己做那么多事，还把自己接到江家去？

不会是兄妹什么的……

她艰难地问："什么问题？"

"我还没问呢，你就面露难色？"江恕不满。

沈拂："没有啊！"

江恕道："那我问了，你一定要给我老实回答。"

沈拂看着他一只脚悬空在窗台外，快要急死了："到底是什么？"

江恕冷不丁道："你理想型真的是姓向的那样？"

沈拂："啊？"

江恕觉得自己真是弱爆了，翻来覆去两宿睡不着，还是忍不住来自取其辱了，反正在场四个男嘉宾里，谁都有可能是她理想型，就自己不可能！

他脸上神色不知道为什么很复杂，恼怒的是他，忧伤的又是他。

"啊什么啊？"见沈拂愣愣的，江恕面色逐渐恼羞成怒地红起来。

沈拂缓缓反应过来："是晚上的环节内容？"

她没参与，自然也不知道发生了什么。

"晚上的环节里，梁晓春说我的理想型是向凌云？"

江恕别开头。

沈拂刚要说"不是"，突然想起来一个关键的问题："但是，这和你有什么关系？"

江恕一副心如死灰的样子。

"不是不是。"沈拂立马不敢再关注别的问题了，她看着江恕，"不是，绝对不是，他那样的我不喜欢，你先下来。"

"真不是啊？"江恕狐疑地看了她一眼，"你经纪人胡说八道的？"

"也不是胡说八道吧，她对我的审美不太清楚——"

话没说完，江恕腾地站了起来。

沈拂心重重一跳："不不不，她就是胡说八道的！天地良心，我对姓向的那类型半点也不感兴趣，你别跳！"

江恕总算看起来高兴了那么点。

他抿了下唇，耳根还有点红，道："我只是腿麻了。"

沈拂心想：要死啊你。

沈拂气到不行，捡起地上的面包袋子，转身就走。

身后"咚"的一声响，江恕紧跟着跳了下来，大步流星地跟在她身后："那你觉得姓向的哪里不好？是不是眼睛小了点，长得黑了点——"

两人刚出厨房，走到拐角，迎面就撞上来倒红酒并听了完整内容的向凌云。

向凌云手里拿着一个玻璃杯："……"

向凌云看了看沈拂，又看了看江恕，像是被雷劈了一样，怀疑自己在梦游。

沈拂移开视线，一阵尴尬。

只有江恕有几分得意："Hi，姓向的，这么晚也出来溜达啊？"

社会性死亡①的次数多了，沈拂已经能做到面不改色的程度了。

她和向凌云擦肩而过，继续往房间走，走着走着把外套蒙在头上，小跑起来。

一回到房间她就匆匆关上了门。

江恕从向凌云手中取下玻璃杯，往里面倒了满满一杯红酒，还到他手上："已经长得这么黑了，少借酒浇愁。"

然后心情终于"多云转晴"地回房间去了。

向凌云艰难地看向自己手中满了的红酒杯："……"

他到底是在梦游还是在做梦？

不是，沈拂和江恕，这两人，什么时候成半夜起来说话的关系了？

---

① 网络用语，指在大众面前出丑，也泛指在社交圈中做了很丢人的事情，抬不起头。

之前《限时心动》每到晚上十点就准时结束直播，节目组会将摄像机扛回大本营。但今晚，一个工作人员一觉醒来，发现自己的摄像机居然忘了扛回来。

"落在厨房还是客厅了？"工作人员困得眼睛都睁不开，实在爬不起来，更别说返回别墅去取。

"唉，应该没事吧。"他翻了个身继续睡。

再过几个小时，起早一点提前去，不会被导演发现的吧。

然而继续睡下还没十分钟，搁在枕头旁边的手机忽然消息爆满。

"啊啊你摄像机忘了带走啊啊啊啊！"导演破了音的吼声把他吓得从床上滚了下来。

并没有关上的直播间已经卡得瘫痪了。

救命啊！我刚才看到了什么啊？节目组忘了关摄像机？

啊啊啊啊啊虽然太黑看不太清，但是蹲在窗台上那位絮絮叨叨、哼哼唧唧、面红耳赤的真的是江总吗？人设崩了啊！他不是寡言酷哥类型的吗？他戴没戴墨镜？没戴我就不承认！是不是墨镜成了精跑出来？

笑死，某家心态又崩溃了，看到江总也有喜欢沈拂的迹象，就不承认那是他本人了。他什么时候寡言了？江恕上节目以来骂人的话还说得少吗？

他半夜爬起来就是为了问沈拂的理想型？

还有弹幕观众哭号：不是吧，我真的不愿相信，他这表现不会是在吃醋吧？我宁愿他抽风。

一时之间居然无人在意站在角落、自信心刚大增就被当场击碎的向凌云。

这两人到底怎么回事啊？谁来救救我？那位"扫地僧"大哥呢，还没问师兄？

江总知不知道自己社会性死亡了啊？明天热搜肯定要爆。

我睡不着了，真的睡不着了，各位兄弟姐妹，谁能睡得着？大哥还不出来吗？我真的要好奇疯了！！！

4525245：我在，来论坛，放了图和帖。

弹幕里一群人：啊啊啊啊啊——

顷刻间，全部一窝蜂跑去论坛了。

4525245："问师兄了，但师兄说不能百分之百确定，毕竟他也没进入过江恕那个交际圈。他也是道听途说的，只不过毕竟在那所学校待过，所以知道的小道消息可能比我们多。"

一群半夜还没睡的"尖叫鸡"："别废话了啊啊啊，到底是什么情况啊？师兄道听途说的也没关系，我们也要听。"

有人兴致勃勃地道："盲猜一个，江总曾经强取豪夺过沈拂，沈拂拼死反抗，最后江总恼羞成怒把她赶出家门，时隔几年，再次相逢，他，又恨又爱，她，又怕又纠结。他们……"

"上面的，你新媒体小说看多了？闭嘴啦，听大哥说。"

4525245："和上面那位小姐姐猜的刚好相反，我师兄说的是，沈拂暗恋江恕并向江恕表白过，然而惨遭拒绝。"

论坛一瞬间回复了三千多层，全都是问号。

呃，大哥，你觉得你说的合理吗？

沈拂要真的表白过，江总会出现在这里辗转反侧、痛哭流涕、寻死觅活地要跳楼吗？说不定三年里孩子都抱俩了！

上面的，虽然刚才很黑，但我看清楚了，江总没有痛哭流涕，谢谢。而且江总不是二十四吗，男性法定结婚年龄得满二十二，除非他们未婚先孕。

哈？现在这是重点吗？重点是大哥听说的这个小道消息还没上面的新媒体小说模板靠谱呢。

"4525245"本来就是来分享师兄说的小道消息，虽然他自个儿也觉得师兄听说的这小道消息八成是弄错了，但刚一分享，就被这群人反驳个不停，他也有点生气。

4525245：不信就算了，那你们自己打听去吧。

满怀期待的众人顿时全都失望而归，本来还以为大哥是个"扫地僧"，真的能知道点什么呢。

不过想想也是，除非是江恕和沈拂身边的人，外面的人怎么可能知道两人的陈年旧事？

要是能轻易打听到，那江家还能有那么神秘吗？

嗐，这种期待了好几天突然落空的感觉，难受。

大家都散了吧。

这边。

沈拂刚回到房间，系统就上线了："刚才直播没关。"

沈拂一瞬间在风中凌乱："这种事情你怎么不早说？你刚才干什么去了？"

系统没好意思说他刚才也在看戏，"嘿嘿"笑了两声："反正社会性死亡的是江恕，又不是你。"

沈拂想了想，居然觉得很有道理："也是。"

她忽然就变得淡定起来，坐到床上，拆开面包袋子开始吃面包。

"不过到底怎么回事？论坛有人说你向江恕表白过，但是被拒绝了，真的假的？"系统也好奇了好久。

沈拂的动作顿了顿。

系统又道："虽然论坛的观众全都认为是在造谣，但我总觉得不太对劲。"

沈拂继续慢条斯理地吃着面包，没有理会系统。

系统见她没有要开口的意思："不是吧！！我跟了你几年你算算？连我你也不说？要不要这么薄情寡义啊？现在不知道我也睡不着，睡不着我明天的考试就——"

"你让我怎么说？"沈拂没好气道，"就是论坛说的那样。"

"啊？"系统没反应过来，"论坛说的哪样？"

沈拂放下面包："这事说来话长。"

系统："你长话短说不行吗？"

待在江家三年，一开始走进江家的沈拂尴尬、局促，不得不听老爷子的话管着江恕，两人针锋相对，时常闹得鸡飞狗跳。但相处了整整三年，江恕也时常有对她好的时候。

除了忌日那件事，在学校无论发生了什么，都是江恕替她解决。生日、去医院、没有朋友的时候，都是江恕陪在她身边。

江恕的朋友逐渐成为她的朋友，江恕的世界逐渐融进她的世界。

"我心情低落的时候，他要么拉着我下飞行棋，要么找几个朋友扮鬼吓我，还有一次突然把我带到江家的轮船上去，反正奇奇怪怪的事情都做。当然了，我知道他的目的是让我给他写作业，在老爷子面前为他打掩护。"

"在这样的情况下，我对他不产生好感，很难吧。"沈拂忍不住自我开脱，小声道，"而且这货长得确实不错。"

即便后来进了娱乐行业，身边全是俊男美女，她也不得不承认江恕的长相比所有人都要优越。

倒也谈不上暗恋，沈拂当时还没遇见系统，一门心思都在医院里。江恕不过是她缓口气，能晒到"太阳"的地方罢了。

如果没有江恕，当时的沈拂真的会"发霉"。

但江恕当时并没开窍。

当然，也有可能只是没把她当异性看待。

系统问："那后来怎么会离开江家？"

沈拂道："高考之前，我同桌发现了我的秘密。"

沈拂心思藏得很深，怕被江恕发现，她不写日记，也不和别人谈论江恕，甚至在学校就装作不认识江恕。

但有一天，同桌疑惑地对她说："奇怪，我发现每次王轩衡那群人经过窗外时，你笔都停下来了。"

沈拂心脏都快吓得跳了出来。

现在想来，沈拂已经忘记了同桌的那个男同学长什么样子了。但对于当时十七八岁的沈拂来说，就是天都塌了下来，每次同桌调侃，她都又气又急，生怕被江恕和他那群朋友发现。

她开始考虑如果这事被江老爷子发现了怎么办。

"江老爷子对我很和气，但他身上有种不怒自威的气势，江恕都怕，我就更别提了。"

系统震惊："所以是江老爷子让你离开的江家？"

"不是。"沈拂摇摇头，"我决定离开时，江老爷子还挽留我。"

起因是在高考完后，沈拂的生日时。

那天江恕带了很多人给她庆生。

"我就喝了一小杯酒。"沈拂尴尬道,"我也不知道那里面是酒。

"在生日之前,同桌开玩笑和我打赌,说我如果鼓起勇气表白,就给我十万块。"

系统觉得沈拂不会为了那十万块去做那么冒险的事情,她一向很谨慎。而且,她虽然爱钱,却不会为了钱去伤害最亲近的人。

"我当然没同意,只觉得无聊。

"但问题在于,我喝醉了后,对江恕做了点事情。"

系统道:"你把他推倒了?"

沈拂一向面无表情的脸此刻终于有点难堪地燥热起来,她忍不住钻进被窝,把自己脑袋蒙起来:"差不多。"

她推了江恕一把,把他按在沙发上,压住他的手,跪在他身上,当着所有人的面强吻他。

现在沈拂都不知道自己当时怎么会做出那么离谱的事情,可她偏偏做了。可能是酒精上头,意识都变得模糊了,也可能是潜意识里一直想做,于是神志断线的时候,身体就违背理智主动去干了。更有可能是因为当时的气氛——那是家里出事后,她过的最完美的一个生日,在遇到江恕之前,她还以为再也不会有人那样给她过生日了。

系统:"感觉怎么样?"

沈拂虽然喝醉了,但眼睛还是能看得清的,只是视野里像是装了放大镜,只能看见近在咫尺的江恕的表情,感觉他落在自己脸上的呼吸,嗅到他身上淡淡的和自己一个牌子沐浴露的味道。

是家人,是唯一的朋友,也是放在心底的人。

江恕的脸很红,非常红,不知道是不是恼羞成怒。但脑子里变成了马赛克画面的沈拂显然注意力全都在自己的感受上。

只感觉嘴唇接触到少年的唇凉而柔软。

不对,倒也没有那么软。

反正就是一种形容不出来的,羞耻又火烧般让人"上头"的感觉。

眩晕。

其他人和天花板扭结在一起，飞速远离，全都成了天花板，她眼睛里只有他的眼睛。

系统冷不丁道："好了，别瞎想，我还未成年。"

沈拂："……"

系统道："那他怎么没反抗？"

沈拂陡然从回忆中抽离，一个激灵。

对哦，江恕怎么没反抗？她分明记得他当时一滴没喝，人还很清醒。他高中就一米八多了，力气还比不过她？

沈拂忽然变得愤怒："那他就是故意的！享受到了还要不高兴！"

系统："……"

第二天沈拂清醒过来了。虽然头一天晚上喝断片了，但勉强还是能想起来自己干了什么。当时她吓了个半死，忐忑、紧张，躲在房间里大半天不敢出去。

后来出去了，便对上江恕冷淡的一双眼。

不是沈拂的错觉。因为之后足足一星期，江恕没和她说过话。

即便沈拂再迟钝，也能明白，这是无声的拒绝。

何况她又不是那种迟钝的人，那时她心思敏感到就像一颗糖剥开还未看见全貌，却因为害怕便赶紧躲了。

"正好也满了十八岁，拿回了我爸妈留的存款。当时有一个星探已经联系了我大半年，我想着我也有独立的能力了，总待在江家当'寄生虫'也不是个事。"沈拂道，"我去找老爷子辞行后就收拾行李走了。"

走得很尴尬。

现在想起来，还是很尴尬。

人家江老爷子好心把她领回家，给她交巨额医药费，赶走打她钱财主意的亲戚，她一个冲动夺了他孙子的初吻算怎么回事？

江老爷子当时问她为什么要走，她又哪好意思说。

江恕讨厌她。

之后的几年里，沈拂一直是这么认为的。

系统说第四个攻略对象是江恕时，沈拂满脑子只有一个念头：不可能完成。

再说了，她也不想重蹈覆辙，丢脸的事情做过一次也就算了，再做一次，是万万不可能的。

如果沈拂年少时对江恕没产生过那些心思，也许在他面前社会性死亡，她也是无所谓的。就像攻略其他人时，无论让她干什么，她都可以面不改色地去干。

但正因为以前悄悄地在乎过，现在就会在意面子。她不在意网上怎么说，粉丝怎么看待，也不在意褚为等人怎么以为，但偏偏不想输给江恕第二次。

唯独一件事，她不是很理解。

十八岁那年自己连强吻江恕的事情都干出来了，为什么前几天在选择"认为谁对你有'箭头'"的时候，江恕不认为她喜欢他？

不过这次重逢，两人都默契地没有再提当年那件尴尬的事。

沈拂想着，江恕可能是装忘记，免得她难堪。

"总之，烦得很啊。"沈拂在被子里抓了抓自己的头发，"能不能换个人攻略？"

系统："只剩下一个半月了，哪里还来得及换？"

沈拂道："那就只有继续攒钱了。"

系统："可我看这次你们重逢，他好像对你很在意的样子呢。"

沈拂也未必迟钝到看不出来，她的确也对江恕现在的态度感到莫名其妙。

一开始春日约会那天的互选环节，她还以为他是看在过去的交情上，怕她没人选，替她挽尊。后来送咖啡那晚，明明不太清楚江恕心里到底在想什么，沈拂还是忍不住多嘴解释一句，告诉他自己只是冲着积分才和温铮寒一组。

直到在匡悦奕手机里见到那张江恕送自己去医院的照片，以及遇到今晚他在窗台上发神经病。

"但万一又会错了意怎么办？"

在江家借住那三年里，沈拂还有好几次误会江恕喜欢自己呢，可后来事实证明他可能只是怜悯自己家中变故，才对自己好罢了。

沈拂绝不会让自己再一次陷入尴尬的境地。

一个人，第一次不小心掉进河里，可能只是运气不好，要是第二次还掉进相同的河，就是犯蠢了。

王轩衡也被江家一通电话吵起来，火烧眉毛地去处理半夜的事故了。

全世界今晚都无眠，只有江恕睡得香。

略施小计就弄清楚了沈拂的理想型不是向凌云那种，江恕觉得自己还是有些手段的，他简直做梦都要笑醒。

翌日，他神清气爽地主动和导演打招呼。

导演和所有工作人员带着黑眼圈，看着这位总裁旁若无人地吃早餐，还一个人占了两个人的位子。

弹幕观众也在号叫：莫名其妙啊，昨晚我看见有博主录了视频的，怎么不见啦？

一夜之间，录了视频的博主全都把视频删了，问他们什么原因也不回答。

全网再找不到"江恕跳楼事件"的词条。

一时之间，昨晚的观众们简直怀疑自己是在梦游。

有根本不知道昨晚发生了什么的观众：哈哈哈哈哈哈哈，你们莫不是在骗我们吧？江总平时跩得很，怎么可能做出你们说的那种事，无图无真相。

向凌云的粉丝大多数是没看见昨晚发生的一幕的，也全都在冷笑：沈拂和江恕的CP粉好离谱，现在还开始造谣了。

还说我们哥被"打脸"，打啥脸，我们哥现在是唯一不在意沈拂的人了吧？就算沈拂说她理想型不是我哥那样，又和我哥有什么关系？我哥根本不在乎好吗？

弹幕里一片混乱。

因为昨夜视频丢失，一群观众今天的注意力忍不住放在了沈拂和江恕的互动上。

沈拂一直待到十点半，节目组通知第四次约会环节开始后，才从房间里出来。

其他人除了化妆比较慢的左玫，都已经在客厅里等着了。

江恕坐在一眼就可以看到房间方向的露台上，戴着副墨镜，跷着腿，拿着份杂志，装模作样地翻杂志。

一眼瞥见房间那边有动静，他立刻去了厨房，倒了杯牛奶。

沈拂穿过走廊走到客厅。

江恕忽然闪现在她面前："多倒了一杯。"

沈拂一看到他，立刻想起昨晚的事。

沈拂："我是垃圾桶吗？多倒了一杯就给我喝？"

沈拂径直绕过了他。

弹幕观众：啊啊啊啊啊啊。

进击的江总，他现在装都不装一下啊？

那边坐在沙发上的向凌云也忍不住冷冷地朝这边看了眼，如果不是一觉醒来床头还有杯满满当当的红酒的话，他也要以为昨晚是他在做梦。

一个男人，被当着面说不是理想型，和故意让他尴尬有什么区别？

江恕是故意的。

他肯定知道自己出来倒酒刚好走到那里，所以逼着沈拂承认。

一时之间，车子风头被压、人设被抢、无法再戴墨镜、被骂眼睛小的新仇旧恨一起涌上心头。

昨晚之前，向凌云还只是个作壁上观的，但被江恕那么羞辱之后，他已经无法不参与这一场"战争"了。

他眼睛真的不小。

向凌云盯着沈拂看，都不看江恕一眼，从江恕身边擦肩而过，心里开始比较起自己与江恕对于沈拂而言孰轻孰重。

自从上节目以来，沈拂虽然没有对自己表现出什么过往的感情，但也从来没有对江恕表现出什么好感吧？江恕又凭什么认为，他高自己一头呢？

如果第一眼就没喜欢上一个人，之后大概率也不会喜欢上那一个人。

如果沈拂会对江恕产生好感，早在节目第一天就产生了，也不至于节目都过半了，还对江恕不理不睬的。

刚好相反，如果过去喜欢过一个人，在往后的日子里，很容易重蹈覆辙。

也就是说，自己的胜率远远大于江恕。

这个环节自己必须要想办法和沈拂约会。

等所有嘉宾到齐之后，节目组宣布："'春日限定画报拍摄'环节正式开始，第一步，我们会通过蒙眼选择的方式，确定分组。

"规则是女嘉宾来选男嘉宾。请所有女嘉宾先跟着工作人员进房间。"

沈拂和其他三个人跟着节目组进了房间，很快有人过来给她们眼睛蒙上黑色的布。

好刺激，真的要"盲人摸男"吗？

万一摸到不该摸的部位怎么办？

许迢迢也在想这个问题，耳垂不由得有点红。

"想什么呢这群人？"导演让工作人员在规则上加上一条，"我们会引导女嘉宾，只能摸手或者脸。"

啧，节目组放不开啊。

黑布蒙得很严实，沈拂摸了摸后脑勺上的系带，感觉视线里基本上已经一片全黑了，比夜里还黑，什么也看不见。

她伸出手，一个工作人员连忙扶着她。

其他三个女嘉宾也是一样。

顾清霜不由得有点紧张："这样真的不会摔跤？"

"放心吧顾老师，跟着我们走就行了。"

按照抽签结果，第一个被叫出去的是许迢迢。

工作人员带着她将每个男嘉宾摸了一遍，摸到江恕时，江恕不动声色地用沙发布将她探过来的手包住，挪到了向凌云身上。

弹幕观众快要笑死了：哈哈哈哈哈。

江恕：呸！休想毁我清白！

许迢迢什么也看不清，以为自己刚才不小心摸到了沙发还是哪里，手也就自然而然地开始摸起了向凌云的手。

"就这位吧。"

老实说，她其实辨别不出来，所有男人的手不都是十根手指头吗？

啊啊啊，许迢迢记得向凌云的手！

节目组问："确定了吗？"

许迢迢虽然还有点犹豫，但是想着自己耽误太多时间，观众可能会不耐烦，也就随意道："确定。"

她好坚定！

许迢迢选择好后，被带了下去。

向凌云则继续留在客厅里和其他男嘉宾站成一排，等待下一位女嘉宾选择。

节目组道："这一轮约会里，可能会有一个男嘉宾被好几个女嘉宾挑中的情况，如果是那样的话，这位男嘉宾需要和多位女嘉宾进行画报拍摄。"

也就是说，有人轮空？

这下本来不紧张的褚为也紧张了起来。他终于摘下头套，脸上的肿倒是已经消了。

我哥新发型！

弹幕观众很快发现他换了发型。

怎么新发型和江恕的有点像，巧合？

褚为葛格（哥哥）胆子很大啊，不怕东施效颦完全被比下去？事实上也已经被"碾压"了。

褚为粉丝开始骂人：温铮寒粉丝又开始了是吧？

第二个被叫出来的是沈拂。

工作人员领着她慢慢走过来，一般情况下都是从左摸到右。

江恕很不占优势啊，他是第四个。

褚为也是这么想的，他站在左数第一个，只需要踮踮脚就能让沈拂以为自己是江恕，从而顺利牵走自己。

眼看着沈拂越走越近。

这是她离自己最近的一次。

说不定自己精心准备一次约会，能让她回心转意呢。

褚为心跳到嗓子眼。

下一秒，他忽然感觉自己被一股怪力往后一直拽。

江恕站到了他的位置上。

褚为：姓江的我和你有不共戴天之仇你听见了吗？

不能出声，再挤回去已经来不及了。

褚为眼睁睁地看着江恕站在自己的位置上，马上就要接住沈拂的手，然而沈拂却停住了。

沈拂思索了下，对工作人员道："我想从最右边开始。"

说完她一转，走过了中间的温铮寒，迈向了最右边。

已经站到了最左边的江恕："……"

沈拂刚才进房间时偷偷看了眼，按照男嘉宾的站位，江恕应该站在最右边才对。拍摄画报必定会有亲密接触，比起另外三个人，尽管会尴尬，她还是宁愿选江恕。

来不及等江恕第二次干出换位置的事情，此时最右边的向凌云已经一把上前握住了沈拂的手。

弹幕观众忍不住吐槽：刚才许迢迢过来，他都没这么积极。

沈拂摸了摸这人的手。

江恕？怎么好像不是？

向凌云用余光瞥了面色难看的江恕一眼，忍不住勾起嘴角。

什么叫作搬起石头砸自己的脚？这位江总就是。

然而还没等沈拂开口指定他，江恕冲过来就把沈拂的手从他手里一把拽开。

江恕痛心疾首："沈拂你抓错了！这是打扫卫生的阿姨啊！"

向凌云："……"

沈拂："……"

弹幕观众：……

向凌云试图把沈拂拉回来，但江恕死死攥着沈拂的手，用肩膀将向凌云撞开。一来二去，向凌云完全近不了沈拂的身。

蒙着黑布的沈拂完全不知道发生了什么事。

向凌云强忍着额头上凸显的青筋，看向节目组："不是不能说话的吗？江先生这犯规得太明显了吧！"

江恕居高临下般地瞥了他一眼，冷笑："你现在不也犯规了？"

导演顶着压力出来圆场："要不然重新选吧？"

江恕："可以。"

导演松了口气，看来江恕也没传说中那么不好说话。

江恕放开了沈拂的手。

然而沈拂刚把手从他手里抽出来，他就一把抓了回去。

"重新选完了。"江恕单方面宣布。

导演："……"

向凌云："……"

弹幕观众：……

"已经重新选了吗？"沈拂蒙着黑布，也不知道该看哪一边，道，"那我就选现在这个人吧。"

这次摸着像是江恕。

向凌云脸色越来越难看。

这哪里公平了？分明是从他手中抢人吧？！

沈拂一定不知道江恕如此不要脸，第二次抓住她的又是他吧？！

节目组咳了一声，出来圆场："那请沈拂老师往这边走。"

江恕牵着沈拂，跟着沈拂一块儿朝房间那边走。

节目组急了："回来！男嘉宾还要继续参加游戏啊！"

江恕顿了一下，这才猛地想起来这一轮的游戏规则原来不是牵走心仪的女嘉宾啊。他把沈拂交给工作人员，又不情不愿地站了回去。

接下来左攻如愿以偿地选到了温铮寒。

顾清霜早就见识过褚为对沈拂的殷勤态度，根本不想理这个没出息的，她倒是想选江恕，但是伸手往前探的时候，根本探不到第四个男嘉宾，她只有退而求其次，选了第三个——应该是向凌云吧？

向凌云也行。

一场混乱中，初步蒙眼选择终于选完了。

弹幕观众看得目瞪口呆：江恕完全是犯规啊！

不满的是褚为的粉丝，大家注意力都集中在江恕从向凌云手里抢人了，没人关注他们哥哥被江恕拽了一把，差点摔个趔趄。

虽然他们对沈拂也不是很满意，但老实说，作为粉丝，无论"嫂子"是谁，他们都不会满意的。

与其是别人，还不如是沈拂呢。

先不说褚为的确喜欢沈拂，就说沈拂现在蒸蒸日上的行业地位，以及压过别人的颜值——其实有沈拂这个"嫂子"也不错啊！

平时虽然不表现出来，但这群粉丝这个时候计较着呢。

只许他们嫌弃沈拂，可不许别人从褚为手里抢走沈拂。

于是都暗暗地骂：在一个公正、公开、公平的综艺上，竞争性这么强真的好吗？

哈，想得到谁就得到谁？节目组也一句话不说，集体噤声？我现在都相信昨晚江总强取豪夺的言论了，沈拂小姐姐把手放在他手上时，看起来根本不情不愿吧！

江恕上节目也是吸引到了一批粉丝的。再加上人类的本质就是慕强——在他处处压过其他几个男嘉宾的情况下，除了几个男嘉宾的粉丝，其他路人几乎全是支持他的。

更别说还有排名越来越靠前的超话里的沈拂和江恕CP粉呢。

他们顿时把褚为粉丝怼了回去：就犯规就犯规！追"老婆"就是要不择手段！看看你们哥那怂样，活该你们哥没老婆！

更多的人在讨论剧情。

的确，江恕现在真的太明显了吧！

前段时间他还装一装，现在完全都不装了！直接抢人啊！

现在回想起来，很有可能一开始他就是冲着沈拂来的啊！上节目第一天就要和许逎逎换位子，哪里是想要坐在顾清霜对面，分明就是为了旁边的沈拂吧？！

后来和褚为在健身房对峙上，也是因为知道褚为是沈拂的前男友，所以故意挑衅吧？！

节目已经播了快一半，这十二天以来，他每天1vs3，大家还以为他脾气差，现在看来，根本就是为了驱赶沈拂周围的异性吧？！

弹幕里一群江恕的颜值粉快羡慕死了：呜呜呜，我现在想变成沈拂，谁懂？

等等。

向凌云粉丝看着上面的言论，觉得莫名其妙，不满道：江恕想追沈拂就追，每天一挑三，包括我哥，他对我哥有敌意干什么？我哥可是从头到尾没表现出对沈拂有意思的啊。

弹幕里一团乱的同时，节目组宣布了这一轮约会的第二个小环节："现在所有嘉宾已经互选完毕，请女嘉宾摘下眼布，确认自己选中的是谁。

"确认了之后，请大家都先回到房间，进行一个小时的'冷却'。"

"冷却？"唯一一个没被选的褚为出声问。

"是的，因为刚刚是蒙着眼睛盲选，所以我们会给每个女嘉宾一个反悔的权利。在这一个小时内，男嘉宾可以用我们提供的手机发短信给想约的女嘉宾，或者直接去敲女嘉宾的门，换句话说，就是再给每个男嘉宾一个积极争取的机会。"

弹幕注意力瞬间被转移：节目组会玩啊。

你们觉得谁会去争取？

老实说，现在观众们也很疑惑。

目前褚为的目的已经彻底明朗了，就是来节目求复合的。江恕看起来也是为沈拂而来的。还处于"大雾"中的就是温铮寒和向凌云。

温铮寒在翠路基亚那两天一反常态，数次接近沈拂，但回国以后又没动静了。而且看起来和左玫闹得很僵。

简直让人不知道他到底是真的想试试和沈拂相处，还是因为和左玫吵架了，故意让左玫吃醋。

反正是扑朔迷离。

至于顶流向凌云——

在前天晚上"任意门"环节之前，也和沈拂没什么交流，但在"任意门"环节，他自爆认为沈拂喜欢他——也很离谱。

但他应该对沈拂没太多意思……吧。

有人分析道：其他人都选到了还算心仪的人，应该就褚为会去争取一下，敲沈拂的门吧。

弹幕观众分析的同时，嘉宾全都回到了各自的房间里。

关门之前，江恕不放心地朝沈拂看了一眼。

房门一关上后，他不动声色地站在原地，将耳朵贴在门板上听外面的动静。

一时半会儿，走廊里没有任何声音。

没有人出来。褚为、温铮寒、向凌云各自待在自己的房间里，脸色都不是很好。

他们全都是娱乐行业里有头有脸的人物，上个综艺节目，怎么就变成了这样呢？

先是发现三个人都是沈拂前男友，然后发现最不可能对沈拂有意思的江恕，居然是沈拂的狂热追求者。

褚为一开始还以为江恕可能只是看上了沈拂的脸，随便追追，但今天看他那架势，完全不是这样啊。

如果这在古代，他就是那种分分钟兵临城下的阴鸷昏君！

温铮寒正在思考自己和左玫的约会怎么处理的问题，忽然听到手机响了一下。

他皱眉拿起手机一看。

褚为建了个群，把他和向凌云都拉了进去。

群名还叫"前任联盟"。

温铮寒和向凌云齐齐无语了。

向凌云虽然比不上江恕那么离谱，但他脾气的确也不怎么好，之前都在伪装，这会儿反正三人已经挑明了，他就在群里直接骂人了："你有病？建个群就算了，还叫这个名字？"

"我不想和你吵。"褚为心头也正窝火，一心只想说正事，于是又把群名改成了"追回前女友大作战"。

温铮寒和向凌云陆续回了一串省略号。

"还不行？"褚为翻了个白眼。

这两人怎么事那么多？

他在屏幕上戳戳，又改成了"抗江联盟"。

向凌云真是无力吐槽了，他现在知道为什么沈拂会和这小子谈两个月就分手了，这小子脑子真的有点毛病。

"你以为在治水呢？"

"先暂停一下争吵。"褚为道，"你们觉得我们现在在这里吵来吵去，获利的是谁？江先生这人藏得深啊，一开始谁都没看出来他是冲着沈拂来的，导致对他掉以轻心，现在可完了，我们在这里打得头破血流，他获得沈拂芳心了。"

"什么芳心？"向凌云听着这话不太高兴，"今天要不是他犯规，沈拂原本打算选我的，我也看不出来沈拂对他有什么好感。"

褚为："总之我的意思是，现在他是大魔王，我们能不能暂时团结一点？先把他弄出局再说？"

向凌云思忖了一下。

褚为的提议其实对自己有利。

在沈拂那里，褚为是个过去式的人——从她上节目后屡次三番拒绝褚为可以看出来。至于温铮寒，按照褚为所说，亲眼所见，沈拂对温铮寒并没付出感情。

所以如果让江恕淘汰出局的话，赢面最大的会是自己。何况向凌云屡屡在江恕那里受挫，也的确看江恕不爽得很。

"行。"向凌云缓缓道。

褚为又问："温师兄你呢？"

温铮寒差点被气笑。

褚为这人是真的"茶"啊，有事叫人"温师兄"，无事骂人年纪大。

温铮寒："暂时和解。"

"OK."褚为道，"那么，凌哥你去敲沈拂的门。"

现在他和温铮寒都没胜算，只有向凌云可能有点赢面了。

不消褚为多说，向凌云正打算这么做。

为了避免走廊尽头的江恕听见，又出来干扰，他打开房门时轻手轻脚，像是要去偷塔①一样。

弹幕观众本来正奇怪褚为怎么还没出来呢，就见向凌云出现在了走廊上。

他要去干什么？去找许迢迢商量约会细节？

褚为还不找沈拂？

向凌云粉丝：沈拂粉丝最近越来越猖狂了啊，镜头里没有你家相关的人，你还在这儿提你家沈拂，我哥又不是去找你家——

话没说完，向凌云出现在了沈拂门口。

房门响了三声。

沈拂开门，看了他一眼，关门。

从头到尾，不过三秒。

向凌云手停在空中，呆若木鸡。

向凌云粉丝彻底抓狂：啊啊啊啊啊啊啊啊啊啊。

温铮寒粉丝：哈哈哈哈哈哈。

褚为粉丝：哈哈哈哈哈哈哈哈哈哈哈哈。

向凌云现在面临两难。

是继续敲门，还是掉头回去？

沈拂看清楚是他了吗，直接关门？

如果看清楚是他才关门的，又怎么办？

继续敲门必定会再吃一次闭门羹。

向凌云用余光瞥了一眼走廊尽头的摄像头，只觉得十年的演艺生涯都没遇到这么尴尬的情况。

仅仅用了一秒，他就做出了反应。

他退后两步，抬头仔细看了眼沈拂的房门号，露出恍然大悟的表情："抱歉，敲错了门。"

紧接着他移步到右边的房间，敲开了许迢迢的房门，和许迢迢商量起

---

① 游戏术语，指在塔防游戏中，由一个或者多个英雄发起偷袭迅速拆掉对方防御塔的情况。

画报拍摄的细节。

向凌云粉丝差点就要抱头痛哭了，见到这反转，提起来的心才缓缓放回原位：还好，只是敲错了门。

他们甚至变得理直气壮起来：前面还没弄清楚怎么回事就开始嘲的人滚出来挨打！其他两家真以为我们哥和你们家一样没出息？

许迢迢粉丝却有点不爽：综艺录制都快过半了，向凌云还分不清女嘉宾分别住哪间房，这也太不走心了吧。

粉丝吵成一团，向凌云和许迢迢、顾清霜分别商量完画报拍摄环节后，终于回到房间。

刚进房门褚为就在群里问："怎么样怎么样？沈拂答应了吗？"

"你不知道发生了什么？"向凌云刚才回来时，分明看见除了自己的三个男人都不动声色地把房门开了一条小缝。

褚为的房门缝开得最大，他就差把脑袋伸出来看热闹了。

"知道啊，这不是特地再问一遍找找乐子？"褚为笑道，"哈哈哈哈哈哈哈。"

向凌云："……"

向凌云："去死吧你。"

温铮寒看着这两个"精神病"吵架，心中冷笑。

在翠路基亚被沈拂当面关上房门的时候，他脸色难看了好几天，但现在见到另一个人碰了一鼻子灰，突然就气顺了一点。

这大概就是不患寡而患不均。大家都是前任，还分什么高低贵贱？

褚为道："得想想办法啊哥哥们，凌哥居然也半句话都没说上就吃了闭门羹，现在我们唯一的优势可能就是沈拂还不喜欢姓江的。"

"别管我叫哥。"向凌云对褚为这一套表示作呕。

还用叠词，给他恶心坏了。

温铮寒："这优势怎么判断的？"

褚为道："早上江恕给她递牛奶，她还避开了呢。而且你们回忆一下，上综艺以来，除了必须要做出选择的环节，她和江恕的交流其实并不多，而且比起我们，她还经常对江先生露出嫌弃的表情呢。"

就这点分析得还不错。

向凌云："你是对的。"

褚为又道："但现在不喜欢不代表以后不喜欢。我们当务之急不是贸然出击，免得接二连三吃闭门羹，而是先彻底消除沈拂喜欢上江恕的可能性。一、找出江恕的缺点和劣势，将它们暴露在沈拂面前，让沈拂对他的无感变成彻底厌恶；二、想办法搅乱他们的约会。"

该说不说，褚为这种时候脑子的想法还挺清晰的。

可能因为温铮寒想要什么从来都会被人捧着送到手心上，而向凌云也没经历过什么挫折，几乎是一出道就红到发紫，唯独褚为的地位是从娱乐行业的新人一步步爬上来的，所以两人居然都没有褚为有经验。

很快三人达成了一致。

问题来了，江恕有什么短板和劣势呢？

脸、身高、家世，每一项都凌驾于他们之上。

"身材？"向凌云问。

褚为瞬间想起当日在健身房处处被比下去的恐惧，一脸咽了一只苍蝇的表情："这一项 pass，他身材很好。"

"会不会是个绣花枕头，四肢发达但是头脑简单？"向凌云又问。

温铮寒冷冷道："这一项也跳过，可能赢不了。"

就因为那次搬树输给江恕，至今他都留下了心理阴影，经纪人告诉他，他一出现，弹幕观众就会问他"腰还好吗"。

"你们脑子是不是有毛病？"向凌云终于怒了，"现在是在找他的短板还是在进行夸情敌比赛？

"所以到底能让他暴露什么短板在沈拂面前？"

这话一问，三人都沉默了。

居然，找不出来。

而且他还恪守男德，让沈拂误会他花心的机会都没有。

褚为艰难道："那第一种方法先跳过，直接开始第二种方法吧，有什么办法能让他们开展约会环节失败？"

说完褚为先提议："画报拍摄环节肯定得换衣服，我早上看见节目组推着熨好的衣服进来了，男士好像都是统一的白衬衣和黑裤。要不然弄坏他的衣服，剪断他扣子的线，让他在沈拂面前留下失礼的印象？"

简直无所不用其极。另外两个男人心里同时想。

娱乐行业里各种阴谋、阳谋确实不少，但由于温铮寒和向凌云顺风顺水，很多事情还没到他们眼皮子下，就被他们的公司和粉丝直接压下了。

因此冷不丁听见褚为这么懂，两人纷纷想——该不会之前说他踩着前队友攀上位的言论是真的吧？

这小子就是个白切黑^①，黑切绿啊。

以前什么腼腆，什么单纯，全是人设。

"谁来？"温铮寒问了这一句，就代表他同意了。

"我。"褚为道。

这两个老东西以前没做过这种事，让他们去做，到时候一不小心暴露了，还得连累自己一块儿被江恕整死。

心里这么想，但褚为在群里发的是："哥哥们别怕，这次我来。"

一个小时很快过去。

江恕松了口气。

等嘉宾们休息完毕，节目组请大家出来，开始抽签。

有四个拍摄地点。

向凌云、许迢迢这一组抽中了"泳池"。

那岂不是要湿身？

温铮寒、左玫这一组抽中了"厨房"。

原本这两人气氛就挺尴尬的，现在又抽中了厨房，难不成在厨房拍摄做菜场面？

向凌云、顾清霜这一组抽中了"健身房"。

向凌云一个人拍两组，分身乏术啊。

---

① 网络用语，指一个人看起来很可爱、纯良，然而实际下手绝不含糊，果断、狠辣。后"黑切绿"大致同义。

沈拂和江恕这一组抽中了"床上"。

妈耶！

沈拂也是一愣，拿着手里的字条，下意识看了江恕一眼。

江恕戴着墨镜站在一边，和她对视了一眼，面无表情，高深莫测，看不出来喜怒。

他这态度到底是想拍还是不想拍？

沈拂也弄不明白了，她拿着字条对导演举起手。

但还没等她来得及说什么，江恕就飞快地把字条从她手里拿过去，捏成一团揣进口袋，冷酷且正义地道："不要给节目组制造多余的工作。"

沈拂："……"

弹幕观众：笑死，江总别装了！耳朵都要红得滴血了！

由于别墅的场景观众们都要看厌了，所以画报拍摄环节，节目组另外订了专门用来进行风景拍摄的山庄。

吃完中饭后，节目组在前面带路，男嘉宾开车载着女嘉宾，一同抵达了郊区的山庄。

褚为因为这个环节没有被女嘉宾选，所以独自一人留在了别墅。

向凌云则一个人载了两个女嘉宾。

综艺刚开始时，除了江恕这个行业外的人，其他三位男嘉宾的粉丝们都和和气气，但时间一长，全都懒得装和谐了，已然开始进行最简单、最极致的互相挑衅。

画报要拍摄到晚上，于是节目组提前给七位嘉宾订了房。

江恕和沈拂换上节目组准备的衣服，被送进了一间有着大床房的原木风房间。

墙壁上挂着针织的挂毯，地上铺着一些日式的榻榻米，床则是最干净的白色床单和原木架子搭配。

由于拍摄的主题是"新婚夫妇日常生活"，所以房间里的布置也以简单、日常为基调。

"为什么我的是浴袍，他的是白衬衣和黑裤？"沈拂换上衣服后，沉默了一下。

她简直不敢出去。这浴袍是不是太短了，几乎只到大腿根，下面露出两条长腿，白花花得晃眼。

而且节目组还特地要求她打湿长发，披在肩膀上，看起来就像是丈夫刚下班，妻子刚洗完澡。待会儿拍摄的场景也是坐在床上，江恕替她吹头发，吹完头发后两人依偎在一起看装修画册。

在娱乐行业里，沈拂倒也不太在乎这些，之前穿得稍微暴露点，和别人一起搭戏，也能面不改色。

但要穿这么短出去和江恕躺在床上，肌肤相贴，呼吸可闻，她光是想想整个人都不自在了起来。

"怎么了？"江恕站在外面问。

"太短了。"沈拂小声道，把浴袍往下拽了拽。

给她准备服装的道具师正要说什么，江恕在外面听见了，忽然面红耳赤，道："愣着干什么，换一件过来。"

导演站在走廊上闻言赶紧对身边的工作人员道："快快快，快去找长的浴袍。"

这次请来拍摄画报的摄像师是位审美顶级的大师，甚至还给一些去过好莱坞的大咖拍过艺术照。

他刚给温铮寒和左玫那一组拍完，正拎着摄像装备从走廊那边走过来。

还没来之前他对沈拂印象就不太好。

短时间内让温铮寒和左玫不和，还让温铮寒这样级别的人物对她"上头"，这是什么会勾人的小妖精？

还听说她颜值高，能有多高？这个行业里的人不都是三分靠整，七分靠修图？

在房门口又听见了沈拂说要换浴袍的话，他心中更不屑了。

这还没红起来就开始耍大牌了？

工作人员取来长一点的浴袍，江恕僵硬地站在浴室门口，背对着后面，反手递了进去。

片刻后，沈拂换好，这才出来。

"好了？"摄像师带着几分不耐烦，拿着摄像机，走了进去。

从浴室走出来的沈拂猛然进了他视野当中。

她长发微湿，还冒着水蒸气，这场景不用拍，已经是一幅画报了。

方才还不屑的摄像师陡然愣住。

江恕视线从沈拂身上移开，扫到他身上，脸色立马黑了："是过来拍照的还是过来发呆的？"

摄像师一下子没反应过来。

江恕走过来："不要东张西望，说的就是你。"

摄像师过来之前，已经有人叮嘱过他这里头能得罪谁，不能得罪谁，他赶紧退了两步："这就开始，请两位去床上坐好。"

这一对的颜值是真的高啊！他现在能理解为什么温铮寒被吸引住了。

颜值确实高。

接下来的拍摄却很不顺利。

非常不顺利。

"男士的手能不能搂着女士？您的手放在她腰上悬空干什么呢？她腰上有毒？"

一旦进入专业状态，摄像师连江恕都敢骂。

"能不能离女士再近一点？

"还有，您长得是帅，怎么完全没经验？能不能不要脸红？哎呀，怎么耳朵也红了？后期还得给您修白……"

江恕恨不得瞪死这名摄像师。

废话怎么这么多？

他努力让自己冷静，但耳根上是生理性的红，完全无法克制。

沈拂本来也有点紧张，但万万没想到身边的人比自己更加僵硬，她靠在他怀里，他简直像木头桩子一样，盯着对面的墙一动也不敢动。

她迫不得已抓住江恕温热的手，放在了自己腰上。

江恕："……"

沈拂用头顶了顶他下巴："呼吸，你再不吸气要憋死了。"

江恕缓缓吸了口气。

但是下巴被她湿漉漉的发丝一碰，俊脸立马又开始红得滴血。

沈拂冷不丁问："这几年，完全没谈过恋爱？"

江恕方才还在紧张，被她这么一问，忽然有点生气，在她头顶冷笑道："哪有你有经验？"

沈拂道："不会长这么大只被亲过一次吧？"

江恕恼羞成怒："沈拂！"

"得，"摄像师转过身对导演崩溃地道，"什么新婚不新婚的，要不然拍这两位嘉宾吵架吧，反正新婚夫妇也是会吵架的。"

导演："……"

一场画报手慌脚乱地拍完了。

沈拂先进浴室换衣服去了，江恕在浴室外面等她换完。

因为脸色过于不自然，他又把墨镜戴上了。

导演站在房门口，悄悄打量着江恕，心里默默地流泪。

之前投资方让他带着节目组撮合两人，他还觉得投资方有病——在投资方和江家之间，那肯定是讨好江家更重要啊，投资方难不成还自以为能将江恕玩弄于股掌之间？

于是导演自以为是地帮助江恕，把他和沈拂分开。

可之后导演越来越觉得哪里不太对劲。

直到昨晚投资方半夜打来电话让他删视频，他才知道，原来投资方背后的大投资方，就是江家啊！

他之前的所作所为，完全就是朝目的地相反的方向抢跑八万米！

王轩衡昨晚在电话里语气凉凉地道："天亮了，让节目组破产吧。"

吓得导演一宿没睡。

现在他该怎么办？

这会儿还在节目上，江恕可能懒得收拾他，但等节目结束，江恕肯定要让他完蛋吧！

该怎么补救？

现在帮助江总撮合他和沈拂，还来得及吗？

等一群工作人员收拾完东西陆续退出房间后，导演朝还没换完衣服的沈拂所在浴室方向看了一眼，也默默地退了出去。

沈拂刚刚拍摄的时候为了穿浴袍，把耳环等物都摘下来了，所以换衣服花了点时间。

等她换完出去，催促江恕进去换，就发现江恕站在房门口，正在试图把房门把手拧开。

"怎么了？"沈拂心里咯噔一下。

江恕不紧不慢："不知道哪个工作人员随手把房门从外面关上了，现在打不开了。"

房间里还剩下一台放在窗户那边的摄像机。

刚才看两人拍摄画报看得不亦乐乎的观众听他这么一说，也全都愣住了。

怎么回事？

这偶像剧般的情节，兴奋。

手机呢？赶紧给节目组打电话，不然在一个房间待一个晚上，明天又得上头条。

沈拂也到处找起手机来。

但因为要拍摄画报，她和江恕都换了衣服，节目组提供的手机早就交给工作人员统一保管了。

房间里有没有座机，打到山庄前台？

弹幕观众想到的江恕自然也早就想到了，对沈拂道："座机打不通，而且刚才我敲过门了，外面走廊上好像没人。"

沈拂问："没有别的办法把门打开吗？"

江恕在床上坐下来，面露遗憾："好像没有。"

沈拂无语了。

她怎么记得以前老爷子把他关在房间里，他都能撬锁出去？

弹幕观众也发现了这个问题：哈哈哈，江总怎么半点不着急很悠闲的样子？

我刚刚看见螺丝晃动了一下，故意装打不开吧。

江恕：能和"老婆"共处一室，无人打扰，急什么？

见江恕半点不急，沈拂忍不住把他拽起来："你坐下来干什么？你倒是想办法把门打开啊。"

"说了打不开嘛。"江恕皱眉走过去，抓住门板缝隙处晃了晃，扭头看着她抱怨，"看，门板结实得很，根本打不开嘛。"

眼见那天"匡悦奕事件"后，喜欢沈拂和江恕的路人越来越多，左玫粉丝和不喜欢沈拂的其他观众有点不爽。

你们太能发散性思考了吧？还造谣江总半夜为爱跳楼，真是没有底线了。全都是一群白日做梦患者，江总至于为了追沈拂连高冷人设都不要了吗？

要是能打开，他怎么会故意不打开？就为了和你们家沈拂共处一室——

话没说完，下一秒。

江恕一不小心力气大了点，把门板卸了下来。

这不是轻而易举吗？！

沈拂："你管这叫根——本打不开？"

江恕："……"

房间内的气氛短暂地凝固了会儿，江恕装作无事发生地把门板靠边放了回去："这什么破地方，门这么不结实？！"

他的动作大了一点，有眼尖的观众发现他衬衫的第一颗扣子忽然崩开了。

紧接着是第二颗。

妈耶！江总美色——

江恕还没反应过来，下意识看向自己突然不对劲的衬衣，沈拂已经几步上前，把外套脱下来兜头盖脸地丢他身上，并迅速把摄像头摘掉了。

什么都没看见的弹幕观众：啊啊啊啊啊。

图书在版编目（CIP）数据

非夏日限定 / 明桂载酒著 . -- 成都：四川文艺出
版社 , 2024.5

ISBN 978-7-5411-6873-4

Ⅰ . ①非… Ⅱ .①明… Ⅲ .①长篇小说－中国－当代
Ⅳ .① I247.5

中国国家版本馆 CIP 数据核字 (2024) 第 016936 号

FEI XIARI XIANDING

非夏日限定

明桂载酒　著

出 品 人　冯　静
特约监制　王传先　沐　浔
责任编辑　李小敏
责任校对　段　敏

出版发行　四川文艺出版社（成都市锦江区三色路 238 号）
网　　址　www.scwys.com
电　　话　010-82068999（市场部）　028-86361781（编辑部）

印　　刷　嘉业印刷（天津）有限公司
成品尺寸　146mm×210mm　　开　本　32 开
印　　张　8.75　插页 4　　字　数　270 千
版　　次　2024 年 5 月第一版　　印　次　2024 年 5 月第一次印刷
书　　号　ISBN 978-7-5411-6873-4
定　　价　48.00 元